rororo

Helmut Krausser, geboren 1964 in Esslingen, schrieb Romane, Erzählungen, Theaterstücke, Tagebücher und Opernlibretti. Zuletzt erschienen sein Roman «UC», der Gedichtband «Strom» und die phantastische Abenteuergeschichte «Die wilden Hunde von Pompeii».

HELMUT KRAUSSER

März

Tagebuch des März 2003

April

Tagebuch des April 2004

Rowohlt Taschenbuch Verlag

Veröffentlicht im
Rowohlt Taschenbuch Verlag
Reinbek bei Hamburg, März 2006

Umschlaggestaltung any.way, Cathrin Günther
(Abbildung K. Malewitsch und El Lissitzky,
Bühnenvorhang, akg images/
VG Bild-Kunst, Bonn 2005)
Satz Meridien PostScript bei
Pinkuin Satz und Datentechnik, Berlin
Druck und Bindung Clausen & Bosse, Leck
Printed in Germany
ISBN 13: 978 3 499 24102 4
ISBN 10: 3 499 24102 1

März

Tagebuch des März 2003

1. 3., Samstag

Ah – Frühling!

Begeistert mich jedes Jahr wieder.

✧

Gestern Fußgängerzone, vorm Oviesse-Kaufhaus. Zwei Männer wälzen sich auf dem Boden, ringen, Leute drum herum, rufen: «Greif doch ma einer ein!», keiner greift ein. Die Männer ringen, schlagen einander nicht, beißen weder, noch kratzen sie. Keine Minute später sind zwei Polizisten da, wie aus dem Nichts, reißen die beiden auseinander. Einer der Auseinandergerissenen stellt sich als Kaufhausdetektiv vor, den anderen nennt er Dieb. «Ich bin der Gute», sagt er, «und der ist der Dieb.» Und die Polizisten: «Jaja, den kennen wir doch. Nicht?» Sie wenden sich zum Dieb: «Wir kennen uns doch? Nicht?» Dieb: «Ach Kotze, Scheiße, Pisse, Mann!» Hatte was Familiäres. Handschellen klickten. Erste live miterlebte Verhaftung in meinem Leben. Ich wunderte mich, wie schnell die Streife kam, aber die Fugäzo ist selbstverständlich vollständig videoüberwacht.

Fugäzo klingt blöd und gesucht. Ich hatte bloß keine Lust, das Wort an einem Tag zweimal auszuschreiben.

Vor ein paar Tagen hatte *Lederfresse* Nordamerika-Premiere in Downtown LA. Zehn Jahre hats gedauert. *Hal-*

testelle Geister wird in Moskau aufgeführt werden. *Unser Lied* nächsten November in Cottbus. Die sollen dort ein sehr schönes Sezessionisten-Jugendstiltheater haben. Ich hätte die UA auch nach Heidelberg geben können, aber Cottbus ist von Berlin aus viel schneller zu erreichen als Heidelberg von München, und ich will bei den Proben dabei sein. Das gab den Ausschlag.

Heute stellt Beatrice endlich ihre selbstprogrammierten Lara-Croft-Level ins Netz.

Sie saß praktisch die letzten drei Monate nur am Computer. Ergebnis sollte ich mir mal ansehen, vergesse es immer wieder, völlig gedanken- und taktlos.

✧

2002/2003: mein bestes Stück, mein bester Roman, mein bester Gedichtband. Nun gehts bergab, das wird lustig.

Ich sage zu jeder Lesung ja, ist gut, wird gemacht. Geld muß her. Steuerprüfer waren da. Die Verfilmung von *Könige* ist im letzten Moment gekippt. *UC* wird wenig einbringen.

Bittere Lebenszwischenbilanz: Ich werde alt und brauche das Geld.

lieber sklave im alten rom als kaiser in frankfurt am main

es muß sich was ändern. entspanntere haltung. mehr überraschungseier. warum verzweifeln?

✧

Su hat sich eine Magendarmgeschichte eingefangen, liegt flach. Wir reden nochmal über *Goodbye, Lenin,* dessen unglaublicher Kassenerfolg X-Filme auf viele Jahre hin sanieren wird. Ich gönne Wolfgang Becker das sehr, obgleich der Film von einem Meisterwerk wie *Das Leben ist eine Baustelle* weit entfernt ist. Es schimmert durch, daß der Film viel länger, komplexer geplant gewesen war, dann stark gekürzt wurde, aber immer noch nicht genug.

✧

Habe den Nachmittag verdaddelt, indem ich mein allererstes Holzschachbrett mit den Plastikfiguren vom Dach holte und vom Staub befreite. Weihnachten 1975 hab ichs bekommen, sicher das folgenschwerste Geschenk meines Lebens. Wieviel Zeit und Mühe ich auf Schach verwendet habe, mit nur ganz mittelmäßigem Talent. Aber wieviel Zeit ich sonst hätte zusätzlich absitzen müssen. Ich machte es mir auf dem Wohnzimmerteppich bequem und schob die Figuren ein wenig herum. Zu faul, um wenigstens Hintergrundmusik einzulegen, betrachtete ich die Staub- und Schmodderreste in den Falten der Damen, unter den Kreuzen der Könige, in den Mäulern der Springer, zwischen den Zinnen der Türme, gelbbraun verfärbt vom Nikotin tausender Tage und Nächte. Manche Filzböden zeigten Rotweinflecken. Sowas dürfte man gar nicht säubern. Bei der Berührung kehren unzählige vergessene Stunden zurück. Viel Wehmut, keine Gemütlichkeit. Ich bin unfähig zu Genuß und Gemütlichkeit. Wie immer in den Monaten nach einem dicken Roman. Diesmal hab ich alles gegeben, geben müssen. Es war ein Rausch, der Rausch ist vorbei, viele Dinge werden sinnlos, beinahe alle. Man wird so durchgewunken, durchs Leben.

abends kino.

scorsese geht nun schon ziemlich lange unter.

gangs of ny – welche geldverschwendung. kein charakter, der mich interessiert, keine einzige feine ader in einem plumpen gerüst aus blut und fleisch. plakativ, pathetisch. eine ausstattungsorgie ohne seele. ich ärgere mich, weil ich ahne, welch ein film möglich gewesen wäre, schwämme in all diesem hackfleisch mal ein fischlein von idee.

was monströs und archaisch wirken soll, wirkt bizarrhybrid-grotesk, überhöht zu einer art geschichtsstundenfreakshow. ein drehbuch, das bill the butcher geschrieben haben könnte. banale musik.

die bildsprache von ballhaus, die einiges hätte retten können, verschlimmert das ganze mit eitler zirkusoptik, anbiedernd, sensationsgeil. völlig unnötige zeitlupen. martialische ballette, scheinbar grausam, mit lustlosen komparsen. ja, das ganze ist ein grand guignol, die schauspieler sind nur puppen an unsichtbaren fäden. cameron diaz als quotenfrau in einer aufgeblähten jungsgeschichte. vielleicht weiß man jetzt endlich, was man an *once upon a time in america* gehabt hat. oder an *heavens gate*.

✧

ich gäb dir gerne
eine blume
die ganze blume
und nichts als die blume
ich schwöre

✧

jede stille ist gestillt
jeder gedanke ein danke.

2.3.

Ah – Fasching.

Nervt mich jedes Jahr wieder.

✧

Jeder setzt sich seinen Rahmen selbst. Ob er dann das Bild auch füllt? Mir sind solche lieber, die Risiko gehen, auf die Gefahr hin, daß am Ende weiße Stellen bleiben. Die stören nur auf Landkarten, nicht in Bildern.

Immer das chinesische Relativitätsaxiom bedenken: Egal wie erfolgreich du bist, egal wie sehr du versagst – einer Milliarde Chinesen ist das scheißegal.

Hübscher Satz, aber seit ich ins Chinesische übersetzt bin, satzt er nicht mehr richtig.

Deutschland wählte wieder Superstars. Daniel flog raus, Juliette und Alexander durften bleiben. In der AZ fragte jemand per Leserbrief: Wer bestimmt das eigentlich, daß Literatur wichtiger sein soll als Fußball? Recht hat er, Fußball ist selbstverständlich wichtiger, jede Abstimmung unter den Menschen würde das bestätigen. Nein, ernsthaft, da muß man sich doch mal klar werden darüber, vor allem weil es nicht infam-fies-verschwörerisch gegen den Willen der Menschheit geschieht: Die Aufklärung hat versagt, das Gros der Masse ist zum Wählen von Superstars freigegeben/rekrutiert worden, 49 Cent pro Anruf müssen sie dafür noch bezahlen, und im Flyer der Rauriser Literaturtage werde ich als Krimiautor bezeichnet. Nein, ich verweigere mich allen Parolen der Kulturpessimisten, aber Tatsache ist, daß uns alle Illusionen fortgerissen wurden, daß die Blödheit heutzutage mit ganz ganz großem Maul umherrennt und jedwedes Niveau sich rechtfertigen muß, um nicht als elitäre Zumutung zu gelten. Schrecklich: In einer Harald-Schmidt-Show neulich sagte Harald Schmidt: Das hat mein *Placet*. Daraufhin mußte er sich von seiner Stichwortkartenhalterin Suzanna anblaffen lassen, er solle gefälligst *verständlich* reden. Da ist in mir alles Menschliche gestorben, das Tier kam hervor. Der große Harald kuscht prompt, erklärt den Sinn des Wörtchens *Placet*. Revolte. Als wären Pfeile und Schleudern des Geschicks nicht schon genug, das Dasein zu erdulden, müssen unbedingt noch aufbegehrende Stichwortkartenhochhalterinnen hinzukommen?

Nein, die Menschen waren früher nicht weniger dumm, inzwischen wurde ihnen jedoch eingeredet, sie dürften es sein, ohne sich schämen zu müssen. Schon sind sie prompt stolz darauf. Genau da wird es unangenehm.

Wir aber sind auch nicht gescheit. Hatten doch heute die Superidee, uns endlich die Pinakothek der Moderne anzusehen. Und das auch noch am ersten Frühlingssonntag, wenn da jeder umsonst reindarf. Also durchkurvten wir eine Stunde lang das Viertel auf Parkplatzsuche, sahen die schlangestehenden Massen, fuhren wieder nach Hause, wollten in den Wald, spazierengehen, im Wald aber wars noch schlammig bis knöcheltief – da ließen wirs und fuhren den Wagen wieder in die Garage, ohne auch nur einen Schritt im Freien gemacht zu haben.

✧

Ereignisloser Tag. Marcel konnte mit einem Text nichts anfangen, der einer meiner besten ist. Jedenfalls bilde ich mir das ein – und er hätte sich dazu überhaupt nicht äußern müssen – warum macht er das dann? Aus Cottbus ein erstes Mail, das ziemlich blöde an dem Titel meines Stücks («Unser Lied») herummäkelt und, ohne daß ich irgendwas gefordert hätte, vorausheulend über die schlimme Finanzsituation der Osttheater lamentiert, als wüßte mans noch nicht. Widerlicher Eindruck, so stellt man sich doch keinem Autor vor. Zehn Tippfehler in jedem Satz.

Helmut Russegger rief an, der mit seinem Deutschkurs grade *Melodien* liest. Das Buch, berichtet er, ist jetzt offiziell im bayerischen Lehrplan als Schullektüre empfohlen. Allerhand.

Soll man sich geehrt fühlen, mißverstanden oder überlebt?

Die meiste Zeit sah ich im Internet den Partien vom Turnier in Linares zu. Keine Lektüre in den letzten Tagen, habe nicht die innere Ruhe. Nebenbei: Immer mehr CDs verschwinden aus meinem Haushalt. Es gibt nur zwei Stellen im Haus, wo ich CDs aufbewahre, die sind überschaubar. Trotzdem wachsen den CDs Flügelchen, und sie flattern in einem unbemerkten Moment durch den Kamin, den es nicht gibt. Völlig unerklärlich. Heute wollte ich auflegen: Elgar, Cellokonzert. War nicht da. Dann: Britten, Tenorserenade. War nicht da.

Britten und Elgar liegen irgendwo am Strand und lachen über mich.

✧

Seit Monaten einziges Thema: Der Krieg gegen Saddam. Jeder, wirklich jeder legt sein Dafür oder Dagegen dar. Da will ich mal nicht unterbrechen. Keine Lust. Am liebsten würde ich wie Kafka ins Tagebuch setzen: *Deutschland hat Rußland den Krieg erklärt. Nachmittag Schwimmschule. (2.8.1914)*

Positiv wäre festzustellen, daß es erfreulich ist, mit wie vielen diversen, für sich genommen klugen Argumentationsmustern man in der Quintessenz mal auf dieser wie auf jener Seite stehen kann. Zeugt von rhetorischer Begabung. An diabolischen Advokaten herrscht kein Mangel.

Übrigens: Wenn sich die deutschen Intellektuellen zu dieser Sache äußern, werden sie vom Feuilleton als geltungssüchtig beschimpft, wenn sie es nicht tun, als duckmäuserisch.

Das gilt für beinahe jedes Blatt. Die Feindschaft zwischen Journaille und Kultur zeigt sich immer unverstellter. Ein aus tiefstem Neid entfachter Hahnenkampf. Allerdings – wenn man sieht, wer alles sich zum Kulturschaffenden dieses Volkes ernennt, wird man selbst leicht zum Spötter.

Na gut. Für mich selbst. Damit ich mal weiß, wie ich damals dazu gedacht habe, bevor ich später alles besser wußte.

Jede Haltung könnte sich als richtig erweisen. Selbst Schröders gewissenlos kurzsichtiger Kurs könnte mal als

Initialzündung einer europäischen Emanzipation in die Geschichte eingehen. Genauso wie der beschränkte Eiferer Bush von ihr dereinst als Mann der Tat beurteilt werden könnte. Auf die Nerven gehen mir alle, die ganz genau wissen, was zu tun ist. Ich weiß zu wenig, um mich zu positionieren. Mittelfristig könnte der Frieden größeres Unheil heraufbeschwören als ein kurzer, erfolgreicher Krieg. Fakt ist, der Krieg ist nicht mehr zu verhindern, ohne daß Saddam triumphieren würde. Und ich glaube, daß das irakische Volk sich in der Mehrheit Saddams Sturz wünscht. Weiterhin glaube ich, daß viele hierzulande den Frieden nur aus Angst vor Terroranschlägen herbeischreien wollen, nicht aus Mitleid mit irakischen Zivilisten. Daß etliche Prominente die Sache benutzen, um ihre Fressen in die Kameras zu halten.

Es ist nicht länger die Frage, ob dieser Krieg nötig ist, geschweige denn gerechtfertigt.

Die Frage ist, ob man ihn jetzt noch vermeiden kann, ohne unüberschaubare Risiken einzugehen. Sich da auf eine moralische Grundsatzposition zurückzuziehen, scheint mir mehr als gefährlich. Man kann ihn nicht vermeiden, er ist beschlossen. Man kann den Beschluß unterstützen, oder nicht. Ist es klug, Amerikaner und Briten dazu zu zwingen, auf eigene Faust zu handeln? Auf Kosten der Vereinten Nationen? Soll man lieber kuschen? Den Rauchkessel des Völkerrechts schwenken? Alles unklar. Hat Saddam Massenvernichtungswaffen? Ich weiß es nicht. Das ist irrelevant. Ob Blix je irgendeine Waffe fände, die er nicht finden soll? Eher unwahrscheinlich.

Wieviel Tote in der Zivilbevölkerung wären zu dulden, könnte der Irak dadurch demokratisiert werden? Wenn er überhaupt zu demokratisieren ist. Wie hoch darf das Blutopfer sein?

Das alles ist sehr sehr schwer zu befragen, zu beantworten nie. Ein teuflisches Thema. Zum Beispiel: Dürfte man zehn Menschen töten, von denen neun unschuldig sind, denn einer, welcher, das weiß man nicht, trägt eine Bombe bei sich, die ansonsten hundert Menschen in den Tod reißen wird. Oder sagen wir nicht hundert. Sagen wir: elf.

Zehn Menschen mutwillig töten, damit am Ende einer überlebt. Darf man das?

Die einen werden sagen: Nein, man darf das Schicksal nicht durch menschliche Entscheidung bevormunden, es gibt zudem immer noch die Möglichkeit, daß die Bombe durch einen technischen Defekt gar nicht hochgeht. Die anderen werden sagen: zehn Tote sind besser als elf Tote, was gibt es da zu überlegen? Und etliche Meinungen werden irgendwo dazwischen argumentieren, auf der Basis diverser Parameter, die den einen Menschen vom anderen qualitativ unterscheiden, nicht jeden als absolut gleich begreifen. Niemand spreche sich davon frei. Jeder würde, wenn die Rettungsboote der Titanic neu zu besetzen wären, Unterschiede machen. Frauen und Kinder zuerst? Na gut, aber warum eine alte Frau? Warum muß für sie ein junger Mann ertrinken? Etcetera.

Spielbergs *Minority Report* greift ein ähnliches Thema auf. Morde zu verhindern und zu bestrafen, bevor sie begangen werden.

Zizek, in seiner sauerstoffarmen Art, meinte zu diesem Film, es gehe um Morde, die noch nicht geschehen seien. Das ist Quatsch. Denn sie *sind* geschehen, nur aber in der Zukunft. Sobald wir um die Zukunft wüßten, wäre sie Teil der Erfahrungswelt – und justiziabel. *Minority Report* drückt sich selbstverständlich um die Stellungnahme, indem die Möglichkeit einer fehlerhaften Zukunftsvision eingeräumt wird. Ja, dann ist es wirklich kein Problem, die dostojewskische Position beizubehalten, derzufolge Menschenopfer zwar manchmal nötig seien, Menschen darüber aber nicht entscheiden dürften.

S' ist Krieg – und ich begehre nicht schuld daran zu sein. Der Satz war mir stets suspekt. Es geht doch nicht darum, ob ich oder irgendjemand schuld an etwas ist, ob man ins Jenseits mit blütenweißem Leichentuch einzieht, es geht darum, Menschenleben vor der Vernichtung zu retten. Mir ist viel lieber, jemand wagt etwas, auch auf die Gefahr hin, gegen seine Intention schuldig zu werden, als daß er den Kopf in den Sand steckt und auf seiner Insel den Privatfrieden mit der Schöpfung schließt.

Der Wille zur Macht bedeutet, im Umkehrschluß gesehen, im eigenen Leben der Tragik eine Andockmöglichkeit einzuräumen. Früher dachte ich anders, gemäß dem jugendlichen Slogan: *Stell dir vor, es ist Krieg, und keiner geht hin.* Ja, sehr schön. Ginge keiner hin, wäre das ein wunderbares Erfolgsrezept. Funktioniert nur eben nicht.

Zur Zeit wird manches diskutiert, was lange als indiskutabel galt. Z. B. ob man Folter in gewissen Fällen zulassen solle, wenn sie helfen könne, Menschenleben zu retten. Da ist meine Haltung klar und eindeutig: Niemals darf so etwas in der Rechtssprechung eine gesetzliche Grundlage erhalten. Es öffnete Tür und Tor zur stets phantasievolleren Auslegung einer wie sorgfältig auch immer formulierten Notstandsregelung.

Eine ganz andere Sache ist es, wenn sich ein Individuum mutwillig und bewußt auf eigene Verantwortung über das Gesetz hinwegsetzt, sich schuldig macht und womöglich Menschenleben dadurch rettet. Dann muß der Fall für sich betrachtet werden. Sofort griffe das Normative des Faktischen, dem sich niemand entziehen könnte. Nehmen wir doch nur mal folgendes Beispiel: Entführer halten ein Flugzeug besetzt. Dem einzigen festgenommenen Entführer kann durch Folter die Schwachstelle seiner Kumpane entlockt werden, die entführte Maschine würde ohne Verlust an Menschenleben befreit werden können. Glaubt jemand ernsthaft, daß man den verantwortlichen Vertreter des Gesetzes, der sich über das Gesetz erhoben hätte, anklagen würde? Lorbeerkränze würden ihm geflochten werden. Er hätte sich schuldig gemacht, aber das Verdienst würde die Schuld überwiegen.

Umgekehrt würde er sehr wohl bestraft, wenn sich das Vorgehen als nutzlos, überzogen oder unbegründet erwiese. Der Übergriff läge in seinem persönlichen Risiko, und ich mag Menschen, die Risiken auf sich nehmen. Einen gesetzlichen Freibrief dürfte man ihm dennoch niemals ausstellen. Die Ausnahmesituation ist eine Ausnahmesituation, weil zu ihr keinerlei Regularien, Direktiven, Schwimmhilfen, Stützräder vorliegen. Ausnahmesituationen fordern die Eigenverantwortung des Individuums. Man müßte mir jetzt entgegnen, daß, so definiert, jeder Dorfpolizist sich aufgefordert fühlen könnte, gottgleich Sheriff zu spielen, alles nach Gutdünken zur Ausnahmesituation zu erklären. Und ich wüßte nichts zu antworten als: Ja, das stimmt, im Grunde basiert jeder zweite Hollywood-Action-Film auf diesem Prinzip, und es täte mir leid, wenn ich mit dem, was ich gesagt habe, jemals mehr Unheil als Nutzen anrichten würde, aber der Mensch ist unberechenbar, und was immer ihm zur Verfügung steht, wird er entweder so für sich verwenden oder so. Zu schreiben heißt: sich in die Gefahr begeben, schuldig zu werden. Zu schweigen heißt dasselbe, nur ist es in der Wirkung schwerer nachzuweisen.

✧

saddam muß weg, schrieb marlene dietrich 1991. den falschen trifft es nicht. warum ist es plötzlich so wenig selbstverständlich, blutbeschmierte diktatoren beseitigen zu wollen? warum ist es plötzlich so wichtig, wer dafür sorgt und aus welchen gründen? um solch ein ziel zu erreichen, sind mithin sogar lügen erlaubt.

die eltern des opfers empfinden die reue des mörders
als verhöhnung.
die eltern des opfers empfinden das schweigen
des mörders als verhöhnung.
die eltern des opfers sind mit dem urteil nicht
zufrieden.
die eltern des opfers können mit keinem urteil je
zufrieden sein.
die eltern des opfers sind schwierige menschen.

es gibt kein wort für eltern, die ihr kind verloren haben, sie sind nicht witwen noch waisen.

immerhin gibt es ein fremdwort für eine frau, die noch kein kind geboren hat: *nullipara* – aber das klingt scheußlich nach paria und null.

ein wort für den zustand zwischen jungfrau und mutter fände ich sinnvoll, ohne überzeugende gründe vorlegen zu können.

✧

Lange Überlegungen zu einem Gedicht von Robert Frost.

The woods are lovely, dark, and deep,
But I have promises to keep,
And miles to go before I sleep,
And miles to go before I sleep.

Streng korrekt übersetzt müßte das lauten:

die wälder sind lieblich, dunkel und tief.
doch ich habe versprechen zu halten
und meilen zu gehn, bevor ich schlafe.
und meilen zu gehn, bevor ich schlafe.

Ganz nett, mehr nicht. Im Deutschen kein gutes Gedicht.

So ein Glückspoem, wie ich das nenne, ist nicht texttreu gereimt übersetzbar oder nur unter herben Verlusten.

Lars Vollen übersetzt es mit

der wald ist lieblich, dunkel, tief
doch muß ich tun, was ich versprach
und meilen gehn, bevor ich schlaf
und meilen gehn, bevor ich schlaf

Naja. Das ist hübsch, kaum zu tadeln, er hat getan, was ihm erlaubt gewesen war.

Zurück zu korrekten Rohübersetzung. Nicht zufrieden, geht man daran, dem Original innerhalb seines starren Gerüsts metrisch nachzueifern und eventuell Reime zu installieren

Funktioniert aber nicht. Die Ergebnisse sähen allesamt aus, als habe man in einem Alien-Film Kreaturen diverser Spezies vermengt zu einem grausigen, nicht lebensfähigen Mischmasch.

Also werden die Übersetzer beurlaubt, der Spezialtrupp der Nachdichtung kommt zum Einsatz. Dieser stellt fest, daß hier etwas gesagt, impliziert wird, was im Deutschen mehr Raum benötigt, um anzuklingen. Der Spezialtrupp nimmt sich Freiheiten heraus, um den Gehalt des Originals in die neue Sprache zu überführen. Was man machen kann, ist zu versuchen, die *Atmosphäre* des Gedichts in der eigenen Sprache nachzustellen. Vorhandene Zeilen müssen in ihrem *Gehalt* übertragen werden. Dabei entsteht mehr oder weniger langatmige Prosa, die an Heideggersche Hölderlin-Interpretationen erinnert.

Apropos Interpretation: Sie bildet das Basiscamp der Übersetzung. Der Nachdichter muß Stellung nehmen. Also:

Die Todessehnsucht, die Müdigkeit am Leben erinnert sich der Versprechen, die das eigene Talent dem Leben gegeben hat, nämlich es bis zum Ende mit der eigenen Kreativität zu begleiten, zum Dank für ein Talent, das nur auf natürlichem Wege vom selbstgewählten Frondienst erlöst werden kann. Gedicht über den Vertrag, den der Dichter mit den Göttern schließt. Faustisch auf engstem Raum.

Eine andere Interpretation ist für mich gar nicht denkbar, sehr wohl denkbar ist, daß viele Leser sich eine andere, profanere Interpretation herauslesen, auf die eigenen Bedürfnisse zugeschnitten. Das ist eine Qualität: Wenn etwas, hoch formuliert, in viele subjektive Aspekte zerfallen kann, die deswegen nicht weniger glitzern. Lapidar gesagt: Da ist für jeden was dabei. Gehört in jeden Haushalt.

Ist die Gehalterkundung erstmal erreicht, sind sich Nachdichter und Gedichtgehalt einig, versucht der Spezialtrupp, die benutzten Freiheiten auf ein Mindestmaß zu beschränken, ohne daß der Gehalt gleich wieder hoppsgeht. Er findet Möglichkeiten, Reime zu installieren und das originale Versmaß zu verwenden. Der Preis dafür besteht in einer zusätzlichen Zeile, Tribut an die Fremdsprache.

Es ist dabei Unsinn, zu glauben, im Englischen könne grundsätzlich etwas konziser ausgedrückt werden als in sonst irgendeiner Sprache. Tatsächlich kann in der *Dichtung* etwas konziser formuliert werden als in der *Nachdichtung*, welche Sprache das Original verwendet, ist dabei fast egal. In seltenen Fällen kann die Nachdichtung besser sein als die Dichtung. Dann war entweder die Dichtung nicht so gut, wie sie hätte sein können, oder sie hat sich tragischerweise der falschen Ursprungssprache bedient. Sehr selten, aber es kommt vor. Hier ist es nicht so, die meiner Meinung nach bestmögliche *Näherung* an Robert Frost lautet:

> dunkle wälder, tief und lieblich.
> gerne schlief ich, wärn da nicht
> versprechen, die zu halten sind
> und meilen noch zu gehn für mich.
> noch meilen, bis ich ruhe find.

Das ist, wie manche einwenden werden, ein Limerick-Reimschema, mit dem Ruch des Komischen behaftet.

Aber nur das Komische ist komisch. Ein Limerick-Reimschema, das nichts Lustiges enthält, macht aus melancholischen Zeilen keine witzigen.

gerne schlief ich ist eindeutig ein Übergriff von der Übertragung hinein in die Interpretation, sprich: subjektive Verdeutlichung. Nichts für Apostel des Kargen und Reinen. Aber anders kommt im Deutschen die rechte Stimmung nicht auf. Die überzählige Zeile stört meiner Meinung nach nicht. Früher hätte ich sowas krampfhaft zu vermeiden versucht. Aber was nur krampfhaft vermieden werden kann, sollte man zulassen. Es hat sein inneres Recht, ansonsten es ganz unverkrampft aus der Welt zu schaffen wäre.

Robert Frost gelang hier ein Glückspoem, weil seine Sprache, das Englische, die richtigen Reime barg, um etwas Gültiges formal ohne jede Angestrengtheit zu binden.

Gedichte sind Geschenke an die Muttersprache. Man kann es nicht oft genug sagen.

3.3., (Rosen-)Montag

Nach Zubereitung einer exquisiten Kartoffelsuppe erstes Mail-Interview zu *UC* für die Kulturnews.

Erste Frage: *Stimmen Sie zu, daß UC unter Ihren Büchern ein eher leicht zugängliches ist?*

Ich war sehr verdutzt und antwortete was von nein, im Gegenteil, sehr schwierig, sehr komplex, und dachte oje, der hat bestimmt nur die ersten Kapitel gelesen. Aber die Frage ist gar nicht unklug gestellt. Leicht zugänglich ist das Buch ja schon. Erst wenn man drin ist, wirds nach und nach schwierig.

✧

In die Stadt, um im Dürnbräu ein Bier mit Dirk Engler zu trinken. Sieht heute sehr russisch aus, macht vielleicht die bojarische Frisur. Befragt, antwortet er tatsächlich, ein Sproß von Rußlanddeutschen zu sein. Und russische, vielmehr ukrainische Nachrichten hat er auch, die *Haltestelle.Geister* betreffen. Das soll schon übersetzt sein und in Kiew und Jekaterinenburg kommen, ganz unabhängig von der Moskauer Aufführung. Das Jahrbuch der Halle 7 sieht prachtvoll aus. In der Fugäzo (ist doch nicht so schlecht, das Wort, klingt wie: puh, geht so) tummeln sich besoffene Jugendliche, die Bierflaschen zerschmeißen. Ich gebe einem Bettler mit Hund zwei Euro und stapfe schamerfüllt an dem Bettler im Rollstuhl vorbei.

Sus Magen-Darm-Geschichte scheint was Übleres zu sein, sie hat die ganze Nacht nicht geschlafen und sich endlich zum Arztbesuch entschlossen.

Der Arzt diagnostiziert eine Gastritis. Ist halb so schlimm, drei Tage nix rauchen, nix trinken, Haferflocken mit Wasser, dann gibt sich das.

✧

Am Abend Interviews gegeben, mit zum Teil sehr provozierenden Fragen, auf die ich ganz kommod reagiert hab. Nur jenes von xxxxxx hab ich gleich abgebrochen, das kam mit der ersten Frage schon so unsensibel daher, daß es Peitschenhiebe aus dem Himmel hätte regnen müssen.

Beatrice streichelt mich ruhig, die Nacht bricht wie ein Dachstuhl über mich herein.

✧

UC ist die Summe meiner Bücher. Alles vorher war Schleichweg dorthin, und blieb auf halber Strecke liegen, war Vorrats-, Munitionsdepot. Ein Biwak gegen diesen Palast.

Endlich ist die Literatur dem Leben wieder eine Steilkurve voraus.

alle bücher bisher
waren vororte roms.

4.3., Dienstag

Hinaus, aufs Feld, bei strahlendem Sonnenschein die verpfützten Äcker auf hinaufgepflügtes Antikes überprüft. Sieben pseudotexanische Reiter kommen uns entgegen, heben die Hand zu den Stetsons, kalte Zigarillos zwischen den Mundwinkeln. Wohl auf dem Weg nach Sacramento.

Anruf bei Marcel. Er hat eben das erste Exemplar von *UC* in der Hand. Soll klasse aussehen. Ich verlange, daß er es mir Express sendet. Kann man doch verlangen, nicht?. Eigentlich könnte er sich auch in die Nachmittagsmaschine werfen und es mir heute noch vorbeibringen. Eigentlich. Ich würd ihm auch was zu Abend kochen. Schon lang nicht mehr hab ich mich auf ein Buch so gefreut wie auf das. Ganz wie früher. Ganz ganz früher. Damals, als die Amsel noch ein scheuer Waldvogel war.

Wieder gehört: eine der besten Platten der Achtziger, heute selten erwähnt irgendwo:

Songs for Drella von Lou Reed und John Cale – im Grunde eine Velvet Underground-Platte – die letzte und vielleicht sogar die beste.

Alles zeitlose, fast klassische Kompositionen, harmonisch ausgetüftelt, schlicht und komplex zugleich, ganz ohne Drums, mit wunderbaren Texten, kein einziger schwacher Song dabei,

Auf eine wunderbar unterkühlte Weise ekstatisch, ohne Altersflecken. Nein, das ist nicht Rock&Roll, das ist Musik weit darüber, das ähnelt weitergedacht dem Liedgut Schuberts und Schumanns, dort, wo es am besten war. Eine Platte, die eine Ära wiedergibt, die fast alles erklärt, aber die Geheimnisse feiert, wo sie Geheimnisse bleiben müssen. Intim, wie kaum Musik sein kann, und sich doch der Oberflächen bewußt, die sie verwendet, der Legenden und Logos.

Man schwimmt in dieser Musik wie in einem dunklen Salzwassertank. Näher ist Pop der Größe selten gekommen. Über viele Jahre hinweg hab ich das begriffen. Zwei zerstrittene Künstler, die sich über dem Andenken eines toten Dritten trafen, zum vielleicht ergreifendsten Zweckbündnis der jüngeren Zeit. Daß der tote Dritte Warhol war, den ich nie gemocht geschweige anerkannt habe, ist völlig egal. Die Tatsache, daß zwei Musiker jemandem eine solche Hommage widmen, erhebt ihn in einen hohen Rang, er ist zu beneiden. Diese Platte ist mehr wert als alle seine Bilder zusammen, aber wenn er die Kraft hatte, mit seiner Erscheinung einen solchen Nekrolog auf sich zu ziehen, hat er auf seine Weise Ruhm ohne Ende verdient. Manche Künstler sind wichtig nicht aufgrund ihres Werks, sondern aufgrund ihrer Wirkung auf andere. I've learned that.

✧

Heine fragt sich in einem schönen Gedicht, das es folgerichtig zu einem Nistplatz auf seinem Grabstein gebracht hat, wo er wohl einmal begraben werden wird. In der Wüste unter Palmen, unter Linden am Rhein, an einer

Meeresküste? Undsoweiter. Ein auffallend menschenleeres Gedicht, in dem, wo das Grab auch immer sein wird, darüber Sterne als Totenlampen schweben werden. Gesetzt, daß Sterne schweben. Bei guten Gedichten soll man nicht pingeln.

Wo ich begraben werden will? Neben Beatrice. Alles andere ist Dekor. Aber wenn tatsächlich irgendwelche netten Mäzene das Wo und Wie beeinflussen können, dann gäbe es die Möglichkeit, daß man unseren Aschemix in den Weltraum schießt und wir eine lange Reise antreten, bevor uns die Gravitationskraft eines Sternes aufsaugt. Wenn das zu teuer ist: Wir würden gern nach unserem Tod ein Grab auf dem Cimitero Accatolico in Rom beziehen. Ein kleines Urnengrab auf der Wiese vor der Sextus-Pyramide, auf daß Katzenpärchen nachts über uns kopulieren.

Beim Abendessen sage ich, was ich eben geschrieben habe, daß es ein schöner Gedanke ist, auf ewig im Weltall zu schweben.

Bea: «Wer sich egal wie beerdigen läßt, schwebt genauso ewig durchs Weltall.»

«Aber auf einer öden Kreisbahn.»

«Nur ein paar Milliarden Jahre. Dann gehts unrund.»

Mail von Arabella, voll Traurigkeit darüber, daß ihre *Melodien*-Übersetzung immer noch keinen amerikanischen/englischen Verlag gefunden hat. Die werfen keinen Blick darauf, nur, weils zuviele Seiten hat und von einem deutschen Autor stammt, das macht mich wahnsinnig.

Meine Cäsar-Version wiedergelesen. Hat mich nicht befriedigt.

In zwanzig Jahren werde ich vermutlich an diese Zeit als eine glückliche zurückdenken. Sie ist es auch. Könnte ich das nur schon jetzt so empfinden. Es ist, als tränke ich von hundert guten Weinen, die alle großartig schmecken, aber der Rausch bleibt aus. Und wenn er kommt, ist er dumpf und schwer, und plötzlich schmecken alle Weine nach nichts.

Im Opernhaus, unerlaubt, neben dem tausendäugigen Inspizienten eine schöne Arie von Puccini hören dürfen, die sich knarzig und staubig neben einem abspielt, hunderttausendfach reproduziert und doch lebendig, kraftvoll, dieses Gefühl auf CD brennen und in Rente gehen – das wärs, eine Phiole voll des Zaubers, als man wurde, noch nicht war. Und über Gebühr genoß, was einem nicht zustand, Schwarzfahrer in einer Trambahn namens Sehnsucht, irgendwohin, behütet von einem Zelt aus Klang. Ja, das wärs. Wenn die Erinnerung zuvor banale Momente nachträglich in den Rang von Gottesbeweisen erhebt. Rücksturz in die Zeit, als man bereits zu jenem wurde, gegen den man sich, bei seherischem Bewußtsein, vielleicht sogar gewehrt hätte, mit Händen und Füßen, mit Augen und Mund.

schlimm finde ich, wenn irgendeine stimmung etwas mit organischen ursachen zu tun hat.

mein körper soll in mein gemüt gefälligst nicht hineinreden, soll sich raushalten, ich will meines geistes kind sein, nicht meines körpers geisel. von meiner fleischlichen basis möchte ich mich distanzieren, es darf nicht sein, daß etwas so plumpes macht über mein denken bekommt, es mit billigen wehwechen dahin und dorthin lenkt. hart genug, ab und an dem schwanz unterworfen zu sein, wehrlos. den innereien, sehnen, muskeln, selbst den lungenflügeln und stirnlappen billige ich das einfach nicht zu. ich erwarte von meinem körper, daß er mir dient, sich mir unterwirft, solange ich ihn nötig habe, widerspruchslos, ob ich ihm gebe, was er braucht oder nicht, er kann auch mal mit weniger zufrieden sein, ich entstamme einem robusten tagelöhner-genpool, kann erwarten, daß mein körper sich nicht auflehnt gegen mich, meine eskapaden duldet, mitmacht. er kann dann sagen, er sei dabeigewesen: das ist doch was, für so einen aus rustikalen quellen zusammengetragenen haufen fleisch und blut.

✧

Der letzte Herbst – was war das für ein Rausch. Stimmt. Wer dergleichen erlebt, darf sich nicht beschweren, wenn er hinterher in ein Loch fällt. Dabei gibts in diesen Mauern viel zu lachen, zu lieben, viel zu arbeiten, zu trinken – und dennoch, über allem liegt ein grauer Schmierfilm, das Zeitfett, von dem ich mich nicht freiwaschen kann. Vielleicht liegt es daran, daß ich tatsächlich bald mit allem fertig sein werde, was ich mir einmal vorgenommen habe. Alle Ziele erreicht, bedeutet: Es waren zu wenige.

Sich neue Ziele stecken müssen, wie eine Slalompiste, wozu genau? Kann man nicht wieder wie U18 durchs Leben gehen, frei von jeder Aufgabe, einfach genießen, leicht und zufrieden? Und das Erreichte abfeiern?

Kann man nicht.

Wer sagt das?

Ich.

Wer bist du?
Du, aber härter.

✧

Von 1996 an habe ich an UC gearbeitet. Und erst im letzten Jahr dazu die Lust bekommen, so, als ob ich vorher nicht reif dazu gewesen wäre. 2000 wirre, unnütze Seiten voller Feinschraffuren und Beschreibungsprotz begannen plötzlich zu verblassen, bis auf die wenigen, die wirklich nötig waren. Die leuchteten. Schon sehr eigenartig. Die Arbeit bestand letztlich nur noch daraus, das verbliebene Material reinzuschreiben und in die rechte Ordnung zu bringen. Ich hatte keine einzige Sekunde das Gefühl, Aufwand zu betreiben.

Wie ich mich Mitte/Ende November gefühlt habe; so etwas ist wohl nur wenigen Autoren vergönnt. Die eigene Fertigstellung mitzuerleben, wie man in einem Zweibilliardenteilepuzzle das letzte an die richtige Stelle legt und endlich den Schampus aufmachen kann. Mir wurde die Ehre zuteil, ein Stück weit auf dem Sonnenwagen mitzufahren. Mir ist die Sonne widerfahren, wie Semele der Blitz des Zeus, nur daß *ich* ihn überlebt habe, was vielleicht auf Dauer gesehen kein Vorteil ist, für kurze Zeit aber unvergleichliches Glück gewährt.

✧

«Wovon reden Sie denn?»

«Vom Schreiben, wie es heute möglich ist. Was sich mit Prosa machen läßt, wenn es einem ernst genug damit ist und man Glück hat. Es gibt eine vierte und fünfte Dimension, die man erreichen kann.»

«Glauben Sie das?»

«Ich weiß es.»

«Und wenn ein Schriftsteller sie erreicht?»

«Dann spielt nichts sonst eine Rolle. Es ist wichtiger als irgend etwas, was er tun kann. Es ist mit Wahrscheinlichkeit anzunehmen, daß er versagt. Aber es besteht eine Chance, daß es ihm gelingt.»

«Aber das, wovon Sie sprechen, ist doch Poesie.»

«Nein. Es ist viel schwieriger als Poesie. Es ist eine Prosa, die noch niemals geschrieben worden ist. Aber sie kann geschrieben werden – ohne Tricks und ohne Schwindel. Mit nichts, das später ranzig wird.»

«Und wieso ist diese Prosa nicht geschrieben worden?»

«Weil es sich um zu viele Faktoren handelt. Zuerst muß Talent da sein, viel Talent. Talent, wie es Kipling hatte. Dann muß man Disziplin haben. Disziplin wie Flaubert. Dann muß man eine Vorstellung haben, wie diese Prosa aussehen kann, und ein absolutes Gewissen besitzen, das so wenig wie das Pariser Meter irgendwelchen Schwankungen unterliegt, um Verfälschungen zu vermeiden. Ferner muß der Schriftsteller intelligent und nicht auf seinen eigenen Vorteil bedacht sein, und vor allem muß er am Leben bleiben. Finden Sie das mal alles in einem Menschen und lassen Sie ihn all die Einflüsse, die auf einen Schriftsteller eindringen, heil überstehen. Das Schwierigste ist, denn die Zeit ist so kurz, daß er am Leben bleibt und sein Werk zu Ende führen kann.»

«Was sind die Dinge, die einem Schriftsteller schaden?»

«Politik, Frauen, Suff, Geld, Ehrgeiz. Und das Fehlen von Politik, Frauen, Suff, Geld und Ehrgeiz.»

(Hemingway – *Die grünen Hügel Afrikas.* Erstaunliches Buch: Wirr, wahr, kraftvoll, ehrlich, eitel, böse, eine agnostische Predigt. Die Aufzeichnung eines Jägers.)

✧

Feuerwerksraketen in der VIP-Lounge des Olymps. Gläserklirren in der Chefetage des Kosmos. Die schwarzen Löcher speien Konfetti. *UC* ist ein Fest. Ständig erbleiche ich vor mir, bete mich an, opfere mir, kreische und tobe, küsse jedes Wort wie einen Gottesbeweis, fühle, wie das Universum unter jedem meiner Sätze etwas kleiner wird; ich bin der einzige Grund dafür, daß es sich dehnt und streckt, es will mir gewachsen sein und schafft es nie; es ist, im Vergleich zu mir ein lebensarmes, ideenloses Etwas, das mich durch seine Quantität aufwiegen möchte. Ha. Und wenn es wieder 1000 neue Galaxien geboren hat, halte ich lakonisch nur irgendeine Seite von *UC* hoch, schon schrumpelt es zusammen, möchte sterben vor Scham, neben mir zu existieren, möchte vergehen vor Glück, mein Zeuge gewesen zu sein. Ich klopfe dem Universum dann auf die Schulter. Du wirst leben, ich muß sterben – da heult das Universum, weint bitterste Tränen, und sogar mir verflüssigt es die Augäpfel, bis nur noch salzige Pfützen in den Höhlen schwappen. Überall im Kosmos singen Engel meinen Namen, in die Stille hinein, die kommende grauenhafte Stille.

das unbedingt so stehen lassen!!!

✧

blau wie drei abendhimmel. morgen das buch in händen halten.

5.3., Aschermittwoch

Die Expresspost um zehn hält vor unserer Tür, der Fahrer steigt aus, mit einem Paket in der Hand, klingelt beim Nachbarn, steigt wieder ein und fährt davon. So.

Bei Lyon&Turnbull, Edinburgh, wird der Speer versteigert, mit dem Captain James Cook auf Hawaii getötet wurde. Er ging dann in den Besitz seines Offiziers William Bligh über, der die Bounty bis zur Meuterei befehligte. Der Speer wurde irgendwann zum Spazierstock umgearbeitet, seinen Wert schätzt man auf 5000–8000 Pfund.

Um Viertel nach Zwölf geschieht ein Wunder: das Buch kommt doch noch, und zwar mit der ordinären Post, stinknormal frankiert.

Sieht schön aus. Dunkler als erwartet. Ich halte mein Baby in den Armen. Blaues Lesebändchen. Nabelschnur.

Spaziergang auf dem Hügel mit den riesigen Strommasten, Märzgefühle. Schlacht mit letztem Schnee.

Meldung aus der AZ, die der Welt des *UC* entstammen könnte:

Der Waldfriedhof vor wenigen Tagen: Um 13 Uhr wird Ma-

ria Fleischmann zu Grabe getragen. 89 Jahre alt, Nonne beim Orden der Barmherzigen Schwestern und seit fast 50 Jahren Krankenschwester.

Und um 14 Uhr? Da wird eine Maria Fleischmann gleich noch einmal beerdigt. Ebenfalls eine Barmherzige Schwester. Ebenfalls eine Krankenschwester. Ebenfalls 89 Jahre alt. Liegt da vielleicht ein Fehler vor?

Maria Fleischmann und Maria Fleischmann. Die Hauptakteure einer der ungewöhnlichsten Beerdigungen, die München je erlebt hat. Beide teilten den gleichen Namen, den gleichen Beruf, das gleiche Leben. Jetzt teilen Maria Fleischmann und Maria Fleischmann auch den gleichen Friedhof. Beide Fleischmanns starben nur mit ein paar Stunden Abstand im Februar in München, die eine im Waldsanatorium Planegg, die andre im Altenheim in Berg am Laim. Die eine wurde am 26. August 1913 in Theresienreuth geboren, die andere bereits einen Tag früher. In den dreißiger Jahren traten beide in den Orden der Barmherzigen Schwestern ein, die eine bekam den Ordensnamen Schwester Martella, die andre wurde Schwester Ursinella getauft.

Und jetzt? Liegen beide gemeinsam auf dem gleichen Friedhof. Allerdings nicht nebeneinander. Ihre Gräber sind 15 Meter voneinander entfernt.

✧

Michael ruft an, erzählt von einem Schnäppchen. Er habe sein Lieblingsbuch von Huysmans *En route* schon immer in der Erstausgabe haben wollen. Bei Livres Anciennes stand es für 25 Euro rum, Erscheinungsjahr 1895.

«Ich dachte, für 25 Euro könne das ja kaum die Erstausgabe sein, habs aber trotzdem bestellt. Und es *war* die Erstausgabe! Ich schlag das Buch auf – und was sehe ich?

Eine wunderschöne Widmung von Huysmans an einen Freund.»

Außerdem, erzählt er, haben die amerikanischen Bibliotheken je 50 Exemplare von Dezember, Januar und Februar geordert. Eins für jeden Bundesstaat. Bin ratlos. War auch zu verblüfft, um nachzufragen, was genau die «amerikanischen Bibliotheken» sind.

✧

«Wie heißt das, was du ißt?»

«Totes Rind mit Trauerklößen.»

«Sowas ißt du?»

«Naja. Das Tier ist dann nicht ganz umsonst geschlachtet worden. Obwohl ich vermute, es ist eher sanft entschlafen.»

Ein Rind hat vermutlich kein so langweiliges Leben wie Rosenkohl oder Kartoffeln. Obwohl.

✧

Max Goldt zum Beispiel ist ein großer Autor. Bei fünf Aussagen, die er macht, möchte man ihm dennoch anderthalbmal widersprechen, so, als dürfe sich seine Meinung in keinster Weise von der eigenen unterscheiden, damit der Glückszustand beim Lesen komplett ist. Aber er ist ein großer Autor, nicht obwohl, sondern weil er seine Schnurren und Eigenheiten hat. Zum Fürchten ist das, wieviele Leser vom Autor eigene Überzeugungen nur bekräftigt hören möchten, ihn quasi zum Erfüllungsgehilfen degradieren, der die eigene Meinung *gefälligst* (im wahrsten Wortsinn) formulieren, auf einen poetischen Punkt bringen soll.

In den letzten Monaten habe ich alle Goldt-Bücher gelesen, bestürzt, beschwipst, bekehrt. Bereichert.

✧

Immer mehr meiner Gedichte fangen mit *damals* an. Wo doch erst heute die Zeit gekommen ist, zu ernten. Die meisten Menschen vergöttern das Erlebnis, das Destillat begreifen sie als Abfallprodukt. Ich sehe es genau andersrum.

✧

Es ist ein Zeichen von Kleingeist, Jugend oder ventillosem Überdruß, zu glauben oder gar zu verkünden, man könne nach dem Autor XY nicht mehr so und so schreiben. Das hieße, den Autor XY als jemanden zu diffamieren, der das kulturelle Spektrum verengt hätte.

Aber große Autoren und Künstler verengen nichts, sie verbieten nichts, sie bereichern.

Die einfachste Definition von Kunst ist: Bereicherung der Welt. Erweiterung ihres Horizontes. Dazu kann gehören (muß aber nicht), den vorhandenen Spielraum an den Rändern auszubeulen, das Spielfeld zu erweitern, auch mit der vorhandenen Gefahr, sich in den Maschen dieses Randpionierdaseins zu verfangen.

Wie dem auch sei, das Spielfeld bleibt das Spielfeld. Geradezu schwachsinnig wäre die Forderung, man müsse nun, weil das Spielfeld schon von so vielen beackert worden ist, die Membran durchstoßen und im Nichts weiterarbeiten. Vom Nichts kommt aber nichts. Ein Autor, der den Namen verdient, schöpft aus der Tradition, lernt das Alte, sucht das Neue, und wenn er etwas Neues findet, läßt er es nicht zur Masche verkommen, sondern fügt es ein als neues Stückchen (mehr ist es ja nie) ins Arsenal der Möglichkeiten.

wenn ein sonst ernstzunehmender dichter sagt, man darf das und das nicht tun, um dies oder jenes zu erreichen, bedeutet das nichts anderes, als daß es ihm nicht möglich war, dies und jenes zu erreichen, ohne auf das und das zu verzichten. bei dichtern späterer baujahre kann sich genau das gegenteil als reizvoll und richtig erweisen – und wenn es sich nicht im ergebnis niederschlägt, so kann es zumindest als neue aufgabenstellung attraktiv gewesen sein.

6. 3., Krokustag.

Nach dem Frühstück in die Stadt. Bea sieht sich *Goodbye Lenin* an, ich streune durch die Kaufhäuser, ohne Wunsch und Plan, nur um mal nicht am Schreibtisch zu sitzen. Könnte ich mich mit einem guten Buch hinsetzen, das wäre schön.

Einladung zum Interview mit der Sendung *Lesezeichen* auf Bayern 3. Abgesagt. Es gab Zeiten, als ich mich geärgert habe, weil die nie was von mir wollten und immer nur die langweiligsten Bücher besprachen. Jetzt –

Grad denke ich, ich hätte doch die Interviews mit *Bunte* und *Gala* machen sollen. Was dabei rausgekommen wäre? Eigentlich spannend. Und wenn mich in zwanzig Jahren keiner mehr kennt, könnte ich in dumpfen Kaschemmen am Tresen hocken und sagen: Damals, als die *Bunte* und die *Gala* über mich berichtet haben … Echt? würde dann eine fettige Barschlampe sagen und näher an mich ranrücken.

✧

Schreckliche Bilder aus Gaza, die Armee beschießt Feuerwehrmänner, die ein brennendes Haus löschen, redet von bewaffneten Palästinensern, feuert in die (unbewaffnete) Menge und nimmt Verwandte von Terroristen in Sippenhaft. Diese altbiblische Auge-um-Auge-Strategie heißt gegen Terrorismus Staatsterror zu setzen. Wenn der von Erfolg gekrönt wäre, könnte man noch darüber diskutieren.

Bin Laden soll am Leben sein, die special squads seien ihm angeblich hart auf den Fersen. Ich muß sagen, wenn er am Leben ist, dann war es äußerst raffiniert von ihm, Lebenszeichen so zu streuen, daß alle glaubten, er *müsse* tot sein. (Tonbandaufnahmen ohne Bild, schwache Tonspuren mit nicht eindeutig zuzuordnender Stimme etc.)

✧

Die erste Kritik zu *UC* bekommen, Spiegel Online. Sehr gut. Die restlichen werde ich nicht lesen.

Abends die DVD von *Lost Highway*. Zuvor schwacher Film, jetzt toller Film. Vorher war ich doof, jetzt nicht mehr so. Ich muß wirklich vernagelt gewesen sein.

Lost Highway ist langsamer, etwas weniger unterhaltsam und aufgesetzter als *Mulholland Drive*, definitiv abstrakter, kühler, asketischer, grausamer, aber von einer sagenhaft durchkomponierten Bildsprache und Setbeleuchtung und einer – bei aller Weite – kammerspielartigen Intensität. Wenn man das Defizit an logischer Stringenz akzeptiert, entsteht prompt eine ganz neue, eigene Logik. Traumlogik, Höllenlogik, bzw. die Logik aus der Perspektive des geisteskranken Schizophrenen. Mit Zeitschleife. Könnte man noch lang drüber schreiben, hab ich jetzt keine Lust. Aber etwas fällt mir ein, das mich verstört wie sonst kaum was. Wenn Anfängerarbeiten höher gehandelt werden als Meisterwerke. Zum Beispiel gibt es Leute, die die ersten beiden Placebo-Alben, die ganz nett sind, kaum mehr, über einen Meilenstein wie *Black Market Music* stellen.

Ähnlich bei der Lynch-Rezeption. Über *Blue Velvet* schwebt so eine seltsame Aureole. Da hat Lynch doch noch geübt. Ich verstehe nicht, wie irgendjemand diesen interessanten, talentierten, aber simplen und in seiner Dramaturgie, seinen Stilmitteln und seiner Tiefenschichtung noch unausgegorenen Film über Meisterwerke wie *Mulholland Drive, Wild at Heart* und *Lost Highway* stellen kann. Für den eher nervtötenden *Eraserhead* gilt dasselbe, und sogar *Elephant Man* ist lange nicht so gut wie seine Verklärung suggeriert. David Lynch ist einer, der beweist, daß die besten Künstler eben doch weit länger als nur ein Jahrzehnt wirklich stark sind, eine lange Entwicklungsphase bis zur Meisterschaft brauchen und auch dann noch immer besser werden können. Man übertreibt gern, wenn man vom Verschleiß als Zwangserscheinung redet. Sicher kommt irgendwann der Abbau der Physis, man wiederholt sich auch mal, zitiert sich selbst, aber gegen alle sonstigen Gefährdungen, die vor allem Ruhm, Routine und Sattheit mit sich bringen, kann man sich ganz gut zur Wehr setzen, sofern man drauf Wert legt. Wobei es zwei Sorten von Routine gibt, eine positive, der man vertrauen darf, die nichts anderes als perfekt gewordenes Handwerk und Selbstbewußtsein kombiniert darstellt, und die andere, die aus fehlender Ambition oder falscher Motivation abgeleitet ist.

Su geht es besser, sie raucht wieder.

Spätnachts noch am Cäsar gearbeitet. Mit defätistischem Bordun. Meine Cäsar-Bearbeitung wird einmal genauso vergessen sein wie jene Hebbels, da mach ich mir keine Illusionen. Schuld ist der Purismus, der bereitwillig hinter einem großen Namen auf der langen Schleppe alle Scheiße mitschleppt, die je aus seinem Arsch zu Boden fiel.

Mein neuer Schluß ist möglicherweise weniger schlecht, aber auch nicht überwältigend gut. Ich hätte Akt Vier und Fünf komplett neu erfinden müssen, aber das habe ich mich nicht getraut. Falscher Respekt. Vielleicht sollte man das Stück nach dem dritten Akt abbrechen.

Ich bin mir sehr sicher, daß Akt Vier und Fünf entweder nicht aus der Feder Shakespeares stammen oder Jahre später von Schauspielern aus ihrer schummrigen Erinnerung niedergeschrieben wurden. Entstellt.

✧

Harald Schmidt, sinngemäß einmal: Erfolg ist, wenn man sich Kritik aus dem Umfeld endlich verbitten kann. Kritik hat man vorher lange genug ertragen müssen.

Seiner Meinung nach ist Erfolg die Diktatur im beruflichen Umfeld, die Autarkie, das Unbehelligtsein von Lästerzungen. Damit hat er Recht. Aber wer diesen Zustand erreicht, geht leicht in eine Falle oder unbewußt sogar in Rente. Ich habe weißgott viel Kritik ertragen müssen, oft völlig idiotische, absurde, bösartige. Aber ich muß zugeben, es hat mir etwas gebracht, nicht das, was der absurdbösartige Idiot intendiert hatte. Doch etwas anderes. Auch negative Räume sind Erweiterungen des Spielfelds. Und es gab die konstruktive Kritik von Freunden, manchmal nur gutgemeint, manchmal aber hilfreich.

Ich sehe, wie einige meiner Freunde, von denen ich nicht mal mehr weiß, ob sie noch meine Freunde sind, diesen Zustand der Autarkie erreicht haben – und fast alle werden darüber verrückt, berauschen sich an ihrer Macht, maßen sich Kompetenzen an außerhalb ihres Könnens, leben Omnipotenzphantasien als Mittelpunkte ihrer neugeordneten Welten. Das ist Unsinn. Die Macht muß man schon vorher haben, alleine mit sich – und mit all der Kritik um sich herum. Der Glaube, Macht über Ruhm, Einfluß oder Geld zu bekommen, ist einfältig. Viele dieser Neudiktatoren haben wohl reale Macht, aber nicht die nötige Macht über sich selbst. Sie gehen in die eigengegrabene Falle, in die Hybris. Nicht umsonst sind oft jene Künstler die stärksten, die ihr ganzes Leben unberühmt blieben. Sie wurden ihr Leben lang stärker, ihre Außergewöhnlichkeit wurde von Normalität beschützt.

Natürlich gibt es Ausnahmen, all jene, die den Ruhm und die Macht nicht in den Bereich ihrer Kunst vordringen ließen, oder solche, deren Werk im Wesentlichen schon beendet war, als der Ruhm sie ereilte, die danach dasselbe nur noch in Variationen ablieferten.

Über solche Fragen steht in *Die grünen Hügel Afrikas* alles Wesentliche en detail.

Schön wenn man etwas deligieren, auf etwas verweisen kann.

✧

1:30 Mail:

Lieber Helmut
Deinen Zeilen zu Gangs of NY habe ich nichts hinzuzufügen.
So ist dieser Film. Was für ein Fiasko. Man will es nicht glauben.

Übermorgen flieg ich wieder hin, in diese Stadt an der Ostküste jenes Landes, das gerade von allen guten Geistern verlassen zu sein scheint. Ich hab jetzt eine Wohnung dort, denn trotz allem ist New York zur Zeit der einzige Ort, an dem ich schreiben kann. Was nicht heisst, dass dabei Gutes rauskommt, aber immerhin kommt überhaupt was raus aus mir.
Tom

Beunruhigend, wenn man die eigene Kreativität lokal bedingt. Aber wenn es so ist.

Spät noch Anja zum Geburtstag gratuliert.

✧

Die Journalistin vom Spiegel fragte, ob ich Arndt Hermannstein überhaupt mögen würde.

«Er ist mir sehr viel näher als etwa Johanser, und er ist selbstverständlich ein klassischer Antiheld, Erotomane, nie ganz zufrieden, etwas zynisch, leicht arrogant, einseitig begabt, von Wehmut geplagt, nicht besonders entschlußfreudig, jemand, der mit dem eigenen Untergang kokettiert, aber er macht im Laufe des Romans, das darf man nicht übersehen, eine starke Entwicklung durch, wird geradezu liebenswert. Finde ich. In meinen Büchern gibt es wenig Schwarz-Weiß. Immer nur Grau in Grau.»

Arndts behutsamer Reifeprozeß in dem Roman, Frauen irgendwann nicht mehr nur nach ihrem Nutzwert zu bemessen, enthält von Beginn an eine reflexiv-selbstkritische Ebene, die manche Testleserinnen nicht wahrhaben wollen. Als seien die meisten Männer darin nicht noch viel rigoroser als Arndt, der die Frauen seines Lebens zumindest als Fenster seines Hauses darstellt, nicht als Bohlen im Parkett. Gerade er sucht weibliches Verständnis, sucht eine Gefährtin, Gespielinnen hat er genug gehabt. Und als er endlich eine findet, beschließt die, ihn zugunsten eines offensichtlich interessanteren Mannes zu verlassen. Wie das Leben so spielt.

Arndts bitterer Rückblick auf eine Existenz, die vor allem deshalb tragisch ist, weil die einzige wahre Liebe zugunsten eines imaginären Plans von Glück und Karriere und Künstlertum aufgegeben wurde. Das ist so menschlich und archaisch. In der Auseinandersetzung zwischen Arndt und Sam, zweier antipodischer Positionen zur Kunst, eine starke weibliche Protagonistin zu vermissen, hieße das Thema des Romans zu mißbilligen. Arndt, der Geld hat, der sich tägliche Befriedigung leisten kann und auch leistet, wie jeder Mann sie sich genehmigen würde, der über die nötigen Mittel verfügt und noch Hormone im Körper beherbergt, agiert einfach nur unverstellt, wahrhaftig, überhaupt nicht chauvinistisch. Er verachtet die Frauen nicht, er verehrt sie sogar, auf seine Weise brüllt er nach ihnen. Wünscht sich eine herbei, die für ihn da ist, die dennoch verehrungswürdig bleiben kann.

Eine solche trifft er nicht, nur solche, die ihn seinerseits benutzen.

Es gibt für eine Romanfigur tatsächlich so etwas wie einen Hyperchronos – das ist die reale Welt des sie erschaffenden Autors. (Eigentlich eher ein Hyper*space*, aber der HC ist auch ein *space*.) Wir sind von unserem HC so weit entfernt, wie die meisten Romanfiguren von ihrem. Nur Arndt wird ein Blick in die höheren Gefilde erlaubt – das ist locker einen Fenstersturz wert.

Die eigentlich tragische Figur im Roman ist Kurthes, der vermeintliche Schöpfer, der erkennen muß, selbst nur Figur, Marionette zu sein, der sich so offensiv wie vergeblich zurückträumt in die Zeit, als er nichts davon wußte. Als er groß – und noch sterblich war. Kurthes endet als Karikatur und weiß davon, selbst und gerade im Moment des höchsten irdischen Triumphes. Grausamer gehts nicht. Immerhin kann er auf ewig mit Ala zusammensein.

Zum ersten Mal war ich für meinen unheroischen Vornamen dankbar. Sonst hätte ich mir den Gag mit dem Maximus Creator nicht leisten können. Leider wird für viele selbst dann die Selbstironie nicht klar. Der Autor eines Buches ist für die Romanfiguren nun mal sowas wie ein Gott, darin liegt doch keine Anmaßung.

Das Mitleid mit aller Kreatur, der Karfreitagszauber, obsiegt in *UC* über den Adler von Sils-Maria. Aber innerhalb der Dramaturgien des Tragischen ist das nur natürlich. Deshalb geht Arndt ja unter. Tragisch-logisch sozusagen.

✧

Diesen und jenen meiner Freunde verehre ich wirklich. Ganz ohne Neid und Mißgunst. Doch genau jene Freunde verliere ich regelmäßig durch vielleicht berechtigte, aber vorlaut geäußerte Sorge, wenn ich zum Beispiel durch die Blume sage (und die Blume mildert da überhaupt nichts): *Du könntest mehr aus dir machen, wenn das und das nicht wäre* – es ist lieb gemeint, wird aber oft als Vorwurf und Beleidigung empfunden, nicht als Versuch, einer Person zur Optimierung zu verhelfen. Es stimmt, man müßte diesen Freunden zugestehen, sich selbst so und so erschaffen zu haben, weswegen man sie auch genauso nehmen müßte, wie sie sind.

Das kann ich eben nicht. Ich sage jedem, der mir am Herzen liegt, was mir meiner Ansicht nach an ihm verbesserungsfähig erscheint. Meistens habe ich damit Recht, sonst wäre es für diese Freunde ja ein Leichtes, gnädig darüber hinwegzusehen. Mich zu ertragen, fällt schwer, weil ich nie das Maul halten kann. Die Motivation, die dahinter steht, ist offenbar nachrangig. Vielleicht bin ich nur ein ekelhafter Besserwisser und Missionar, aber wo immer ich ungenutztes Potential entdecke, da kann ich nicht anders, ich muß es zur Sprache bringen. Wär ich zynisch gewesen, ich hätte viele Freunde behalten. Beunruhigender Satz.

7.3.

Ereignisloser Tag.

Ich finde es unverantwortlich, daß die Medien den Zuschauern suggerieren, es gebe vielleicht doch noch eine, wenn auch geringe Chance auf Frieden. Der Krieg ist beschlossene Sache.

Das Kluge, das einer sagt, wird irgendwann selbstverständlich und also banal. Die viel interessanteren Stellen in einem Tagebuch sind jene, in denen die Aura einer Zeit festgehalten wurde, das Unverwechselbare, oft Unscheinbare, das darin wie in einer Kapsel erhalten geblieben ist, und wenn man draufbeißt, sozusagen, wird man mit einem fremdgewordenen früher vertrauten Arom konfrontiert

✧

die freigabe von kokain
ist indiskutabel.
ein satz mit kain und abel.

✧

unter der weißen schicht liegt der schwarze text, wir kratzen nur einen winzigen teil von ihm heraus, alles andere bleibt verborgen. der text ist schon da, bevor wir den stift ansetzen.

text ist blut.

Heute vor einem Jahr sah ich Heiner zum letzten Mal, wir saßen mit Girgl und Norbert Niemann im Gasthaus und verglichen unsere Lebenspläne.

Es gibt eine Anekdote aus dem letzten Jahr, die mich unter anderem angeregt hat, Goldt zu lesen. Wie hieß der Typ? Ralph? Weiß nicht mehr, sein Mädchen hieß jedenfalls Jaqueline. *Jaqueline gilt als eine der begabtesten Ohrlochstecherinnen von Darmstadt-Zentrum.* So der Eindruck, den ich nach einem kurzen Gespräch mit ihrem Freund gewinnen mußte. Er stellte sich als Leser meiner Bücher vor, «besonders der frühen», die er auch zum Signieren mitgebracht hatte.

Während er mir beim Signieren penibel genau zusah, zeigte er ebenso penibel stolz auf die neben ihm hochrot lächelnde Jaqueline, offenbar Nichtleserin meiner Bücher, aber immerhin Zeugin meiner Lesung. «Das ist Jaqueline. Schreibst du noch rein: *Für Jaqueline*? Sie ist eine hochbegabte Ohrlochstecherin. Ich dachte, das könntest du verwenden.»

«Ich trage keine Ohrringe».

«So mein ich das auch nicht. Aber Ohrlochstecherin, hochbegabt – das hat doch was, oder?»

«Hmmhm», sagte ich.

«Also Max Goldt würde daraus was machen», sagte er. «Max Goldt ist mein anderer Held.

Nicht so spannend und einlullend wie Du, aber klarer.

Näher am Leben. Und lustiger. Viel lustiger. Mit Feingefühl. Früher hast du dich ja auch noch mehr um so Wortwitze bemüht, aber inzwischen denkst du ja nur noch nach, ob man auch alles in jede Sprache übersetzen kann. Stimmts?»

«Stimmt», sagte ich. Jaqueline lächelte bemüht.

«Wenn Du Max Goldt triffst, der ist ja jetzt auch bei Rowohlt, sag ihm doch einen schönen Gruß von Ralph und erwähn das mit der Ohrlochstecherin, das kann Max sicher noch irgendwie ausbauen.»

Da ich bei Rowohlt bin und meinen Kollegen Goldt Mittag für Mittag in der Rowohlt-Kantine treffe, gab es keinen Grund, Ralph zu enttäuschen. Ich würde mich gleich nächsten Montag darum kümmern. Er holte weitere Bücher aus seinem Rucksack. Ich fragte mich zum ersten Mal ernsthaft, ob ich nicht in meinem kurzen Leben ein paar Bücher zuviel geschrieben hatte.

«Schreibst du rein: *Für Jaqueline und Ralph*? *In Freundschaft Euer*?»

Schrieb ich.

In Köln hatte mich mal ein Teeniemädel gebeten: IN LIEBE DEIN zu schreiben. Gott, warum nicht? Ich hätte mir von ihr durchaus diese oder jene Gefälligkeit gefallen lassen, also warum umgekehrt kleinlich sein?

«Jaqueline hat noch nichts von dir gelesen, aber das wird sie noch machen.» Jaqueline nickte. Er überlegte, was er mir über seine Freundin Lobendes sagen konnte, ohne anzüglich zu wirken. «Natürlich sticht sie nicht immer Ohrlöcher, sie sticht auch Nasenlöcher, also sie sticht Löcher in die Nase, nicht ins Nasenloch, klar?»

Mir war durchaus klar, was er meinte. Ich gab ihm die signierten Bücher.

«Piercing im engeren Sinn macht sie aber eigentlich

nicht. Sag mal, warum machst du in die Bücher immer nur dein Kürzel rein?»

«Kürzel? Nein, das ist meine Unterschrift.»

«Kann doch niemand entziffern.»

«Das ist bei Unterschriften manchmal der Fall.»

«Naja, aber deine Unterschriften hier sehen immer ein wenig unterschiedlich aus.»

Er legte mit aufgeklapptem Zeigefinger ein paar der aufgeklappten Bücher vor mich hin und verglich. Zeigefingrig und schnutenziehend.

«Das passiert», so meine Entschuldigung «weil ich auch nach einer Lesung noch aufgeregt bin, zweitens Schwierigkeiten mit der Motorik bekomme, wenn ich viele Unterschriften hintereinander abliefern muß.»

«Echt? Wahrscheinlich denkst du, die Leute finden das süß, aber es wirkt nicht besonders professionell.»

«Ich denke gar nicht drüber nach, wie die Leute das finden.»

«Ja, das mein ich. Stell dir mal vor, ich zeige jetzt diese Bücher meinen Freunden. Die sagen doch: *Hmmm.* Verstehste?»

«Nein?»

«Die halten mich für einen Fälscher, oder sie sagen, was isn das fürn Typ, der nichtmal seinen Namen immer gleich schreiben kann? Macht keinen guten Eindruck.»

«Schau Ralph, ich werde üben, in Ordnung? Hinter dir stehen noch ein paar Leute.»

«Hast du vielleicht ne Mailadresse?»

«Was ist das?»

«Solltest du haben. Du hast nichtmal ne Homepage mit Gästebuch. Unprofessionell. Max Goldt hat eine. Geh da mal drauf. Die ist toll gemacht.»

«Okay.»

«Und wenn du doch mal 'n Ohrloch gestochen brauchst: Jaqueline macht das super.»

Ich war kurz davor, aus tiefster Vergangenheit ein paar schlechte Lochstecher-Witze hervorzukramen, doch in diesem Moment beugte sich Jaqueline zu mir herab, eine kaum zwanzigjährige brünette Stupsnasenunschuld. Sie sah mir zum ersten Mal direkt ins Gesicht, flüsterte, sanft, in Milch und Honig gebettet, mit einer leicht lispelnden Engelszunge: «Ralph liebt Ihre Bücher nämlich sehr. Er redet ganz oft von Ihnen.» Sie hakte sich ein bei Ralph und zog ihn und seinen Rucksack langsam vom Signierpult fort. Ich sah den beiden lange nach, ehrlich bewegt. Ehrlich.

«Schreiben Sie bitte: *Für Julia*?»

Ich schrieb: IN TIEF EMPFUNDENER LIEBE. JULIA, ICH DANKE DIR. FÜR ALLES.

Der Skandal danach war gar nicht so groß, wie in der ersten Fassung dieser Geschichte erschwindelt. Julia wurde einfach nur rot, grinste und ging.

Max Goldt schrieb mir später, daß er gar keine eigene Homepage hat – und das stimmt, sie wird von einem Fan betrieben. Das wenn ich gewußt hätte! Ich hätt es diesem Ralph gesagt. Ach was, gesagt! Ins Gesicht geschleudert!

✧

Maxim Billers Roman *Esra* darf per einstweiliger Verfügung nicht mehr ausgeliefert werden.

Versteh ich nicht. Erschreckt mich. Wenn Roman draufsteht, ist Fiktion drin. Wenn die Fiktion autobiographisch gefärbt ist, nimmt man falsche Namen, das hat er ja wohl auch getan – wie kann sich da jemand erfolgreich auf Persönlichkeitsrechte berufen? Und so holterdiplop eine EV erwirken? Ein Skandal ist das. Und sein Lektor wird zitiert mit dem Satz, man *erwäge* gegen das Urteil juristisch vorzugehen. Wieso *erwäge*? Da muß man alle Kanonen durch alle Instanzen schieben.

✧

Beatrice hat für ihre Lara-Croft-Level vom Userforum viermal die Höchstwertung von zehn Punkten bekommen, ist ganz aufgeregt und glücklich. «Meine erste Kritik!» Morgen muß ich mir die Level endlich ansehen.

✧

Alles ist lächerlich, nur der Tod nicht.

Angeblich von Thomas Bernhard. (heißt es gerade bei *Danke, Anke!*)

Den Satz kannte ich nicht, mein Satz:

Alles ist lächerlich, nur der Moment nicht. (Vision-Callas-Gedicht.)

bezog sich nicht auf Thomas Bernhard, aber er stellt unsere diversen Standpunkte so exemplarisch aus, daß mir ganz wohl wird. Ein jeder pflege seine eigenen kleinen Nicht-Lächerlichkeiten. Aus einem schönen Satz ist ein Gegen-Satz geworden. Gut.

Was habe ich heute bloß gemacht? Nix. Nichtmal gelitten darunter. Gelesen, daß das neue Stück von Pollesch an der Volksbühne von derselben Idee lebt wie die Geschichte, die ich neulich geschrieben habe. Egal.

Das Schiller-Archiv in Marbach bittet um einen kurzen Text über meine Eindrücke vom Archiv, fürs April-Magazin. Salär: 33 Euro und drei Gratisexemplare.

Im Streichelzoo der Superhelden.

Am Morgen nach meiner Lesung aus der *Schmerznovelle* zeigte mir der Leiter des Archivs in Marbach im weiträumigen Untergeschoß dieses und jenes, unendlich vieles, darunter in einem Nachlaß auch Briefe von meiner eigenen Hand, die ich vor etlichen Jahren einem inzwischen toten Helden geschrieben hatte. Peinlicher Moment, etwas derart Intimes wiederzusehen, ausweglos für die Öffentlichkeit dokumentiert. Ich bekam laszive Photos von Speedy Schlichter, der Frau meines Lieblingsmalers, zu sehen, bekam Einblick in verworfene Drehbuchentwürfe berühmter Autoren, mir wurde sogar der Genuß einer Lebendgipsmaske von Durs Grünbein zuteil. Am Ende des Rundgangs führte der Archivleiter mich zum Heiligsten, öffnete den Stahlschrank, gab mir zwei Hölderlin-Gedichte auf die Finger. Dünnes Papier, kaum verblaßte Tinte, ich hätte die Blätter zerknüllen oder aufessen können. Nicht, daß ich ernsthaft darüber nachdachte, aber die reine Möglichkeit dessen schockierte und faszinierte mich mehr, als Zeilen dieses Dichters zu berühren, der zu den mir Wichtigsten gehört. Obwohl selbst Autographensammler, halte ich Papier, selbst solches, das die Größten benutzten, nicht für arg viel mehr als benutztes Papier, sakrosankte Gedanken sind mir in Bezug auf Materie fremd. Autographen sind innige Anhaltspunkte, haptische Eselsbrücken in der gedanklichen Beschäftigung mit dem Idol, mehr nicht.

Aber diese engen, kleingeschriebenen Zeilen einer fast weiblichen Handschrift zu lesen, in ihrer ersten Inszenierung sozusagen, schuf zwischen ihnen und mir einen mehr als vierdimensionalen Raum, eine Kapsel aus sonderbarem Licht der Empfindung, etwas Mythisches wurde ganz menschlich, wahrhaftig und erschütternd. Da ging etwas hin und her, ich glaubte eine Kraft zu spüren, die sich seit Jahrhunderten wie ein Schutzfilm über die Blätter gelegt hatte. Ich kann nicht ausschließen, daß irgendwann jemand eine ähnliche Gelegenheit benutzen wird, sich Hölderlins Gedichte in den Mund zu stopfen und sich dabei vielleicht sogar mächtig aufbegehrend vorzukommen. Ich hatte viel Spaß bei der Überlegung, was mit den Blättern geschähe, könnte man sie dem Maul des überwältigten Irren entreißen. Würde man die verspeichelten, zerkauten, unlesbar gewordenen Klumpen dem Mülleimer übergeben oder in irgendeiner Art weiterhin konservieren? Und wie würde bürokratische Terminologie einen solchen Vorgang benennen? Egal, was geschähe, in diesem Moment hörte ich Hölderlin lachen. Hölderlin hatte in den Ohren meiner Phantasie nie vorher gelacht. Geweint ja, geschrieen ja, aber gelacht? Nein. Und es war das hellste, melodiöseste Lachen, das ich aus der Kehle eines Mannes je gehört habe. Manchmal, wenn ich schreibe und ein wenig getrunken habe, kommt es wieder, dieses elegische Lachen, aus einer dunklen Ecke meiner Seele kommt es, öffnet eine Zeitschneise in den Raum, macht mich privilegiert und glücklich.

Der Archivleiter bot mir übrigens noch Handgeschriebenes von Goethe und Schiller an. Das von Schiller betatschte ich respektvoll, aber kurz, jenes von Goethe ging ungestreichelt zurück in die Samtbox.

Und Hölderlin lachte erneut, seither sind wir auf Du.

✧

apropos: heute bei *wer wird millionär* die 16 000 euro-frage ans publikum:

wer erschoß sich und seine freundin henriette vogel am 21. 11. 1811?: a. kleist. b. goethe c. schiller d. lessing.

goethe bekam 20 %. alle vier übersprangen die 5 %-hürde. kleist lag bei 46 %. kleist bekam keine absolute mehrheit mehr.

✧

kaum was ist so lächerlich wie der tod.

8.3.

Mit einer Zeitung über den Abdruck eines Textes verhandelt. Die boten mir genau ein Sechstel dessen, was ich wollte. Minusrekordverdächtig. Dann halt nicht.

Anruf bei Michael. Gemeinsames Wolfsheulen über zunehmende Verrohungssymptome. Zum Beispiel: Fast alle Boulevardblätter sind langsam auf das Niveau der Bildzeitung gesunken, die ihrerseits noch durch den Meeresboden gebrochen ist. Schlagzeilen wie *Oliver Kahn – wird seine Frau ihm je verzeihen?* Unglaublich. Was hat er denn verbrochen?

Die bigotte Schere sorgt für ein unerträgliches Klima.

Ganz bewußt erschaffen die Medien eine Puppenstuben-Atmosphäre auf dem Stand der Moral von 1955. Warum? In einer Gesellschaft sexueller Libertinage (und diese haben wir ja insgeheim, in der nicht-öffentlichen Abteilung) gäbs keine Skandale mehr, mit denen die Blätter täglich gefüllt werden müssen, um den Voyeurismus zu bedienen.

Journalistische Ethik dagegen geht völlig vor die Hunde. («Hier sehen Sie die Wohnung des Partyluders, die Türklingel dürfen wir Ihnen aber nicht zeigen...») Über Werte wird nur noch gelacht. *Regeln sind für Schwache,* hieß der Werbespruch von *Anatomie 2.*

Inzwischen versuchen viele Leute buchstäblich alles, um Erfolg zu haben, mit irgendwas, auch ohne jedes Talent. Man hat ihnen eingeredet, daß in dieser Gesellschaft nur etwas ist, wer Erfolg hat. Und das stimmt ja – in *dieser* Gesellschaft. Auf die man sich zum Glück nicht einlassen muß. Aber dazu muß man stark sein.

Andererseits wird den Leuten suggeriert, daß man selbst ohne Talent zum Erfolg kommen kann, indem man einfach nur frech, originell, spektakulär, eigenartig sein muß. Das reicht tatsächlich für einen kurzen Erfolg, der danach mit einem Leben in Unzufriedenheit bezahlt wird. Das ist eine Gesellschaft, die den Menschen verhöhnt und betrügt, benutzt und mißbraucht, unter Druck setzt, verachtet. Für ein paar wenige, die im Scheinwerferlicht und im Geldtopf schwimmen, leben Millionen mit dem Trauma, ein Leben dritter Klasse zu führen. Die Jugendlichen auf den Schulhöfen bewaffnen sich zunehmend. Neurotische, verhaltensgestörte Generationen wachsen heran, üben für den Kampf ums Geld. Ich habe mich lang geweigert, diese Entwicklungen als alarmierend zu empfinden, habe befürchtet, zu übertreiben, alt zu klingen, defätistisch. Nun geht das nicht mehr.

ob kerner, roberto blanco, reich-ranicki, dieter bohlen, boris becker, jürgen fliege, ralph siegel, elke heidenreich, verona feldbusch, alice schwarzer, schlingensief und die neunhundert anderen – man muß kapieren, daß das alles nur masken ein und derselben figur sind.

die verblödungsgesellschaft bedient man, sobald man sich mit ihr einläßt. egal wie.

Wie könnten Lösungen aussehen? Reanimierungen starrer Wertsysteme? Autorität in der Erziehung? Bildungszwänge? Freiwillige Selbstbeschränkung der Animationsgesellschaft? Alles aussichtslos. Eine Gegenbewegung ist dennoch mehr als wahrscheinlich. Nur eben nicht vorstellbar. Wenn sie kommt, wird sie, in egal welcher Form, überraschen.

Ohne Repressionen in der Kindheit empfindet man erlangte Freiheit nicht als Ekstase.

Es stimmt, ich finde die Jugend zu verzärtelt, gehengelassen, im schlimmsten Wortsinn unbekümmert. Ich glaube, daß Kinder Härte vertragen. Und Härte ist die beste Vorbereitung auf das Leben. Der Punkt ist, daß sie die Härte als gerecht empfinden müssen. Kinder haben bewußt wie unterbewußt Verständnis für eine gerechte Bestrafung. Nur Ungerechtigkeit traumatisiert. Ich habe alle Prügel vergessen, die ich bekam. Nur an die, die ich für nichts bekam, erinnere ich mich noch. Ich finde es in Ordnung, wenn Kinder mit dem Erreichen der Volljährigkeit im Haß von ihren Eltern scheiden, solange danach irgendwann eine Versöhnung folgen kann. Das ist natürlich. Eltern, die diesen temporären Haß partout vermeiden wollen, die die Revolte unter Gluckenliebe ersticken, tun ihrem Sprößling nichts Gutes, sind selbstsüchtig, rauben ihrem Kind einen Teil Energie, den es in der Spätpubertät aus purem Haß bezieht und manchmal in Kreativität verwandeln kann. Der Haß, der bald verfliegt, richtet sich gegen die Eltern, nicht gegen Umwelt und Gesellschaft. Das ist ein rituelles Opfer, das Eltern bringen sollten, leider zunehmend nicht mehr bringen wollen.

Übel: Charlie Chaplin, der neben seiner genialen Kunst zehn Kinder in die Welt gesetzt hat, wird in einem Fernsehbeitrag dafür verurteilt, daß er für diese zehn Kinder zu wenig Zeit erübrigt, mit ihnen nicht oft genug gealbert hat, zu Hause streng gewesen ist, etc. Sowas will ich einfach nicht mehr hören. Kinder sind Scheiße für die Kunst. Sollen still sein und nicht mucksen, sollen dankbar dafür sein, daß sie neben der Kunst, egal wie, ihren Weg in diese Welt gefunden haben, und im Falle der Vaterschaft Charlie Chaplins und seiner Schweizer Villa sicher nicht den unangenehmsten. Welch dreistfeiste Mütterkultur hinter solchen Fernsehbeiträgen steht, ohne jeden Sinn fürs Wesentliche, da werde ich brutal.

✧

Nachmittags zeigt mir Beatrice das erste ihrer sechs LaraC-Level, schränkt dauernd ein, da habe sie noch geübt. Dabei ist es außerordentlich beeindruckend. Was an Arbeit dahintergesteckt haben muß, gar nicht auszudenken. Bin völlig geplättet und sehr sehr stolz auf sie. Hatte mir das in diesem Ausmaß nicht vorgestellt. Und war oft entnervt gewesen, wenn sie stundenlang das Netz belegt hatte. Sie meint, der Jubel der LC-Gemeinde sei ihr ganz peinlich. Wenn man sich schon mit etwas Mühe gibt, das schön werden soll, kann man sich gleich auch noch ein bißchen mehr Mühe geben, damit es noch schöner wird, so einfach sei das. Bald werden die Level auch international vorgestellt, dann begeben sich Menschen weltweit in von ihr entworfene Welten.

Su schickt ein schönes Mail, über die köstliche erste Schwarzteetasse nach der Krankheit. Und daß sie jetzt mit Mozart im Hintergrund arbeitet, prompt sei eine schwierige Stelle in ihrer Doktorarbeit einfach zu lösen gewesen.

✧

Abends, nach den Osbournes, im BR: *Henker – der Tod hat ein Gesicht.*

Die beeindruckendste Interviewantwort, die ich je gehört habe, entstammt diesem Dokumentarfilm.

Paul Sakowski, Häftling und unfreiwilliger Henker im KZ Sachsenhausen, der von den Sowjets zu lebenslang Sibirien verurteilt wurde, 1970 frei kam, nie mehr recht Fuß faßte im bürgerlichen Leben, anwortet im Altersheim auf die Frage:

«Was würden Sie anders machen, wenn Sie Ihr Leben noch einmal leben könnten?»

«Nicht leben.»

Leben ist Glückssache. Die Grausamkeit dieses Daseins und seine Schönheit, und wie beide einander bedingen. Wie man, ohne die Schönheit zu schmälern, die Grausamkeit lindern kann, darum muß sich das Werk jedes Menschen drehen, der seine Zeit nicht einfach absitzen will.

Ich wiederhole mich? Na und?

✧

Der blödeste Vorwurf, den man einem Schriftsteller machen kann, ist der, zu behaupten, er sei saturiert und habe nichts mehr zu sagen. Das wäre ja das Ideal jedes Schriftstellers von Rang: Endlich saturiert sein und nichts mehr sagen zu müssen. Das Nirwana.

Dabei bin ich saturiert höchstens vom Standpunkt des zukunftlosen Penners, der ich einst gewesen bin. Inzwischen habe ich es immerhin zu einer flirrenden Vergangenheit gebracht, und zu sagen ist noch einiges, weniger als früher, zugegeben, das Übriggebliebene aber fundierter, auf der Basis echter Erfahrungswerte, und ohne den poetösen Schnickschnack, mit dem man zu Beginn der Karriere die gefangenen Wörter verziert hat.

Hätte man heute nicht weniger zu sagen, hätte man vorher nur Unsinn verbreitet.

Ich kann mich gut erinnern an alles, was mir früher wichtig war, ohne daß es deswegen wichtiger wird. Wieviel Quatsch ich gemacht hab, der damals kein Quatsch war, der reproduziert aber zum Schleim gerinnen würde.

Neulich, in der Fußgängerzone, beim Fremden-Frauen-heimlich-in-die-Nasenlöcher-Schauen wurde mir bewußt, bald physisch als Altlast zu gelten, die sich erkaufen muß, was sie sich vorher, mit ein wenig mehr Mut, leicht hätte erobern können.

9.3., Sonntag, Kastanienwegwerftag

Butzlaff, Wolfang: Nachtkonzert. Ein deutscher Schelmenroman mit italienischem Intermezzo. Bonn, Nenzel (1995). 230 S. Brosch.

So heißt das nicht mehr lieferbare Buch eines pensionierten Oberstudienrates, wegen dem mein kommender Gedichtband angeblich nicht *Nachtkonzert* heißen darf. Der Kerl gibt trotz Schimpfen und Flehen den Titel nicht frei. Wie ich glaube, existiert kein Schutz für Titel, die nur aus einem Wort bestehen, und Marcel hätte weder schimpfen noch flehen müssen. Leider scheinen die Rowohlt-Anwälte wenig risikobereit, besonders wenn es um einen Lyrikband geht.

✧

Morgens ging der Mannschaftskampf gegen Gauting verloren, kurz vor der Zeitnotphase sah ich meinen Vater, er zupfte mich plötzlich am Ärmel, war freundlich, sehr fleckig, sehr leise, was er sagte, war traurig nah an den letzten Floskeln vor der Demenz. Gäbe es den Willen, sich noch auszusprechen, es wäre gar nicht mehr möglich. Er trug Hemd, Pullover und Krawatte, die Kleidungsstücke waren sicher Jahrzehnte alt. Ich ging schweißgebadet ans

Brett zurück, stand vor den Trümmern einer eben noch hervorragenden Stellung.

Beatrice und ich stellten ein gemeinsames Malentendu aus der Kinderzeit fest, als wir noch wenig Englisch konnten. Beide haben wir gedacht, daß Janis Joplin singt:

Lord, why dont you buy me a mercy dispense, eben nicht Mercedes-Benz, sondern mercy dispense, was wir uns mit einer Art *Sündenablaß* übersetzten. Der Nachfolgesatz, *my friends all drive porsches* war uns beiden rätselhaft erschienen, wir waren aber zu faul gewesen, deswegen Nachforschungen anzustellen.

Wir haben aus nostalgischer Lust das Geheimlevel *Wolfenstein* in *Doom 2* durchgespielt und endlich das Super-Geheim-Level entdeckt. Nach über sieben Jahren.

Die Kritiken zu *Lederfresse – Leatherface* in LA sind durchwachsen, manche mäkeln an den Schauspielern, manche an der Übersetzung, die ziemlich geschraubt klingen muß. Andere finden den Plot unglaubwürdig. Sehr lustiger Satz, den ich für einen Germanismus gehalten hätte: *Someone who considers leatherface as an icon of our time must have some screws loose.*

Selbstverständlich ist Leatherface eine Ikone unserer Zeit, genauso wie die Maske von Hannibal Lecter, das ist doch nicht zu bezweifeln. Ikone im wertneutralen Sinn, nicht als Heiligenbild. Aber *icon* ist doch noch wertneutraler als Ikone, oder nicht?

Insgesamt ziemlich barbarischer Eindruck. Was in den USA als ernsthafte Theaterrezension durchgeht, wäre hierzulande kaum in der yellow press zu lesen.

African Queen. Film, der scheußlich unter der Zeit gelitten hat, wirkt nur noch langsam und albern, schmonzettig, nicht charmant. Frage: Gibt es überhaupt Komödien aus den Fünfzigern und davor, die keinen Schimmel angesetzt haben? Ich kenne keine. Nichts ist weniger zeitlos als Humor für ein breiteres Publikum. Nur Chaplin hat Ausnahmen geschaffen, aber welcher seiner Filme ist schon eine reine Komödie?

Spät noch Gedichte ausgesucht für die Rowohlt-Werbebroschüre. Und am Cäsar herumverbessert.

Wascht euch mit Blut! ruft Cassius einmal. Meiner Meinung nach kann man das jambisch lesen, andere sehen das naturgemäß anders und lesen /vv/. Aber in diesem Fall kann man metrische Reinheit nur gestelzt erreichen, auf Kosten der Dichte. Dann lieber so.

Shakespeare war auch nicht pingelig.

✧

Gestern legte ich, nach Jahren erstmals wieder, eine Platte auf. Der Vorgang kam mir so archaisch vor. Die Plattennadel auf die staubige Platte zu senken, auf daß es knackt und rauscht, das war, als würde mir jemand ein Messer gegeben haben, ich möge doch bitte eine Operation am offenen Herzen durchführen. Soviel taktile Verantwortung in einem technischen Prozeß zu besitzen – skandalös.

Die Reise des Grafen Orlok auf der Demeter vom schwarzen Meer nach Wismar, über Sizilien und Spanien, an der französischen Atlantikküste entlang nach Norden.

Erinnerungen des Grafen Nosferatu.

Beginnt mit: *Die Verträge sind unterschrieben.*

Während Jonathan Harker auf dem Festland Richtung Heimat reitet. Das wäre ein schönes Projekt.

✧

Es ist im Grunde wenig Arbeit, sich jedes Jahr eine neue Fremdsprache anzueignen, wenigstens in Grundzügen, und man würde als sehr gebildet gelten, nur weil man etwas täte, dem allein die Faulheit entgegensteht. Humphrey Bogart redet in *African Queen* ein paar Worte Kikuyu-Suaheli, die absolut keinen Sinn ergeben, ich erlernte diese einfache Sprache sechzehnjährig während eines Kenia-Urlaubs und weiß kaum mehr etwas, aber das wenige Verbliebene genügt, um Humphrey Bogart jener Faulheit zu überführen, derer ich mich zeihen müßte.

10. 3., Tag des ersten Schmetterlings

Das Gesumm einer Fliege am Fenster weckt mich um neun Uhr morgens.

16 Grad. Wir fahren in den Tierpark. Der beste Tag im Jahr für Tierpark. Auch die sonst scheueren Tiere genießen die Sonne. Wiesen voller Märzenbecher, Schneeglöckchen und blauen oder gelben Wildkrokussen. Die Pelikane müssen im Gatter bleiben, auf ihrem Teich liegt noch Eis, auf dem sie ausrutschen würden. Munin, der schöne Kolkrabe, der *Arschloch* sagen kann und Käse über alles liebt. In der Villa Dracula die Fledermäuse, die einen frei umflattern, und der anmutige Axolotl.

Äußerst entzückend: Zwei schlafende Eisbären nebeneinander, einer schläft mit dem Kopf zwischen den Hinterpfoten des anderen. Das neue Affenhaus ist hübsch geworden. Varis sind die hübschesten Halbaffen.

Aus einer Beschreibung: *Das hohe Schreien geht in ein Quorren über.* Quorren?

Die Eulentorten aus Küken und Mäusen gibt es nicht mehr, verlogen ist das, die Station zur Aufzucht der Futtermäuse vorm Publikum zu verstecken.

In einem Wäldchen warfen wir unsere Kastanien weg, die wir seit Herbstanfang bei uns trugen, die uns Glück bringen sollen. Hätten wir schon gestern tun sollen, gestern war Kastanienwegwerftag, aber das geht nie so genau.

Danach noch an den Fluß. Die Isar führt wenig Wasser, umso mehr Geflügel. Unter der herrlichen Tierparkbrücke aus rotem Holz. Bei den Parkplätzen wurde ein alter toter Baum gefällt. Die Wucht, mit der er auf dem Boden aufschlug.

Wieder zuhause, holte ich zum ersten Mal im Jahr das Rad aus der Garage und fuhr noch ein Stündchen durch den wunderschönen Tag.

✧

Girgl verspricht, mich in vier Wochen seinen neuen Roman lesen zu lassen. Der bei Rowohlt erscheinen wird. Geil ist das.

Bei PLUS gibt es für 2222.– Euro ein recht preiswertes Hochzeitsarrangement. Dazu der Spruch: «Die Hochzeit soll schließlich der schönste Tag im Leben sein.»

Bea: «So ein Quatsch. Die Tage danach sollen die schönsten sein.»

✧

In der Videothek gesehen und mitgenommen: *American Psycho II*. Man weiß, daß es zu 99,9 % der allerletzte Trash sein wird, aber man muß da durch.

War der allerletzte Trash.

✧

Urgroßmeister Ludek Pachman ist gestorben. 1959 war er unter den Top 20 der Weltrangliste und hatte einen ausgeglichenen Score gegen Bobby Fischer (+2 –2 = 4).

✧

vorsicht vor russischen pornos! die darsteller trinken sich anscheinend mit wodka mut an und kriegen dann keinen mehr hoch. ich habe selten frauen so hart arbeiten sehen wie in diesem neuen streifen, der mich 29 euro gekostet hat, nur um zuschauen zu dürfen, wie tapfer erregt spielende darstellerinnen sich stundenlang um einen halbschlaffen schwanz bemühen. und als der endlich abspritzt, übrigens immer noch halbschlaff, ist das video auch schon zu ende.

wahrscheinlich soll das kunst sein und extrem sozialkritisch, soll mich wohl daran hindern, weitere russenpornos zu kaufen. regt es nicht eher dazu an, in einen russischen puff zu fahren?

11.3.

Die große Mehrheit der Deutschen ist gegen den Irak-Krieg.

Plädiert für den Machterhalt Saddams und dämonisiert den (wenn auch dümmlichen) Präsidenten einer demokratischen (wenn auch zurückgebliebenen) Nation als Kriegstreiber, feiert Happenings politischer Naivität, während sich die Bündnislage in der Welt beunruhigend verändert. Beängstigend. Ist diesen Demonstranten bewußt, Lakaien faschistischen Terrors zu sein? Glauben die ernsthaft, daß an ihren dreimal in Unschuld gewaschenen Händen kein Blut kleben wird, nur weil sie Feuerzeuge hochhalten und Klampfenlieder singen? Soll ich mich deswegen für einen Krieg stark machen? Nur der Gegenstimme wegen? Wozu? Ich muß nur meiner Chronistenpflicht gehorchen, diskutiert wird genug. Mich fragt ja auch keiner. Ich bin allerdings froh darum. Wenn der Krieg, wie ich glaube, kurz, erfolgreich und opferarm werden wird, werden alle ihn im Nachhinein begrüßen, wie es bei Afghanistan der Fall war. Zur Marginalisierung Saddams müßte zumindest die Drohkulisse aufrecht erhalten werden. Saddam muß weg. Wenn sich die freie Welt wenigstens darauf einigen könnte. Es darf nicht sein, daß dieser Verbrecher davonkommt. Oder? Ganz sicher bin ich nicht. Wieviele Jahre hat Saddam noch zu leben? Wieviele wird er bis dahin umbringen? Und machen seine Söhne danach nicht einfach so weiter? Oder würde der Irak ohne Saddam zum islamistischen Staat werden und noch viel gefährlicher? Ich glaube das nicht, aber wie dessen sicher sein? Leben ist mit Risiken behaftet. Konstantin W. behauptet, im Irak wünsche sich kein Mensch, befreit zu werden. Ich glaube, für sowas wie ihn müßte man den Begriff Friedensverbrecher erfinden.

Bücher gehen zur Zeit nicht, nur Scholl-Latour wird gekauft wie verrückt, egal, welchen Nonsens er verzapft. Und der Gesinnungsterror der Radikalpazifisten wird ständig drückender.

nicht der stärkste wind schüttelt schlafende spatzen vom ast.
das stimmt. manchmal allerdings bricht der ganze ast ab.

aus einem film *(spiel der götter)*: *wenn ein problem gelöst werden kann, warum unglücklich sein? und wenn es nicht gelöst werden kann, was hat es für einen sinn, unglücklich zu sein?*

so spricht der tibetische weise. man kann nicht die ganze erde mit leder auskleiden, damit wir weicher gehen. wir können aber schuhe anziehen. wir können nicht alle feinde besiegen, aber wir können in uns den haß besiegen, das ist genauso, als wären alle feinde besiegt.

geschwafel, das probleme durch illusionen beseitigen will. aber vielleicht können individuell nur illusionen siegreich sein. alles andere bedingt einen ewigen kampf, der nie zur ruhe kommen wird.

✧

Immer weniger Schlaf, wenn es fünfeinhalb Stunden sind, bin ich schon froh.

Der neue Moers-Roman in der Post. Voluminös, als gebundenes Manuskript. Wird als Buch erst Mitte April vorliegen.

Die Oberstufentheatergruppe des Gymnasiums Dingolfing spielt *Haltestelle.Geister.* und lädt mich dazu ein. Was an Schulen aufgeführt werden darf – erstaunlich.

In der Stadt ein wenig durch die Antiquitätenläden im Uni-Viertel flaniert. Tolles Sofa, toller Sessel – beide unbezahlbar. Stattdessen ein paar im Preis stark verfallene DVDs erstanden.

Eine Ligeti-CD. Und neue Sirupsorten von Monin, die kulinarische Signifikanz dieser Saison.

✧

Heute ist mal wieder die älteste Frau der Welt gestorben. In Brasilien. Ich meine, es stirbt sehr oft die älteste Frau der Welt, aber heute war sie 124 Jahre alt. Geboren 1878.

Sie hätte noch bei Richard Wagner Klavierunterricht nehmen können. Oder sie hätte – aber sehr theoretisch – als Säugling von Adolph Anderssen oder Honoré Daumier mißbraucht werden können.

«Bush ist so sauer auf die Franzosen, daß er sich bei Deutschland für die Landung in der Normandie entschuldigen will.» Haralds Anfangsgag. Danach erklärt er, wie die Welt funktioniert.

✧

der graben ist so tief.
vor ein paar wochen noch
als ich hinüberrief
kam leise aber doch
von drüben eine antwort.

nun ist das drüben fort.
über mir gewitterfront
und unter mir ein loch
in dem ich schlafen will.

gebell. der horizont
glänzt schwarz und still

12.3.

Düsterer Tag. Albert schickt ein neues Stück. Antikenkomödie, prima vista.

Er wohnt April bis Juli in der Wohnung von Elisabeth in Wien, am Stephansplatz, ob wir ihn nicht besuchen wollen. Ja, vielleicht machen wir das.

Wieder viel zu wenig geschlafen. Beatrice gehts genauso. Im Internet freuen sich die ersten Leser über das Buch. Meine Autorenexemplare lassen auf sich warten.

Mit Bea ein Spiel – deutsche Städtenamen, die ein Tier enthalten (Gattungsname). Sau und Eber, also Passau und Pinneberg z. B. zählen nicht. Und jedes Tier darf nur einmal genannt werden. Fanden viel weniger, als wir gedacht hatten.

Aschaffenburg – Affe *und* Schaf, Biberach, Dingolfing, Kassel, Schwandorf, Saarbrücken (der Aar ist nicht nur ein poetisch-obsoleter Name für Adler, nein, es gibt einen Gleit-Aar, der mit dem Adler nur nahe verwandt ist), Saalfeld, Schweinfurt, Wolfsburg, Wesel, Finsterwalde …

✧

Der Reichtum eines Teils des Personals in *UC* enthält sicher eine Persiflage auf die Jet-Set-Romane der Sechziger und Siebziger Jahre, à la Harold Robbins, auf dessen Sexszenen man als Zwölfjähriger gerne onaniert hat. Persiflage ist vielleicht zuviel. Eine Überzeichnung. Ein Augenzwinkern, das über allen Szenen hängt, ein grundironischer Ton. Ich würde gerne mal lesen, daß ich ein sehr ironiefähiger Autor bin. Ich glaube, die Rezeption meiner Bücher birgt so oft Mißverständnisse, weil anscheinend kaum wer kapiert, wann etwas ironisch ist, wann nicht. *Thanatos* zum Beispiel ist ein durch und durch ironisches Buch, so etwa wie Kafkas *Prozeß*.

Apropos *Prozeß*. Darüber neulich Debatte mit Su. Sie meinte, der erste Satz vom *Prozeß* sei schon sehr genial.

Jemand mußte Josef K. verleumdet haben, denn ohne daß er etwas Böses getan hätte, wurde er eines Morgens verhaftet.

Man mag es mir boshaft auslegen, bitte sehr. Das ist nicht schlecht, aber genial?

Jemand – muß es eine Person in corpore gewesen sein? Reichten nicht Atmosphären, Zeitumstände, ideologische Verdachtsmomente, sogar simple Verwechslungen hin?

denn ohne daß er etwas Böses getan hätte, wurde er eines Morgens verhaftet.

Das würde man heute nicht mehr so schreiben. Damit ist alles Folgende bereits als tragisch gestempelt, eingleisig, genaugenommen kann man sich den Rest auch sparen. Man würde sich heute zugunsten der erzählerischen Komplexität Optionen offen halten.

denn ohne daß er bewußt etwas Böses getan hätte. Zum Beispiel.

Eine Figur, die nie etwas Böses getan hat, wäre auch zu eindimensional. Jeder tut Böses, wenigstens im Kleinen. Soll doch ein Roman draus werden, kein Märchen.

auch: *eines Morgens* ist nicht so toll, ist auch unwichtig, zu ungefähr, plastischer wäre: *vom Frühstückstisch weg,* sozusagen eine Umschreibung des heiteren Himmels, in den der Hammer einschlägt.

Hm. *Vom Frühstückstisch weg* ist wohl zu flapsig.

Egal, jedenfalls, die Legende vom ersten Satz, der sitzen muß, ist Quatsch. Wenn danach nichts kommt, nützt kein noch so schöner erster Satz etwas. Und wenn ein Text etwas taugt, verzeiht man auch einem mäßigen Erstsatz.

Josef K. glaubte an eine Verleumdung, denn ohne bewußt Böses getan zu haben, wurde er an seiner Haustür verhaftet.

In meinen Ohren klingt das besser. Aber es ist, zugegeben nur in meinen Ohren besser, nicht in allen. Der Charakter und die Weltanschauung des Autors spiegelt sich in der Grammatik wider. Josef ist in Kafkas Fassung so passiv wie ein Lamm.

Es geht nicht darum, den heiligen Franz zu verbessern.

Aber mal grundsätzlich: wenn heutzutage nicht besser geschrieben werden könnte als zu Kafkas Zeiten, hätte kein Fortschritt stattgefunden. Unsereins stehen so viel mehr Techniken zur Verfügung. Bleibt noch die Frage der Geschmäcker und Temperaturen. Einige Autoren würden nach ‹Verleumdung› einen Punkt machen und auf das ‹denn› verzichten. Das hätte etwas mehr Drive, wiese aber eher in Richtung Kriminalroman. Genug, jetzt Chianti.

✧

Die ersten 50 Seiten von *Schiffbruch mit Tiger* von Yann Martell gelesen. Geschwätzig, aber nicht unangenehm.

Attentat auf Zoran Djindjic, den serbischen Ministerpräsidenten. Eine der wenigen Lichtgestalten des Balkans, auf der Straße erschossen.

✧

Abends DVD: *Donnie Brasco.* Großer, tragischer, kaum gealterter Film über das Kleinbürgerliche der niederen Mafiastrukturen, ohne falsche Dramatik, Opulenz und Pathos. Al Pacino in einer seiner besten Darstellungen, der letzten überzeugenden vor der Hybris. Wie er sich da noch mal zurückgenommen hat, unglaublich. *Donnie Brasco* leuchtet, wo *Good Fellas* gilbt.

Schlimm sind oft Filme, die vom Hauptdarsteller produziert wurden, in denen er ohne jedes Regulativ Personenkult um sich betreibt, bis es peinlich wird. Samuel Jackson in *The 51st State* zum Beispiel. Schauspieler sind zu 95 % ein furchtbares Völkchen, dumm, eitel, verletzlich, wichtigtuend – und diese Gegenwart, in der selbst mittelmäßige Schauspieler von den Massen wie Marienerscheinungen verehrt werden, ist noch furchtbarer. Wenn ich Regisseur wäre, würde ich meine Schauspieler wie Dreck behandeln, wie niederste Erfüllungsgehilfen, die sich meinen Respekt erst erarbeiten müßten. Ich glaube, das war das Erfolgsrezept Faßbinders. Als antiker Diktator aufzutreten in einer hyperdemokratischen Ära. Wohlgemerkt, Erfolgsrezept für seinen eigenen Mythos, nebenbei auch für einen Haufen maßlos überschätzter Werke.

Gute Faßbinder-Filme kann man an fünf Fingern abzählen. Nicht, daß das wenig ist, fünf Finger muß man erstmal voll bekommen. Und selbst dort, wo am Ende kein sehr großes Werk verbleibt, ist man um ein wenig personale Aura schon froh.

✧

Meine Auglider kriechen über die Augäpfel wie verwundete alte Pteranodone auf geborstenem Teer. Ihre Flughäute schaben über den brennendheißen Boden und

13. 3.

Endlich, die Bücher sind da. Also auspacken, signieren, eintüteln, beschriften, zur Post bringen – was dabei an Zeit draufgeht! Sonne kommt raus.

Ich schlage vor, nach Memmingen zu fahren, da waren wir noch nie.

«Was ist denn in Memmingen?»

«Memmingen.» Als ich es sage, weiß ich bereits selbst, daß das nicht genügt.

Mit der Normalpost trifft Heiners Buch ein. Macht mich sehr wehmütig. Er ist noch kein Jahr tot, aber schon so weit weg. Das Buch heißt «Frl. Ursula» – weil Heiners Wunschtitel «Damen und Herren» nicht mehr frei gewesen ist. Noch ein guter Autor, der jetzt bei Rowohlt ist, sogar die toten stoßen zu uns.

Heiner empfahl ich Johanniskraut gegen seine Depressionen. Er nahm eine Tablette und sagte, sie habe ihm nichts gebracht. Er müsse das, antwortete ich, über Wochen nehmen, bis es wirkt. Aber ihm widerstrebte grundsätzlich, etwas einzunehmen, von dem man nicht sofort spürbar satt oder besoffen wird. Dann hat er sich die Harley gekauft. Viel teurer als Johanniskraut. Und er hat einen tollen Roman geschrieben. Das auch.

Hätte er noch die Mail gelesen, die ich zum Zeitpunkt seines Todes an ihn geschrieben habe, mir wäre es leichter ums Herz. Nicht, daß es ihm soviel bedeutet hätte, aber ein wenig doch.

Und ich sage ja auch: *Mir* wäre es leichter ums Herz. Denn meine Mail kam einfach zu spät. Der Tod ist nur ein Problem für diejenigen, die man zurückläßt.

Heiners Unfall hat sich übrigens anders zugetragen, als ichs im letzten Tagebuch geschrieben habe, damals wußte ichs nicht besser.

Er kam von der Spur ab, als er am Tank seines Motorrads rumfummelte, stieß mit einem Golf Cabrio zusammen, rammte sich das eigene Lenkrad in den Bauch, verblutete. Nix mit Lastwagen. Und seine Eltern, die kurz nach ihm das Olchinger Bierzelt verlassen hatten, standen im Stau, den Heiners Unfall verursacht hat, sahen in der Ferne den Rettungshubschrauber kommen, landen und davonfliegen, dachten sich nichts Böses dabei.

Auf seinem Begräbnis sah ich einen Kranz mit dem Schleifentext: *Von Mori-Mori für den tollsten Hecht von Pasing.*

✧

Telefonat mit Marcel. Tatsächlich kann man auch Titel schützen, die aus einem Wort bestehen, aber nur, wenn sie spezifischer sind als z. B. «Melodien», also etwa «Schmerznovelle».

«Nachtkonzert» ist ein Grenzfall, aber es gibt im Band ein Gedicht dieses Titels und – was auch wichtig ist – ein Scheißbuch eines Scheißautors bei einem Scheißverlag würde bei einer Verwechslung mit meinem Gedichtband viel eher von mir profitieren als umgekehrt.

Trotzdem soll ich über eine Alternative nachdenken.

✧

Im Kino: Das Musical *Chicago*. Film, gegen den sich wenig einwenden läßt. Perfekt choreographiert, geschnitten, gespielt. Dennoch geht er mich nicht viel an, einmal sehen genügt. Von nullmal sehen stürbe man auch nicht. Wahrscheinlich wird er bei den Oscars absahnen, mit gewissem Recht. Ehrliche Arbeit in Genregrenzen.

✧

Man könnte so argumentieren: der Krieg kommt in jedem Fall, also warum den Schaden durch Illoyalität noch vergrößern? Nein? Lieber ein Zeichen setzen? Was denn für eins?

Das Absurde an der Situation ist ja, daß eine langfristige Entmachtung der USA wie kaum sonst etwas in meinem Sinne liegt. Aber vorher kann sie noch notwendige Drecksarbeit erledigen und sich in ihrer Rolle als selbsternannter Weltpolizist sinnvoll aufarbeiten.

Wirkliche Veränderungen in Richtung sozialer Gerechtigkeit wird es global nur als generöse Geste von oben geben, höchstens in Bananenrepubliken durch Gewalt von unten, selbst dann nicht dauerhaft. Das Kapital ist viel zu mächtig, das Proletariat im Zweifelsfall zu korrupt, das Bürgertum zu sicherheitsbedürftig.

Andererseits muß man dem Kapital durchaus Interesse daran unterstellen, irgendwann auch in Eritrea Einkaufszentren zu eröffnen. Überspitzt gesagt. Wer Geld hat, will immer noch mehr, kann sich jedoch so etwas wie Moral leisten. Moral ist ein Luxusgut. Die Konzerne sind keine Aliens mit Ameisenstaatsstruktur, ihre Chefetagen bestehen aus Individuen, die nicht unbedingt altimperialistischen Klischees entsprechen müssen. Hinzu kommt die technische Entwicklung. Die ganze Welt wird zum Supermarkt werden. Warum denn auch nicht, wenn Energie praktisch umsonst zu haben sein wird? Wenn alte Ressourcen auszubeuten überhaupt keinen Sinn mehr ergibt.

Die Läden werden ab Juni Samstags bis 20 Uhr geöffnet sein. Arbeitslose bekommen Arbeitslosengeld und Beratung künftig nur noch, wenn sie auf dem Arbeitsamt nüchtern antreten, d.h. mit einem Promillespiegel von unter 0,5.

14. 3.

Tag beginnt mit einem langen Mail von Tom aus NY und dankbaren Stimmen zu UC von da und dort. Tom wird Ende des Monats in München seinen Kurzfilm mischen, wir haben uns seit genau einem Jahr nicht mehr gesehen. Was er schreibt, gehört nicht hierher, nur eine sehr interessante Stelle: *«... das eigene Unglücklichsein und wie völlig unverhältnismäßig wichtig man es nimmt.»* Alarmglocken bimmeln.

Es ist kalt. Jedenfalls werden 3°C. wieder als kalt empfunden.

Kurzer Flirt in der U-Bahn, eine Frau wechselte einige Blicke mit mir, nicht eindeutig genug, wir verließen den Zug, unsre Wege trennten sich an der Rolltreppe, sie sah sich noch einmal um, ich grinste sie an, sie grinste zurück, da hob mich die Rolltreppe aus ihrem Blickfeld.

Flanierte über die Münchner Freiheit zum Oskar v. Miller-Gymnasium, sah ganz zufällig auf ein Straßenschild. Siegfriedstraße. Sieh an. Vielleicht kommt daher das (erfundene) Siegfried-Gymnasium in *UC*. Was das Unterbewußtsein alles speichert.

Vor fast dreißig Jahren ging ich hier zwei Jahre zur

Schule, es ist eine prächtige alte Schule mit traurigem Hof, kleiner und wölbungsreicher als in meiner Erinnerung. Ich habe diesen Räumlichkeiten nichts zu verdanken, nein, aber sentimental machen sie mich doch, sehr sogar. In der Lehrerliste ist nur noch Frau Denks zu finden, die mich als ganz junge Referendarin unterrichtet hat. Ein Gesicht zum Namen fiel mir nicht mehr ein.

Hilde in der Autorenbuchhandlung guten Tag gesagt. Danach Albert getroffen im Stadtcafé. Sehr herzliche Begegnung. Erzählt u. a. von der Schönheit der Villa Aurora in Kalifornien, und daß er mit Mehmet Scholl essen war, der ein höflicher und intelligenter Mensch sei. Darüberhinaus kolportiert er tollen Klatsch, und ich beiß mir in die Finger, weil ich den nicht aufschreiben darf. Er wird nächste Woche nach Las Palmas fahren, eine Woche Urlaub machen, allein, und *UC* dort lesen, an einem der Schauplätze.

Schönes Mail von Su, es geht ihr nicht viel besser, sie nimmt Antibiotika gegen die geschwollenen Lymphknoten, zeigt aber Tapferkeit und gewinnt ihren Humor zurück.

✧

Schröder. Schrecklich. Schröder. Einfach schrecklich. Unglaublich schrecklich. Und Müntefering. Schrecklich. Clement. Schrecklich. Eichel. Und die anderen Pappnasen, die Schröder der Schreckliche neben sich duldet. Und Schröders des Schrecklichen Doris. Gnade.

Wie dieses Land nach Luft ringt. Die Steuerreform

müßte sofort kommen, neue Schulden her, Steuern runter, gebt den Leuten Geld, laßt sie wieder konsumieren.

✧

Blättern in einem Gedichtband. Mit der Angst, vormals Verehrtes könne eingebüßt haben. Hat es aber nicht.

Heutzutage benutzen einige Idioten die denunziant gemeinte Feststellung, dieser und jener schreibe, als halte er Charles Bukowski immer noch für einen großen Lyriker, um sich im Unterschied zu diesem und jenem als Träger höherer Weihen darzustellen. Ich halte Bukowski, übrigens neben Rilke, Jandl, Morgenstern, Gernhardt und Brecht, für einen der kunstvollsten, zärtlichsten, ausdrucksstärksten Lyriker des 20. Jahrhunderts, der neben unzähligen großartigen Gedichten auch einen der allerbesten Romane überhaupt, *Ham on Rye*, geschrieben hat.

Disqualifiziert mich das im Urteil eines Idioten? Vermutlich – und warum sollte mich das stören? In der Lyrik gibt es noch etliche Schlachten zu schlagen. Sehen wir mal Deutschland an:

Reichlich überschätzt: *(Hier hundert berühmte Namen einsetzen.)* Unerträglich: *(Der Rest.)*

Lyrik kommt nicht an beim Publikum, weil sie zu 98 % so schlecht ist, also ist alles völlig in Ordnung und die Diagnose erschreckend simpel bzw. einfach erschreckend.

Dagegen gar nicht so mies: (Und ich genieße die schwellenden Adern im eh schon zornroten Hals einiger Leser) Eugen Roth.

Eugen Roth war kein schlechter Dichtet, iwo. Er war ein ordentlicher Populärdichter. Er hatte seine Klientel, für die er schrieb, deren Bedürfnisse er perfekt erfüllte. Seine Gedichte erheben sich meist – nicht immer – so grade eben über den Kitsch, sind handwerklich ganz gut gemacht, aber eben Erfüllungsgehilfen ihrer Zeit und weit entfernt von jeder Epochemacherei. Ein mir ungern bekannter Mensch, dessen Name unterschlagen sei, schimpft bei jeder Gelegenheit voller Abscheu auf Eugen Roth – als ob es da Schlachten zu schlagen gäbe von Wert. Was soll das?

Niveau und Qualität sind Begriffe, die miteinander nichts zu tun haben. Man kann auf niedrigem Niveau Dinge von hoher Qualität erzeugen. So wie es sicher auch bessere und schlechtere Regenbogenblätter gibt oder Dorftanzkapellen. Wenn jemand behauptet, die Musik von ABBA z.B. sei schlechte Musik, erregt er mein Mitleid, denn er kann unmöglich sehr viel von Musik verstehen. Alleine das Arrangement von *Chiquitita* muß man sich mal objektiv ansehen, welche Fülle an Ideen, welch komplexe Struktur. Wohlgemerkt, es gibt «Kunst», die ihre Klientel erreicht und Kasse macht und trotzdem von jeder Seite betrachtet grottenschlecht bleibt. Kritik an solcher Nicht-Kunst ist letztlich immer Kritik am Publikum, das Produkt selbst verdient keine Kritik. Aber solange sich jemand künstlerisch auf ein gewisses Niveau beschränkt und die Erfordernisse dieser Meßlatte erfüllt, ohne vorzugaukeln, mehr zu sein, ist daran nichts verurteilenswert. Eugen Roth hat vielen Menschen etwas gegeben, und nichts Gemeingefährliches oder Widerwärtiges, warum sollte man das denen wieder abnehmen wollen?

✧

Zur Zeit gibt es etliche Talente, die ihre Gedichte mit krassen Zeilenbrüchen, gesuchten Reimen, prätentiösen Neologismen, sinnlosen sprachlichen Devianzen beladen und entstellen, dazu überstülpen sie gern eine hübsche Idee mit einem hermetischen Kondom, aus Angst vor Verständlichkeit, die sie dummen Rezensenten zuvorkommend als Symptom der Trivialität mißinterpretieren. Denen möchte man zurufen: Kein Schwein interessiert sich für sowas, beziehungsweise: Nur Schweine interessieren sich für sowas. Habt den Mut, für Menschen zu schreiben!

Die Angst vor der Verständlichkeit ist oft genug verständlich. Zu häufig würde man zu erkennen geben, daß sich da sehr wenig Substanz formal aufgebretzelt hat. Nuttig ist das. Popeln im Arsch der Sprache. Sätze aufs Skelett abnagen, Knochen falsch zusammenleimen, kein Fleisch darauf, nur Scheiße, hingehn dann, sich schamlos brüsten mit dem Voodookram – eklig.

✧

Sagen, wie es ist.
Wenn, was da steht, stimmt,
ergibt sich das Nächste von selbst.

✧

dreizehn weiße schafe und ein schwarzes.
august. olivenbäume vor urbino.
wir aßen brot und mozzarella, tranken
wasser, tränkten auch das land, mit uns,
summten leise monteverdis schönstes

madrigal, und hügelabwärts grasten
dreizehn weiße schafe und ein schwarzes.

✧

Dreizehn weiße Schafe dulden ein schwarzes, so funktioniert auch die menschliche Gesellschaft und ihre Geschichte, im Schlafanzug des Aberglaubens.

In einem Moment wurde mir alles klar. Klarer, als ein Moment dazu genügt. Also halbklar.

Vom Tanzpunkt der Ekstase aus jedoch: Präzise.

15.3.

Walter bedankt sich für *UC*, sehr nett: «Elvira hat es mir gleich entrissen. Jetzt geht das wieder los: ‹Warum kannst du nicht so schreiben?›»

Babelfish-Übersetzung bei google: *Al Bowlly war wahrscheinlich vom 20. Jahrhundert der erste Knallstern.*

(Al Bowlly was probably the 20th centurys first popstar.)

Das hat mir für den ganzen Tag gute Laune gemacht.

Mail von Su:

Hallo Du

Lust zu plaudern und keiner da, also ein Mail für Dich. Der gestrige Abend und die Nacht waren so zerquält (stell Dir vor: Hals-, Kopf-, Zahn- und Ohrenschmerzen zugleich), daß ich heut morgen wieder zum Arzt gedackelt bin. Heute war der Chef der Praxis da, ein attraktiver, respekteinflößender Herr Dr. Dr. guckte sich meinen buckligen Hals an und sagte: O ja, das ist erheblich. Und dann: Tut es weh? Ich: Ja, sehr. Er: Seien Sie froh, daß es wehtut. Die gefährlichen Sachen tun nämlich nicht weh. Und dann sagte er in seiner coolen Art das gleiche wie mein Vater gestern: die beiden Möglichkeiten, entzündliche Erkrankung oder eine des blutbildenden Systems, aber er fügte noch was an, was mein Alter nicht gesagt hatte: Leukämie. Letzteres täte aber eben nicht weh. Und eine so heftige Entzündung würde nur langsam auf Antibiotika reagieren. Und ich solle noch abwarten.

Ich verließ die Praxis mit dem Gefühl, noch einmal davongekommen zu sein. Die Bergmannstraße war überfüllt von jungen, gutaussehenden, sonnenbebrillten Paaren, die in der Sonne Kaffee tranken und Zeitung lasen. Ich wandelte da durch wie von einem andern Stern. Ging in die Markthalle und dachte, genau kann mans ja nicht wissen, ich will mal vorsichtshalber das Leben noch ein bißchen genießen. Setzte mich dort in den spanischen Stand zu zwei älteren Schnapsis von der eher kultivierten Sorte. Da fühlte ich mich wohler als bei den stylish people mit den modischen Brillen draußen. Trank spanischen Kaffee. Das war schön. Das schmeckt so gut, dachte ich, und dann fiel mir ein, daß es mein erster Kaffee seit über zwei Wochen war. Ich seh bei meinen eigenen Leiden nicht mehr durch und vergeß im Übermut... Saß wie im Schaufenster, die Leute gingen vorbei und sagten, wie sonst immer ich, das sieht aber schön aus hier. Ich begriff, daß die Mischung aus blasser junger Frau und stoppelbärtigen Alten ein pittoreskes Bild abgibt und sozusagen zur Ausstattung gehört. Irgendein Exemplar beider Typen findet sich immer, um den Stand zu bevölkern. Auf dem Marheineketrödel blieb ich vor zwei Sachen stehen: alte Terroristenfahndungsplakate und ein 1000 Teile Puzzle vom Petersdom. Immer hab ich Lust, mal so ein Puzzle zu machen. Ich glaube, wenn ich irgendwann dafür Zeit und Muße habe, werde ich ein glücklicher Mensch sein. So viel Sonne draußen. Nur der schwarze Dealer, der immer hinter meinem Haus auf der Bank sitzt und mit dem ich in Blickkontakt trete, sobald ich den Kopf von der Tastatur hebe, trägt noch eine Mütze. Und ich will die Mittagsstunden nutzen, weil es mir abends immer zu schlecht geht, um irgendwas zu machen. Ich kann auch nicht mehr essen, weil das Kauen zu weh tut. Aber ich wollte sowieso ein bißchen abnehmen :-)

✧

Bernhard hat heute Geburtstag. Hab nur durch Zufall dran gedacht. SMS geschickt.

In der Post die Anthologie mit meinem Text zu *Oliver Twist*. Ging darum, zu schreiben, welches Buch einen im Leben am meisten beeinflußt hat. Gab einige von ähnlichem Verdienst, ich nahm das erste aus der Chronologie. Da mir heute kaum was einfällt, hier der Text, drittverwertet:

✧

Oliver Twist. Woran ich mich erinnere: Der eitle, gewalttätige Büttel und dessen grausam karikierte Dummheit.

Die ausgezehrten Leiber der Bettler, die in verfallenen alten Häusern vor sich hin vegetieren.

Bei schummrigem Licht die Leiche einer verhungerten jungen Frau, die man mit einem Stück Brot vielleicht noch hätte retten können. Ihr wahnsinniggewordener Mann. Oder war es ihre Mutter? Egal. Im Armenhaus, die fiesen, geldgierigen alten Schachteln, die nicht davor zurückschrecken, einer Toten das Letzte buchstäblich vom Hals zu rauben, was ihr geblieben ist, ein Medaillon mit dem Bild ihres Liebsten. Die Kette der tausend unbarmherzigen Ungerechtigkeiten, die einen gutmütigen, engelsgleich unschuldigen Waisenknaben namens Oliver schließlich in die Hände von Dieben und Mördern führen, in finstere Spelunken und zugige Schlupfwinkel, darüber immer der Schatten des Galgens.

Die sadistische Konsequenz, mit der ein grausamer Gott Olivers Bahn in die Aussichtslosigkeit lenkt – und hinter dem sichtbaren Bösen, als wäre es damit nicht genug, lauert noch etwas anderes, noch viel Böseres, dessen Beweggründe wir für lange Zeit nicht kennen, das indes alles unternimmt, um Oliver für immer kaltzustellen.

Ich erinnere mich an Oliver, der sich auflehnt, flieht, auf den Landstraßen vagabundiert. Oliver als Lehrling des Sargschreiners. Olivers kurze Karriere als Leichenbegleiter. Intrigen, die gegen ihn geschmiedet werden. Verleumdungen. Gewalt. Überall Gewalt und Boshaftigkeit, niederste Instinkte, ein Pandämonium an Niedertracht und Gemeinheit in einer Welt aus Eis, Gier und Blut. Oliver, der Einbrecher wider Willen, durch einen Schuß beinahe tödlich verletzt. Und ich erinnere mich an die atemberaubende Treibjagd auf Bill Sikes – und ein wenig erinnere ich mich an Sikes' Geliebte, die unergründliche Nancy, die für Oliver ihr Leben opfert, sich von Bill aber nicht lösen kann.

Wenn ich heute drüber nachdenke, ist das die sehr moderne, knappe, fast erklärungslose Schilderung einer sexuellen Obsession – erotisch und brutal – ohne allerdings ein einziges derbes Wort zu gebrauchen – ein bitter notwendiges Kunststück der prüden viktorianischen Ära.

Ich erinnere mich an die facettenreiche Schilderung der kleinen Ganoven, des seltsamen, vom Autor fast respektvoll referierten Ehrenkodex' der Diebe, deren Charaktere durchaus nicht alle gleichermaßen verwerflich gezeichnet sind. Dickens hatte sichtlich Freude daran, diese Unterwelt präzise zu beschreiben, ohne Klischees und Talmi.

Und dann – das letzte Drittel des Romans – eine geradezu paradiesisch liebevolle Gegenwelt, eine Erlösungsgeschichte an der Grenze zum Vollkitsch. Aber auch das hat mich als achtjähriges Kind bewegt, erschüttert, zu Tränen getrieben. Hat mich viele Jahre an die günstige Wendung, die finale Rettung, das große Happy End im Leben glauben lassen. Na gut, warum nicht? (Hat geholfen.)

Und da ist ja noch die gespenstische, luftabklemmende Szene, in der Fagin, der alte Bandenchef in der Nacht vor seiner Hinrichtung in der Zelle sitzt und wirres Zeug stammelt. Der Autor enthält sich scheinbar jeder Haltung, gönnt sich weder ein Wort des Triumphes, noch des Mitleids. Und gerade dadurch gewinnt die Szene eine Todesintensität, die bei aller Antipathie zum Verbrecher doch den Wert jedes Lebens aufzeigt bzw. was es bedeutet, ein fremdes Leben, selbst mit Zustimmung des Gesetzes, zu beenden.

Je länger ich mich in diesen Roman zurückversetze, desto klarer wird mir, daß er mich mehr als jedes andere Buch beeinflußt, ethische und ästhetische Schienen in mir verlegt hat. Wir werden, was wir lesen. Danke, Charles Dickens.

✧

Braun- und Gelbfilter vor der Nacht. Staubig alles. Keine Ideen. Gedanken voller Gewalt in einem Haushalt von Albernheit und Güte. Pervers. Kaufe per Internet Konzertkarten für Montag. Hindemith und Bruckner. Ich möchte Geld genug haben, um ungestört ein paar Jahre komponieren zu können. Weitergelesen im Martell. Immer geschwätziger, langsam unangenehm. *Disputation* von Heine, böse. *Bei den Wassern Babels* – die ersten sechs Strophen des zweiten Teils vom *Jehuda ben Halevy* – hat das je ein Komponist vertont?

Den Rest des sehr langen Gedichts kann man unterschlagen – und etwas Vollendetes ist geboren:

Bei den Wassern Babels saßen
Wir und weinten, unsre Harfen
Lehnten an den Trauerweiden –
Kennst du noch das alte Lied?

Kennst du noch die alte Weise,
Die im Anfang so elegisch
greint und sumset, wie ein Kessel,
Welcher auf dem Herde kocht?

Lange schon, jahrtausendlange
Kochts in mir. Ein dunkles Wehe!
und die Zeit leckt meine Wunde,
wie der Hund die Schwären Hiobs.

Dank dir, Hund, für deinen Speichel –
Doch das kann nur kühlend lindern –
Heilen kann mich nur der Tod,
Aber, ach, ich bin unsterblich!

Jahre kommen und vergehen –
In dem Webstuhl läuft geschäftig
Schnurrend hin und her die Spule –
Was er webt, das weiß kein Weber.

Jahre kommen und vergeben,
Menschentränen träufeln, rinnen
Auf die Erde, und die Erde
saugt sie ein mit stiller Gier.

✧

Wenn ich im Oktober auf Kreta die Stadt Chania besuchen und mich frühmorgens auf die Bank setzen werde, von der im Preludio zu *UC* die Rede ist, deren Photo seit Jahren an meiner Wand hängt, wenn ich den längsten Umweg dorthin entdeckt haben werde, dann, dann ist der Roman komplett, dem Leben einverleibt. Ich werde auftauchen aus dem Nichts und noch Jahrhunderte dort sitzen.

✧

UC ist ein achtdimensionierter Raum, mit mehreren zusammengesperrten Handlungsvarianten, die sich langsam vermischen. Mehrere auktoriale Erzähler, aber auf abgestuft hierarchischen Meta-Ebenen. Unklar, welches Glied der Befehlskette sozusagen die Wahrheit vertritt. Und eine Wahrheit wäre zu wenig für die Logik dieses Textes.

Zum Schluß werden sogar die Akteure gegeneinander ausgetauscht, denn sie sind als Schatten des jeweiligen Kontrahenten angelegt.

Ausgehend von diversen Knotenpunkten haben sich mehrere Realitäten entwickelt – je nachdem z. B. ob Arndt Ala einen Abschiedsbrief geschrieben hat oder umgekehrt.

Sibylle hält sich für eine Verbrecherin. Tatsächlich hat sie die Tat aber nur in ihrer eigenen kleinen Welt begangen. Die anderen sind nicht automatisch freigesprochen. Und all das ergibt, wenn man sich lang genug damit beschäftigt, eine stringente neue Hyperlogik, eine Ahnung von einem neuen Weltbild. Zum Schluß sind alle Toten lebendig und alle Lebenden tot.

Das ist ein Text, der alles verspricht, alles abverlangt – und mehr noch bereithält, für den, der sich auf die Reise macht, sich dem *UC* ausliefert. Es war das größte Wagnis meiner Karriere, und ich hab es, wenn auch mit Glück, geschafft. Ich kann das sagen, ich bin, wenigstens im Moment, der einzige, der das beurteilen kann.

✧

Heute hat Willi Winkler in der SZ dem der Trunkenheit verdächtigten Didi Diedrichsen bös eins mitgegeben. Sein Pasquill gipfelte in dem angeblich besten Satz, den Adorno nie geschrieben hat: *Es gibt kein richtiges Leben in Flaschen.*

Nun ja. Die bezaubernde Jeannie wüßte es wohl besser. Ich habe oft in Flaschen nach dem richtigen Leben gefahndet, aber der Wein ist stets so entgegenkommend gewesen. Und wenn er alle, die Flasche leer war, hab ich nie auch nur vergeblich versucht, ihren Hals hinab zu kriechen. Ich stelle mir vor, daß auf einem Flaschengrund durchaus kein ganz unrichtiges Leben zu führen wäre. Wiefwiwi watscht Dummdidi mit Behauptungen ab, deren Überprüfung erst noch aussteht. Also – einer muß den Anfang machen – kroch ich, glitt ich auf den Flaschenboden, sah mich um, sah dickes Glas all um mich her – nein, ganz richtig ist das wahrlich nicht – aber bodenständig, auf gewisse Weise. Flaschen können Brillen sein, und Adorno hat viele Sätze nicht geschrieben, die man sonst zu seinen besten zählen würde, vor Madagaskar auf des toten Mannes Kiste hocken der Seefahrer etliche, mehr als dreißig bestimmt.

✧

Eine Melodie, die ich jüngst oft gepfiffen hab, und ich wußte nicht von wem, wieso und warum: Der Schwan aus dem Karneval der Tiere von Saint-Saëns, ein Schwanengesang um vier Uhr morgens. Vier Stunden Schlaf, sagte Napoleon, braucht der Mann, fünf die Frau, sechs und mehr der Idiot. Wo ist Napoleon damit gelandet? Auf St. Helena. Letzter Flaschengrund in Inselform. So hart das zu sagen, muß erlaubt sein.

16. 3.

Morgens im Mannschaftskampf gegen Ilmmünster schnell Remis gemacht, dann den Teamkollegen fassungslos beim Patzen zugesehen. Ein krummes Ding passiert bei jedem Kampf, aber gleich vier?

Su geht es besser. Tom erzählt noch mal von der alles relativierenden Nacht in der australischen Wildnis, im Schlafsack bei Minusgraden, ein Sternenhimmel bis zum Horizont. Ich weiß, wovon er spricht. Ähnliche Nacht 1971, in der marokkanischen Wüste, neben der blauen Oase, habe ich auch nie vergessen, aber ich war zu jung und zu leer, daß sie in mir schon irgendwas hätte relativieren können. Vielleicht könnte man auch sagen: ich wurde für alles Kommende schon vorrelativiert.

Von Walter noch ein nettes Kompliment: *Ich hab's geahnt. Jetzt kommt Elvira alle naselang und zeigt mir mit stillem Vorwurf Stellen aus UC, die ihr besonders gefallen. Ich bin schon eifersüchtig auf Dein Buch, bevor ich es gelesen habe.*

✧

Erneut das Cäsar-Stück deklamiert. Wird nie fertig werden. Keine Ruhe.

Bea deutet neben sich aufs Sofa: «Hier Lücke! Hintern draufpflanzen. Ruhe geben.»

Auch noch geben? Erstmal haben.

Martell immer schwatzhafter. Sehr unangenehm. Irgendwann muß der Roman doch anfangen. Bisher nur banales Geplänkel. Allgemeinbildung, im anekdotischen Stil ausgebreitet, sehr breit ausgebreitet. Albert hat mir nochmal Denis Johnson (*Schon tot*, den Bea gerade liest) ans Herz gelegt und an den *Corrections* gemäkelt, das tauge doch nicht wirklich was.

Stimmt nicht. Ich neige zum Mißtrauen gegenüber gefeierten Amiromanen, aber dieser war über 450 Seiten hin wirklich gut, lebendig, unterhaltsam, einsichtsvoll, atmosphärisch dicht, wenn auch mehr von Fleiß und präziser Beobachtungsgabe zu Papier gebracht als von Genie und Vision. Von Genie zu reden, wie es einige Feuilletons taten, ist Schwachsinn. *Corrections* ist der Beweis dafür, daß Fleiß und gefällige Formulierkunst sehr viel vermögen. Mehr aber nicht. Ich würde so etwas nie schreiben wollen, hab es aber mit Genuß und Gewinn gelesen. Dennoch wars nicht ohne Schwächen und Durststrecken und kippte zum Ende hin ins Ärgerliche ab.

Wie exakt jedes Wissensgebiet (Chemie, Aktienhandel, Neurochirurgie, Meteorologie, feministische Theorie etc.) mit seinen Innereien ausgebreitet wird, um zu demonstrieren, daß sich der Autor mit der Materie wirklich auskennt. Dabei ist sowas nur Sache der Recherche, ohne jede Bedeutung, selten notwendig. Ich würde das ablehnen, nicht allein aus Faulheit.

Ab Seite 450 neigt der Autor, als ob er ob seiner zu großen Unterhaltsamkeit an sich gezweifelt hätte und Kunstanstrengung beweisen wollte, zu lächerlich prätentiösen Formulierungen, gekünstelt pseudopoetischen Sätzen, zum Bildungsprotz ohne Zweck, verbunden mit überspannt originellen Beschreibungen (rotkehlcheneierblaue Wolkenschattierungen). Bis dahin ist der Roman großartig, danach langweilig. Ausgerechnet die Vita der Denise, der außerordentlichsten Person im Familienclan, mißlingt, wirkt ausgedacht und matt.

Der Roman bricht auseinander, weil Franzen nicht geschickt genug ist, eine Komposition dieser Größenordnung zusammenzuhalten. Ein 800-Seiten Roman muß verdammt stark anfangen – und danach immer besser werden. Das ist sehr viel Vorgabe. Ein paar Durststrecken dürfen sein, weitere Baumängel sind nicht erlaubt. Und ein Finale hinzubekommen, das noch eins draufsetzt auf die vorhergehenden 750 Seiten – das ist ein herkulisches Unterfangen. Beinahe blasphemisch.

Aber, um nicht an einem guten Buch wie den *Corrections* überzogen rumzuphilistern: der Schluß ist wieder dicht und gut, insgesamt wars ein literarisches Wannenbad, entspannend, wohlig, genußvoll. Empfehlenswert.

✧

Ich würde so etwas *nie schreiben wollen, hab es aber mit Genuß und Gewinn gelesen.*

Das erinnert mich an den Satz einer Autorin, die über Marquez gesagt hat: Sowas würde man selber nicht schreiben wollen, aber man liest es gern. Reich-Ranicki hat das spöttisch kommentiert:

«Natürrlich würde sie gerne so schreiben, dann würde sie nämlich rreich und berühmt! So ein Quatsch!»

Das ist also der Grund, warum man schreiben soll. Um reich und berrühmt zu werden. Traurig.

✧

Mancher Mensch hinterläßt nach seinem Tod eine Lücke, die ihn vollständig ersetzt.

✧

All meine Fußballwetten gehen verloren. Buchstäblich alle. Seit Monaten. Mit 800 Euro hab ich mein Wettkonto gestartet, bin langsam, stetig, in einer unaufgeregten Kurve bis auf 2000 Euro geklettert, seither gings bergab. Ausnahmslos. Langsam glaube ich, daß ich nur auf irgendwas wetten müßte, um das gegenteilige Ergebnis zu sichern. Wie wäre eine solche Form von Einfluß zu benennen? Die ja auch eine Art von Macht darstellt.

✧

Man muß vergeben können
heißt ja nicht:
man muß vergeben.
Man könnte. Wie so oft, besteht
der Reiz im Potential,
nicht in der Aktion.
Mit Möglichkeiten läßt sich
spielen. Möglichkeiten, die
man vergibt, kehren nie wieder zurück.

Meist vergibt man nicht aus Edelmut und Größe sondern aus Bequemlichkeit, aus Faulheit, die sich nicht länger herumquälen will mit einer Rache, zu der der nötige Mut, mit einem Haß, zu dem die nötige Inbrunst fehlt. Vergebung, wo sie kein strategisches Moment enthält, ist oft eine Nebenwirkung der Resignation, die nur Idioten mit Weisheit verwechseln.

Jemandem zu vergeben kommt immer gönnerisch daher, und bedeutet doch nur, den Feind seiner Würde, seiner Wertschätzung zu berauben, die letzte emotionale Bindung zu ihm zu lösen. Indem man nachgibt, nimmt man die Pose des Klügeren ein, verhöhnt den Gegner, zwingt ihm eine sentimentale Attitüde auf.

Weisheit ist die Klugheit der Toten. Sie gehört nicht, paßt auch nicht ins Leben. Lebendige Weise sind selbsterschaffene Untote, die am Spiel des Lebens nicht mehr teilnehmen und sich darauf sogar noch was einbilden. Solchen Menschen, die sich der Gnade beraubt haben, Fehler zu machen, sollte man keinerlei Gehör schenken, sie haben Erde und Menschen nicht begriffen. Taumeln als fleischloses Ärgernis über das Spielfeld einer komplexen Komödie der Irrungen.

✧

Der neue römische Silberring, der nebeneinander Sol und Luna zeigt, kann von mir nicht getragen werden, mein Finger, ja, der ganze Unterarm reagiert allergisch, aber nicht mit geröteter Haut und Pusteln, nein, Finger und Arm werden schwer, ein Ziehen befällt sie, ein Pochen beginnt im Blut, taub wird die Haut, unbeweglich werden die Fingerglieder, selbst wenn ich den Ring nur eine Viertelstunde trage. Unheimlich, da es selbst bei verunreinigtem Silber keine solche Reaktion geben dürfte, und ich unter keinerlei mir bekannten Metallallergien leide.

17.3.

Geiles Frühstück: Spaghetti con prezzemolo, capperi, aglio e baby-peperoncini von Kattus, dazu Gorgonzola, den man erst ganz am Schluß beigeben darf, auf daß man ihn noch als solchen erkennt.

Man fordert derzeit mehrheitlich einen natürlichen, alltäglichen Redefluß für Romanfiguren, dabei drücken sich viele Menschen sehr gespreizt aus, manche unbeabsichtigt, aus Unsicherheit, oder aus langjährigem Umgang mit Beamtendeutsch, andere haben eine Sonderform der Gespreiztheit zur humorvollen Artistik entwickelt.

Bea gestern abend z. B. über irgendwas (die schöne Sat1-Werbeblockeinleitungsfrau mit den Kirschen zwischen den Zehen) im Fernsehen, das ich verpaßt habe, weil ich an ihr rumknabberte: *«Wärst du nicht durch extreme Zuneigungsbezeugungen abgelenkt gewesen, hättest du gesehen, daß …»* In einem Roman würde man mir eine solche Formulierung nur dann nicht ankritteln, wenn ich die Figur die ganze Zeit so reden, das Spiel zur Marotte werden ließe. Bea redet aber nicht immer so. Kein Mensch redet immer in derselben Tonlage. Warum läßt man also Romanfiguren so selten zwischen den Tonlagen wechseln? Genau, weil man immer irgendwie hinzuerklären müßte, inwieweit das jetzt ironisch gemeint ist, affektiert, witzig oder ungeschickt. Viele Autoren sind auch vorsichtig, weil von Rezensenten sehr sehr gerne freiwilliger, selbstironischer Witz zu unfreiwilligem deklariert wird.

Im Film wären keine großen Erklärungen nötig, die Mimik des Schauspielers reichte als Deutungsfolie völlig aus. Und ausgerechnet Filmdialoge sind meist sowas von eintönig, flach und nuancenlos.

Jedes geglückte Kunstwerk ist Abbild der Welt. Umso wahrhaftiger, desto geglückter.

Im Grunde ein Armutszeugnis. Doch logisch: Kunst wird von der Welt aus beurteilt, also von unserem Planeten aus, sie wird von seiner Bevölkerung an sich und ihren Bedürfnissen gemessen. Das ist nicht banal, eher erschreckend simpel. Geozentrisch. Kunst ist terrestrische Propaganda, positiver gesagt: humanoide Aufklärungsarbeit. Herauskitzelung des immanent Göttlichen in diesem zum Tod verurteilten Erdendasein.

✧

Mit Girgl telefonisch den Ablauf der Heiner-Lesung am Samstag besprochen. Er hat heute das Buch bekommen und eine Träne verdrückt. «Wie Heiner sich gefreut hätte, dieses Buch zu sehen.» Dann müssen wir uns eben für ihn mitfreuen.

Kurz noch schriftliches Interview mit dem BR.

Der Roman von Martell beginnt ungefähr auf Seite 90. Wird sogar witzig. Dennoch, das ganze Davor hätte man auf zehn Seiten zusammenfassen können.

Irak-Krieg kommt ins Rollen. Wohlgemerkt: Es würde genügen, wenn Saddam ins Exil ginge, kein Tropfen Blut müßte fließen, nicht einmal seines. Wie muß ein Mensch beschaffen sein, der dem eigenen Volk ein solches Opfer nicht erspart. Im Wissen, daß er militärisch ohne Chance ist.

✧

Abends im Gasteig. Sinfonie Mathis der Maler und Bruckners Neunte unter Daniele Gatti.

Die seifig verwaschene Akustik noch auf den besten Plätzen der Philharmonie ist nicht mein Ding.

Hindemith wird es auch nicht mehr werden. Kaltes Feuer, Kompromißmusik zwischen Verbotenem und überwunden Geglaubtem, labbrig instrumentalisiert, immerhin eine sehr schöne Stelle im langsamen Satz, mit originellen, schnell aufeinanderfolgenden Harmoniewechseln. Daniele Gatti hörte ich zum ersten Mal. Wenig Lust auf mehr. Bei Bruckner hat er alles falsch gemacht, was falsch zu machen ist. Wirre Tempi ohne logische Struktur machen diese Musik plakativ und langatmig. Kitschig und süßlich-pompös. Das war immerhin mal meine Lieblingssymphonie. Nie hat sie mir so wenig gesagt wie heute abend. Das Orchester: lasch, lustlos, drosch seinen Part runter wie meistens in der dritten Aufführung desselben Programms. Tschetschenische Bergkapelle in Kriegsangst. Schwere Abstimmungsmängel im Blech. Am Ende zwei zaghafte Buhs, sonst lahmer Applaus für den Dirigenten, der auswendig dirigierte, was okay ist bzw. nicht besonders bewundernswert. Wenn man die Partitur studiert hat und ein paarmal mit Orchester probt, kann man sie halt auswendig, warum also ständig Seiten umschlagen, auf die man dann eh nur einen flüchtigen Blick wirft. Die Gefahr eines Blackouts ist da, kann aber von einem guten Orchester leicht überspielt werden. Die Musik in ihrem Wesen begriffen zu haben, ist ungleich wichtiger. Es bringt auch nichts, während der Aufführung dem Orchester dauernd gestenreich zu vermitteln, daß es gerade unter seinen Möglichkeiten geblieben ist, selbst wenn das der Fall war.

✧

Vorher hab ich mir John Adams' *Naive and sentimental Music* gekauft, ein Tip von Tom.

Das läuft jetzt im Hintergrund. Diskret. Um nicht zu sagen: Drängt sich kaum auf.

Obwohl man über Musik, die man nicht mindestens viermal gehört hat, rein gar nichts sagen dürfte.

In der SZ, höre ich, sei ein moderates Lob über *UC* erschienen: Der Roman sei hochintelligent, aber etwas anämisch; und selten so dunkel und böse wie das ihm innewohnende Andersen-Märchen. Naja. Wie böse muß man denn noch sein? Angeblich hätte ich auf Finchers *The Game* zurückgegriffen. Das hieße, Erbsen mit Birnen zu vergleichen. Und auf die Filme von David Lynch. Das stimmt eher. Aber ausgerechnet *Lost Highway*? Nein, wenn dann auf *Mulholland Drive*, das hab ich ja auch stets betont. Ist auch egal.

Gedanke während des Konzerts: Keine Kinder, nein, wir haben ganz andere Möglichkeiten, uns fortzupflanzen.

Und viele hübsche Mädchen waren zu sehen, Beatrice liest meine Gedanken: «Kurze Röckchen, lange Beinchen!»

18. 3.

Das Andersen-Märchen ist kein Schlüssel zu *UC*. Wäre ja viel zu einfach. Der Roman käme auch ohne es ganz gut zurecht. Nur eine Dreingabe. Bea hatte die Idee, als die restliche Konstruktion schon fertig war.

Samuel Kurthes sei ein Anagramm meines Namens. Stimmt eben nicht. Stimmt nur fast, aber die Rezensenten nehmens nicht so genau.

✧

Eine aus Asien eingeschleppte «heimtückische» neue Lungenkrankheit (SARS) sorgt für Besorgnis (sic!). Keine Krankheit ist heimtückisch. Alle Krankheiten sind dumm. Manche lästig, gefährlich, sogar tödlich, aber sonst: saudumm. Krankheiten befallen einen, sie schleichen sich nicht an. Dämonisierung einer primitiven Wirkungsmacht, damit sich der Patient Mensch nicht so ohnmächtig und anfällig vorkommt.

S-Bahn Fahrt an nackten Laubwäldern vorbei. Soviel Kahlheit, die bald knospen wird, die für kommende Fülle steht. Zwei rotbraune Setter rennen nebeneinander über einen riesigen Brachacker im Sonnenschein. Flug nach Berlin. Ich lasse meine schwarze Tasche nur drei Minuten allein, schon kommt eine Lautsprecherdurchsage: *Der Inhaber der schwarzen Tasche auf Gate A12 möge sich bitte melden* – ansonsten sie gesprengt werden müßte.

Es gibt im Duty-Free-Shop keinen Lagavulin mehr. Im normalen Geschäft ist er 20 Euro teurer. Mich interessiert das. Existentiell.

Mit Su im Karstadt am Hermannplatz einkaufen gewesen.

Diskussion über den Balkan nach dem Tod von Djindjic. Su sieht das weit pessimistischer als ich. So sympathisch Djindjic war, so bedeutungslos ist sein Tod in der Frage der Verwestlichung Serbiens. Eher wird er sie noch beschleunigen. In fünf Jahren sind die Serben in der EU.

Su erzählt noch, daß der Dealer vor ihrem Fenster von vier Zivilpolizisten, die aus einem VW-Bus sprangen, in den Schwitzkasten genommen und gefilzt worden sei, sie hätten nichts gefunden, weder bei ihm noch im Gebüsch, seien wieder abgezogen, und der Dealer habe apathisch auf der Parkbank gesessen wie vorher. Aufregend erfolgversprechende Strategie.

Abends in 3sat: *Abschied. Brechts letzter Sommer* von Jan Schütte. Hölzerne Dialoge, aneinandergereihte inkohärente Szenen, aus Biografien abgeschrieben, null Dramaturgie, das Filmchen verläßt sich einzig auf die Schauspieler. Kein Spannungsbogen, keine Tiefe, von Poesie ganz zu schweigen.

Fast genauso schlimm: Ally Mc Beal – wie kann man eine dereinst stellenweise charmante Serie so kaputtschreiben? Ally ist inzwischen nur noch durchgeknallt-dumme Mega-Megäre, Legionen immer skurrilerer Typen werden in die Anwaltskanzlei aufgenommen, und wer die Idee hatte, Dame Edna länger als nur eine Folge in die Serie zu integrieren, sollte ohne Gerichtsurteil erschossen werden.

Spät, als letzte Rettung, Schumanns Vierte (Roshdestwenski).

✧

die stille im zimmer
nach großer musik
ist die verwandlung
des nichts in ein nicht
wahrnehmbares da.

✧

Immer wenn ich meinen PC ausschalte, ruckelt und rattert er endlos rum, bevor der Bildschirm schwarz wird, es ist, als spräche ein Kind sein Nachtgebet: «Fährst Du mich auch wieder hoch?»

Ich werde immer animistischer. Das macht mich drollig, kommt bei den Frauen gut an, dennoch ungutes Symptom. Irgendwann werde ich meinen Schachfiguren gut zureden, sie möchten doch bitte zusammenhalten gegen den Feind und sich ihre jeweils idealen Felder selber suchen.

✧

Eine hochgewachsene Frau wird durch Stiefel nur noch etwas länger. Eine etwas kleinere Frau wird durch Stiefel kaum größer, ihre Füße werden in Stiefel verwandelt. Das ist so sexy an kleineren Frauen mit Stiefeln: Organisch gewordenes Schuhwerk.

19.3., Totenmittwoch

Bea: «Ich muß dir was sagen ...» Sie macht eine schlimm lange Pause. (Warum sagt sie nicht einfach, was passiert ist?) Daß meine Mutter bei ihr angerufen hat. Heute Nacht ist mein Cousin Georg, 39, an Krebs gestorben. Ich hab ihn sechzehn Jahre nicht gesehen, hatte keine Ahnung von seiner Krankheit, es muß auch ziemlich schnell gegangen sein. Meine Eltern wollten ihn kommendes Wochenende im Krankenhaus besuchen, nun fahren sie zu seiner Beerdigung.

Georg war ein prima Kerl, gradeheraus und herzlich, wir hatten zwei gute Sommerferien zusammen am Gardasee. '73 und '74. Glaub ich. Im Rückblick gibt es wenig greifbare Unterschiede zwischen dem siebten und dem zehnten Lebensjahr, kaum signifikante Trophäen, alles ist Vorpubertät. Wir haben uns gut amüsiert in unserem italienischen Zelt. Einmal hab ich eine schlechte Forelle gegessen und seinen Schlafsack vollgekotzt. Er hat sehr darüber gelacht. Sein Tod bedrückt mich. Es muß zur selben Zeit geschehen sein, als ich das Gedicht schrieb, *die stille im zimmer*. Oder wars, als ich über «heimtückische Krankheiten» nachgedacht habe?

Kalt und windig. Die alten Männer im Wärmeschutz der Markthalle, sie kaufen nichts, stehen nur rum, suchen einander, debattieren, wie im Eifer der Gefechte verlorengegangene Feldherren, über Fragen, auf die sie nie Einfluß haben, gehen Dinge an, die sie nie etwas angehen werden, und es ist nichts lächerlich dabei.

Seltsame Wolkenformationen durchziehen den Himmel.

Und Flugzeuge, schwer beladen, Post vom Tod, Gebühr zahlt Empfänger.

✧

An manchen Tagen hat man ein besonders Verhältnis zum Tod, er kündigt sich an, man weiß, daß er einem näher sein wird als sonst. Zum Beispiel letzten September, als Bea und ich in Ahrenshoop an der Ostsee waren. Ich wachte morgens auf, schwermütig, und wußte, daß es ein gefährlicher Tag werden würde, hatte geträumt, daß der Tod an die Tür klopft.

«Sollten wir dann nicht zuhause bleiben?» fragte Bea, und ich meinte, nein, man könne nirgendwohin fliehen. Was so ganz aber nicht zu stimmen scheint.

Wir sahen uns an diesem Tag Wismar an, ein Schmuckstück, liefen zwei Stunden in der Altstadt herum, wollten dann wieder zurück. Plötzlich war da erneut dieses eigenartige Gefühl, und ich sagte, obwohl ich ganz fußwund war: «Laß uns noch ne Runde drehen.»

Wir drehten noch eine Runde, erst danach fuhren wir auf die A19 und gerieten vor Rostock-Südstadt in einen Stau. Die A19 war gesperrt. Ein sechsundsiebzigjähriger Mercedesfahrer war in ein Stauende, genauer: in einen stillstehenden KIA gerast; der Mercedesfahrer und vier junge Frauen kamen dabei ums Leben. Das erfuhren wir am Abend aus den Nachrichten. Ein würdeloses Ende.

Bea stellt sich aus diesem Grund bei einem plötzlichen Stau immer ganz rechts in die Reihe und behält den Rückspiegel im Auge. Vielleicht erhöht das die Chancen. Egal.

Wir stehen also da vor Rostock-Südstadt im Stau – und hätten wir in Wismar nicht noch eine Runde gedreht, ich bin mir sicher, es hätte uns erwischt. Man kann es nicht wissen, aber ich weiß es einfach. Zwischen den beiden auseinanderrückenden Staureihen hindurch rollen die Wagen von *Abschlepp-Harry* zum Unfallort vor.

Dann – sehr bedrückender Anblick, alle drehen die Musik leiser – der Leichenwagen der Firma *Diskret*. Er bleibt genau zwischen uns und einem Lastwagen stecken. Der grau uniformierte Fahrer steigt aus und klopft beim Lastwagenfahrer an die Tür. Fragt ihn, ob er ihm den Weg auf die Standspur freimachen könne. *«Da vorn wartet massig Kundschaft auf mich!»*

Ebenso der Tag im letzten Juli mit Su, als ich morgens ähnlich trübsinnig gewesen war. Wir unternahmen eine Radtour, fuhren am Südstern-Friedhof genau in der Minute vorbei, als drinnen eine Frau erstochen wurde, von einem Irren, ohne jedes erkennbare Motiv. Wir radelten am Friedhof vorbei, zum sehr sehenswerten Flughafen Tempelhof, von dort auf den Platz der Luftbrücke, an einem Hochhaus entlang Richtung Mehring-Damm. Liegt was auf dem Gehsteig. Ich fahre fast drüber. Ein Selbstmörder hat sich aus dem neunten Stock gestürzt, keine fünf Minuten zuvor. Hätte ich am Flughafen nicht kurz mit Bea telefoniert, wär der Kerl auf mich draufgeflogen oder zumindest direkt neben mir auf den Beton geklatscht, kaum weniger appetitlich. Sein Kopf war vom Aufprall wie eine Melone geplatzt, zeigte quer übers

Schädeldach einen breit klaffenden Spalt, nur wars darin nicht weiß oder rot, sondern ganz dunkel, als wäre er zwischen den Ohren hohl gewesen. Wären Spinnen aus dem Spalt gekrochen, es hätte mich auch nicht weiter gewundert.

✧

Im Hugendubel sehe ich einen jungen Mann, der in *UC* blättert. Er liest wahllos irgendwelche Seiten – dann den Schluß. Empörend.

Monika erzählt Gruseliges. Georg habe stark gelitten, habe gewußt, daß er sterben würde, habe durch die Chemo alle Zähne und Haare verloren, sei bis aufs Skelett abgemagert, man habe ihn nicht wiedererkannt. Lymphdrüsenkrebs sei sehr aggressiv. Aggressiv? Aggressiv ok. Böse nein.

Krebs ist nicht böse. Krebs tut, was er tun muß.

Gestern noch redete Schmidt über ein neu erschienenenes Buch zum Thema «Segen der Späterkennung bei Krebs», wo es darum geht, daß es oft besser sein kann, wenn man sich die ganze Chemotherapie spart, nochmal gut lebt, dann schnell stirbt.

Schweren Wein getrunken. Irak: froh, daß es losgeht? Beinah. Froh, wenn es bald vorbei ist.

Die schlecht verhohlene Freude der Medien, daß es endlich losgeht.

✧

Musik fließt in Fetzen vorbei, wie eine Erinnerung, als über die Wand huschender Gecko.

Ich habe mich aus meinem eigenen Weltbild relativiert, sitze irgendwo und greife nicht mehr ein, höchstens so, als wohnte ich meiner Verfilmung bei und sagte hin und wieder, das und das ist aber anders gewesen, doch weil es egal ist, sage ich es für mich, und nur einmal, und sehr leise.

Als wäre ich schon tot, blicke ich auf Ereignisse herab, wie man ein altes Foto-Album durchblättert, wie ein Ehemaliger die neuen Jahrgänge seiner Schule betrachtet, in einer Mischung aus Spott, Neid und Mitleid.

Ich Außenposten meiner selbst. Wo ist mein Innen-Ich hin?

Hab ich diesen Satz nicht schon mal aufgeschrieben?

Geschaffene Fakten ziehen eine neue Dynamik nach sich, die mit der vorherigen hypothetischen Dynamik nichts mehr gemein hat. Man muß immer neu verhandeln.

In der Politik erreicht Dummheit, die keine Selbstzweifel kennt, oft sehr viel mehr als skrupulöse Klugheit, deren von Zweifeln umstelltes Denken in selbstverordnete Ohnmacht mündet.

✧

Erst jetzt, wo mein Buch gedruckt ist, entdecke ich hier und da stilistische Schwächen, die man leicht ausbügeln könnte. Ärgert mich immer, obwohl es immer so sein wird. Es gibt dieses unerklärliche Phänomen, wonach einem das Typoskript gewisse Einsichten vorenthält.

Umgekehrt muß man festhalten, daß Testleser vom Typoskript meist sehr viel weniger beeindruckt sind als vom fertigen Buch.

20. 3., Donnerstag. Hölderlins Geburtstag.

Um 3.30 die ersten «Enthauptungs»-Bomben auf Bagdad. Saddam sollte gezielt ausgelöscht werden, das ist mißlungen. In Berlin demonstrieren 50000 Schüler gegen den Krieg. Alle wissen, was gut ist, sogar schon die Fünfzehnjährigen. Letztes Jahr hat sich diese geisteskranke Sechzehnjährige an einen Castor-Transport gekettet und wurde dafür als Heldin gefeiert, weil ja sowas von engagiert und so. Sechzehnjährige gehören auf die Schulbank. Die haben sich nirgendwo anzuketten. Die haben noch keine eigene Meinung zu haben, und wenn doch, dann sollen sie sie für sich behalten. Ich möchte von Meinungen Sechzehnjähriger nicht belästigt werden.

✧

Freundlicher Brief von Thielemann, der sich für das Buch bedankt. Der Rummel um Thielemann ist nicht unbegründet, aber als Wagnerdirigent war Lothar Zagrosek doch die euphorisierendere Entdeckung der letzten Zeit. Seine Götterdämmerung in Stuttgart toll. Obwohl – sowas ist eine Frage der Temperatur. Thielemann schichtet eine Partitur wunderbar auf, hinterlässt höchste Transparenz, bezahlt es manchmal mit müden Tempi, bei Zagrosek toben die Strudel und schwappen zusammen, er zieht in die Partitur wie in einen Häuserkampf. Das liegt mir, der ich Ekstase der Seligkeit vorziehe, näher.

✧

Im *Playboy* ist eine *UC*-Rezension mit Foto von mir. Wow. Jetzt kann ich überall den Satz fallen lassen: *Als ich neulich im Playboy war.* Und meinen Freundinnen sagen: Jetzt könnt ihr alle den Satz fallen lassen: *Als neulich mein Freund im Playboy war.*

Abends Verleihung des deutschen Bücherpreises. Peinlich. Wer da hingeht ist selber schuld. Warum tut sich ein Künstler das an? Oder Doris Dörrie? Dabei gibts da gar kein Geld, nur die Replik der scheußlichen Plastik eines deutschen Schriftstellers. Da wär doch ein Sack Apfelsinen besser. Und alle seufzen noch schnell ins Mikrofon, wie entsetzlich dieser Tag doch sei.

T.C. Schickt mir ein Mail. Wie entsetzlich dieser Tag doch sei.

Das Klima ist entsetzlich. Erstens saukalt. Zweitens: Wenn man derzeit durch Berlin ginge und «Ja zum Krieg» riefe, man würde von Volkspazifisten sofort verhaftet und erschlagen.

✧

Habe mir einen Handstaubsauger gekauft, mit erstaunlicher Saugkraft. Das habe ich heute gemacht. Mail-Interviews gegeben, mit komischen Fragen wie: Haben Sie Kinder?

(«Nein, kann ich Ihnen aber besorgen» – das wäre eine schöne Antwort gewesen.)

Su berichtet, daß ihr Blutbild soweit ganz okay sei. Bei Viruskrankheiten gäbe es tausend Möglichkeiten, die Ärzte könnten nur ein paar davon gezielt abprüfen, müßten das Gros des Repertoires im Dunkeln krabbeln lassen. Sie blüht wieder auf.

✧

Zapping. In der Talkshow von Maybrit Illner aufgeschnappt:

Ein Exiliraker: *«Die Mehrheit des irakischen Volkes wünscht sich, von Saddam befreit zu werden.»*

Alice Schwarzer: *«Aber Ihre eigene Mutter ist doch in Bagdad, nicht wahr?»*

Schmidt-Show endlich mal wieder böse gegen den Strich gekämmt.

«Münti Müntefering hat heute gesagt: *Die Menschen in Deutschland haben Angst.* Da hab ich richtig Angst bekommen. Vorher hab ich davon ja nichts gewußt.» Und wie er den senilen Scholl-Latour parodiert, der immer noch zu allem seinen Senf abspritzen darf: selten so gelacht.

Später noch – endlich – festgelegt, was ich morgen abend aus *UC* lesen werde. Nie war das schwieriger als bei diesem Roman. Den eigenen Text so reduzieren müssen. Grauenhaft. Ohne die Komplexität auch nur andeuten zu können. In einem Jahr, wenn man beim Publikum voraussetzen könnte, daß es das Buch bereits mehrheitlich gelesen hat, wird das was anderes sein, dann wäre einiges möglich, zu dem man dann nur leider keine Lust mehr haben wird.

Ich bin sehr aufgeregt.

21.3.

Mittags Fahrt nach Leipzig, an weiten Kiefern- und Birkenwäldern entlang und Äckern, die in der Sonne glänzen. Immer noch kalt.

Mit uns im Zug sitzt T.K., dem ich nun in keiner Weise begegnen möchte.

Von allen widerlichen Kontakten mit der Journaille war der mit ihm der widerlichste. Ekliger Philister, vorne Schleim, hinten Galle, intrigant, böse, dumm, brutal. Trägt seine alberne Zettelkastenhalbbildung wie einen Schrein vor sich her. Kulturloser Angeber, leidenschaftlicher Adabei. Gewürm, das sich allen Ernstes für herrenmenschlich erhaben hält. Ein Kretin. Ohne Stil und Geschmack und Humor. Jede Eiterbeule ist sympathischer. Ich will so etwas einfach nicht mehr Guten Tag sagen müssen. Sehe weg, als das vorbeigeht und Blickkontakt sucht.

Später läuft das sogar hinter uns her und nimmt im selben Hotel Logis. Ich lasse mir ganz schnell den Zimmerschlüssel geben und drehe mich nicht um. Seine abstoßende Fresse schwebte mir bei der Zeichnung des Herrn Mucos aus *UC* vor. Nur geriet selbst Mucos mir reichhaltiger als Frankenstein dieser Homunkel.

✧

Manche Leute haben einen geistigen Horizont vom Radius Null. Diesen nennen sie Standpunkt.

✧

Die Prachtarchitektur des Leipziger Bahnhofs. Nur vergleichbar mit dem Grand Central in NY, sagt Su. Im Seaside Park Hotel geräumige Suite bekommen (212), mit Blick auf den Bahnhofsvorplatz. Bald mit der Trambahn zur Messe hinaus, deren Glashalle bei Sonnenlicht überwältigend wirkt. Judith Hermann im Profil gesehen. Was für eine Nase.

Bei den Vorbereitungen für den Abend Mail von Kerstin R. aus Cottbus erhalten. Die hätten sich nun doch entschieden, lieber die Hebbelschen Nibelungen aufzuführen, mein Stück sei damit wieder für andere Bühnen frei. Selten dämlicher Schrieb, noch dämlicher als der erste. Das Stück war immer für andere Bühnen frei.

Ich faß es nicht. Um 5000 Euro Uraufführungstantieme zu sparen. 5000 Euro. Das ist weniger als die Hälfte dessen, was üblich ist, das war Aufbauhilfe Ost – wie ich mich ins Zeug gelegt habe, damit Cottbus das Stück bekommt, und nun ersparen diese Dumpfbacken der Stadt Cottbus die *Unser Lied*-Uraufführung. Unfaßbar. Und wenn dieses Theater in drei Jahren dann geschlossen werden wird, jammern wieder alle. Wer dem Publikum Scheiße gibt, bekommt Scheiße zurück.

✧

Abends in der Galerie für zeitgenössische Kunst erste Lesung aus *UC*. Ging ganz gut. Aufregung legte sich schnell.

Der Text kam nicht so hart an, wie gedacht, viele Lacher. Saal brechend voll, schlecht gelüftet. Guter Applaus. Am Schluß kündigte ich die morgige Lesung aus Heiners *Frl. Ursula* an, und plötzlich brach mir die Stimme, wohl entladene Anspannung, auf die Resttrauer traf, jedenfalls entkam mir ein kleiner Schluchzer, Tessa meinte, sie habe Gänsehaut bekommen.

Andrea G. hat Geburtstag heute, Andrea D. hats wieder einmal nicht geschafft, steht im Stau, aber selbst wenn sie pünktlich gewesen wäre, wäre kein Platz mehr frei gewesen.

Erst ins prollige *Hemingway*, das der leider rappelvollen *Barcelona-Bar* gegenüber liegt, in welcher ich vor zwei Jahren Su kennenlernte, damals war auch Heiner dabei und betatschte dauernd ihr Knie. Su erzählt, was er damals im Taxi lobend über mich gesagt hat, das läßt mein Herz schmelzen.

Tessa meint, wenn Rowohlt von der Neuübersetzung von Célines *Reise ans Ende der Nacht* 1500 Stück verkauft, so sei man schon froh. Ich kann das nicht glauben. Das deprimiert mich den ganzen Abend. Ich bin von 50 000 Startauflage ausgegangen. Ist doch eines der besten, nicht nur in meiner Meinung, Bücher des 20. Jahrhunderts, jetzt um 200 Seiten reicher, endlich korrekt übersetzt.

✧

In der Taz bespricht Wiefwiwi den BUK-Sammel-Gedichtband recht ehrfürchtig, dann läßt er einen Nebensatz los, laut dem alle heutigen Dichter Kunsthandwerk produzieren und keiner auch nur die gängigsten Versfüße beherrscht. Natürlich – Wiefwiwi kennt sie alle.

Im Fernsehen Betroffenheitsgeblubber, dazu noch zwei Mails von T. C. – wie entsetzlich der Krieg sei.

✧

Alles geht
seinen Gang
meinen ich.

22.3.

Beim Frühstück glotzt mir Tilman Schleim hinterher. Ich fürchte jeden Moment, daß er fragt, ob er sich an unseren Tisch setzen darf. Halte ein trockenes «Nein!» bereit. Zum Glück läuft er lieber Judith H. hinterher und stößt ein anmutiges «Hach!» aus.

✧

Auf der Messe Radek getroffen, dank ihm Daniel Kehlmann kennengelernt. Angenehm.

Auch Heike wiedergesehen. Das Kind hat Spuren hinterlassen. Wieso auch nicht? Kinder hinterlassen Spuren.

Überall Judith Hermann-Bashing. *Und ewig summte der Kühlschrank,* sagt Tessa sehr hübsch. Ich hab das zweite Buch noch nicht gelesen, aber alle (bis auf Tom) sagen, es sei noch öder, noch banaler und schlapper als das erste, aber es treffe auf ein Publikum, das öde, banal und schlapp sei, man schlafe also nah am schwachen Puls der Zeit ein.

«Hallo, ich schreibe gerade Tagebuch, geben Sie mir bitte diesen und jenen Roman kostenlos mit?»

Hab alle bekommen.

Daß ich auch so eine sozial-realistische Phase hatte, in der ich, wie Heiner, die direkte Inspiration im Bierstüberl, auf der Straße und im Supermarkt gesucht und gefunden habe.

Su: «Ja, aber in *Fette Welt* merkt man ganz deutlich, daß da Zeile für Zeile eine Sprungfeder aufgebaut wird, die dich da raus katapultieren soll.»

Sprungfeder. Gefällt mir.

Das *Smow* ist – gänzlich unerwartet – für Lesungen ein idealer Veranstaltungsort. Georg M. Oswald («Girgl») und ich lesen aus *Frl. Ursula,* dem nachgelassenen Roman von Heiner Link – und der Buchhändler baut auf dem Verkaufstisch lauter Krausser-Bücher auf, nicht mal eines von Girgl und überhaupt keins von Heiner. Die Bücher fehlen. Das darf nicht wahr sein. Da wird ein Buch vorgestellt, das nicht zu kaufen ist, weil irgendjemand gestern mit heute verwechselt hat. Das ist peinlich. Wir erklären den Sachverhalt dem Publikum. Und lesen. Und es herrscht Stimmung. Einmal, zum Glück nur einmal, konnte ich vor Lachen nicht weiter, nahm mich dann gerade noch zusammen. Einen oder zwei solcher Aussetzer duldet das Publikum gern, dann will es endlich bedient werden – in der Schule mußte ich einmal ein Gedicht vortragen, darin gab es die Stelle *«im Wald und auf der Heide»,* links neben mir saß Heide – und ich konnte das Gedicht nicht bewältigen, trotz wildester Drohungen des Lehrkörpers.

Girgl wirkt von der Schlußarbeit an seinem neuen Roman (*Im Himmel*) erschöpft und glücklich ausgelaugt. Später viel freundlicher Zuspruch aus dem Publikum. Gingen noch in ein von Sus Bruder Martin ausgesuchtes Lokal (*Telegraph*).

Wenig Feierstimmung. Ausgelassen johlen, wie das Fett in der Pfanne brutzelt, das wärs, aber es lastet zuviel Druck auf uns, vor dem Roman ist nach dem Roman, vice versa, der eine will nicht zuviel versprechen, der andere nicht zuviel verraten. Und unter uns sind wir ja auch nicht. Zuviele Adabeis flattern mit ihren Abhörflügeln, verwickeln Girgl schamlos in die banalsten Gespräche und grinsen dabei noch begeistert. Er, der alles mehr als Zeit hat, konnte dennoch nicht widerstehen, als ihm das Goetheinstitut eine Lesereise nach Novosibirsk, Jekaterinenburg, Krasnojarsk und Omsk angeboten hat.

X. berichtet, in A's «Familie» aufgenommen worden zu sein, jetzt hätte ich, falls ich sie haben wollte, Unterweltkontakte. Wer weiß für was das noch mal gut sein wird.

✧

Überhaupt keins. Das allereinzigste. Der Super-GAU. Nennt man diese Form *Hyperlativ*? Nein? Dann heißt sie eben so ab jetzt.

23. 3., Sonntag

Spaziergang vorbei an frisch renovierten Gründerzeitbauten. Leipzig ist wirklich eine meiner liebsten Städte geworden. Su zeigt, wo sie früher gewohnt hat: beeindruckend schon die Treppengeländer aus gedrechseltem Kirschholz, mit schweren schwarzen Pfostenfiguren. Viermeterhohe Decken. Zwischen den Glaswänden einer somit einsichtbaren Kanzlei hinauf führt eine Treppe direkt aufs Dach. Blick auf den Zoo. Damals, '89, war das Haus völlig verkommen, die Miete für Sus Wohnung betrug 40 Mark. Der Eingang in diese Wohnung ist zugemauert worden, was Su schwer nimmt, vielleicht sogar symbolisch.

Tolle Stadt. Im Zentrum jedes zweite Gebäude ein Hingucker. Die Commerzbank. Der Platz vorm Coffee-Baum im Barfußgäßchen. Das West-In hieß früher Hotel Merkur und beherbergte zu DDR-Zeiten sowohl ein Bordell wie ein Casino. Was es beides ja offiziell nicht gab.

Kurz in der Thomaskirche am Bach-Grab. Auf einem Photo von 1890 sind die Gebeine zu sehen. Bach bis auf die Knochen. Schiebt sich unter meine Haut.

Das Riquet-Haus. Der Renaissance-Giebel/Erker in Bartels Hof. Herrlich. Und der erste Zitronenfalter fliegt.

Zurück nach Berlin. Abends alleine. Ruhe und Rouladen. Und Musik. Muß man nur darauf kommen. Früher funktionierte mein Kreislauf ohne Musik ja gar nicht erst, heute ist die Stille Dauergast, fällt nicht mehr störend auf.

Das irakische Fernsehen zeigt gefangene Amerikaner.

In der Welt ein Interview mit Franzen zum Krieg, das ungefähr meiner Position entspricht.

Spät noch Interviewfragen beantwortet.

Was bedeutet für Sie Tradition?

Teil eines Orchesters sein, deren Mitglieder nicht zeitgleich spielen. Der Glaube, Solist zu sein, ist immer eine Illusion. Alles, was Fakt ist, reiht sich in die Kette. Keiner klinkt sich aus. Alles ist beeinflußt von etwas, alles wird etwas beeinflussen. Man muß sich in Richtung Zukunft vorarbeiten, man muß sich genauso in die Vergangenheit vorarbeiten.

✧

Es kam beim Notar ans Licht: Der Vorbesitzer meiner Wohnung wurde am 11. 7. 1944 geboren, auf den Tag genau zwanzig Jahre vor mir. Ich sah jenen älteren Herren, der auf Krücken ging, daraufhin mit anderen Augen. Ein Menetekel. Mahnung, die nächsten zwei Jahrzehnte optimal auszunutzen.

Ich vergeude manchmal mein Leben so blöde, als wär es mein erstes. Und möchte es doch wie das letzte genießen.

✧

Hochtrabende Diplomarbeit über *Thanatos* fertiggelesen. Gab mir eine Erinnerung an die Tiefe des Projektes.

Schlüssig bis auf folgendes: Nirgendwo in *Thanatos* gibt es einen konkreten Hinweis darauf, daß Johanser Somnambelle ermordet hat. Er fand sie tot vor, negierte ihren Tod vor sich selbst, versteckte ihre Leiche. Mehr steht da nicht. Er hat ihren Zustand gefälscht, nicht unbedingt herbeigeführt. Ihre Todesursache kann von vielerlei Art gewesen sein.

Man billigt Johanser mehr kriminelles Potential zu, als einem an sich feigen Typus wie dem seinen zusteht, den nur Panik oder Verzweiflung zum Handeln treibt, aus der parabolischen Reflexion reißt, mit der er sonst alles sich zwangsangleicht. Immerhin ist Somnambelle tot, soviel wissen wir. Bei der Claudia aus *UC* ist nicht einmal das gewiß. Sie ist Somnambelles Nachfolgemodell, eine Art Schrödingers Katze, die in der einen Welt lebendig ist, in der anderen nicht. Weswegen Arndt über sie auch nichts Letztgültiges sagen kann, ihm liegen zuviele widersprüchliche Meldungen vor.

24. 3., Montag

The Oscar goes to

The Pianist, aber nur für beste Regie. Wärs bester Film geworden, wär ich nun um 1600 Euro reicher.

Chicago sechsmal ausgezeichnet, *Gangs of New York* geht leer aus. Scorsese kann es nicht fassen.

Nirgendwo in Afrika – für den besten ausländischen Film – das kapiere ich nun wirklich nicht. Es hat in den letzten zwei Jahren allein in Deutschland bestimmt fünf bessere Filme gegeben. Aber gut: Eine positive Botschaft an die deutsche Filmindustrie kann sein, daß man mit Zweieinhalbstundenfilmen alles erreichen kann. Gerade jetzt wichtig, wo die ARD jede Spielfilmproduktion gnadenlos auf 88'30 zusammenschneidet. Dennoch, wenn man bedenkt, daß *City of God* den Oscar nicht bekommen hat, wohl aber Caroline Link, da möchte man vor Wut schreien.

Endlich 15°.

Mathias Prechtl ist gestorben. Ich wollte ihm morgen ein Exemplar von *UC* schicken.

Bei aller Trauer deswegen ein wenig Dankbarkeit, daß er mir auf den letzten Drücker Brief und Porto erspart hat.

Und heute, endlich: die neue *Placebo*-CD. Die erste Nummer klingt, als wären die Wipers nie von Bord gegangen. Später ein direktes Textzitat von den *Violent Femmes: Third verse, same as the first.* Was soll sowas? Das ist mehr Diebstahl als Hommage, solange nur irgendeiner der Hörer nichts von den Femmes weiß.

Ertappe mich dabei, wie ich Beas Telefonnummer in die TV-Fernbedienung tippe.

Kriegsberichterstattung: Die Nachrichtensprecher lächeln schon wieder bei den Anmoderationen.

✧

Dreister Abzockversuch.

Ein Mahnungsschrieb behauptet, daß ich «Member» bei www.altehuren.de sei. Es wird gefordert, binnen sieben Tagen rund 200 Euro zu zahlen, ansonsten werde ein Inkasso-Unternehmen beauftragt, das Geld einzutreiben. Hingewiesen wird darauf, daß mir ein Debit-Code per Telefon mitgeteilt wurde, was vor Gericht beweisbar sei. Das ist natürlich alles Schwachsinn, die Site ist mir völlig unbekannt, und Girgl rät dazu, das gleich an die Staatsanwaltschaft weiterzuleiten, aber gerne wissen möchte ich, wie diese Bande an meine Adresse kommt. Und noch viel lieber wissen möchte ich, wieviel Kohle die mit so was machen.

Das Ganze arbeitet mit dem Peinlichkeitsfaktor (wenn es wenigstens www.junge-fotzen.de wäre!) Geschickt gewählte Summe, die kaum wem ernsthaft weh tut. Suggeriert wird auch, daß man vor Gericht keine Chance hätte, man appelliert an die Scheu der Leute vor Auseinandersetzungen. Solche Betrüger müßte man öffentlich schinden und häuten.

Spaziergang am Plan-Ufer. Die Leute dösen in der Sonne oder füttern viel zu viele Schwäne. Im Adese-Kaufhaus gibt es endlich wieder die roten Bohnen von Efeferet.

Thomas P. informiert mich, daß *UC* im April auf der SWR-Bestenliste sein wird, nur auf Platz acht, egal, für Verkäufe völlig unerheblich, jedoch legen manche Leute noch wert darauf. Das vierte meiner Bücher, dem diese zweifelhafte Ehre zuteil wird.

Abends kommt Su zum Fernsehgucken bzw. Feiern. Heute kennen wir uns genau zwei Jahre.

Ein Schock, als vom Bildschirm die siebenundachtzigjährige, von mir längst tot geglaubte Olivia de Havilland lächelt, ein Gesicht vom Winde verweht, ein Gesicht aus der Filmgeschichte, aus Hollywoodwalhall.

Danach: *Sex, Lies & Video*. Film, der wichtig war, aber immer noch gut ist. Warum hat es da nie eine Theaterfassung gegeben? Ist doch ein puristisches Kammerspiel. Muß nachsehen.

Auf der Buchmesse Leipzig sah ich einen Stand im hintersten Eck, mit Büchern einer mir unbekannten, unbenambaren Sprache, davor ein mir unbekannter, unbenambarer Mann. Er saß da, las in seinen rätselhaften Büchern über Stunden, kein Besucher kam an seinen Stand, er saß da, alleine, und die Sprache jener Bücher wurde mir bekannt wie dieser Mann, ich wurde er, und ging doch auch nicht zu ihm hin, wir blieben beide ganz allein, mit unseren unbekannten, unbenambaren Büchern, wir teilten unsre Traurigkeit, füllten unsre Gläser halbvoll und stießen miteinander an. Mag er davon auch nichts mitbekommen haben, ich habe für zwei gefeiert.

✧

Nico: I'll be your mirror.
Placebo: I'll be your liquor.

25. 3.

Dienstag. Er.Salz.Heim.Liebling.

Morgens, wenn eine sackschlappe Liderschwere unabgestützt über die Augäpfel schwappt, das Zungenknäuel sich in die hinterste Rachenhöhle zurückgezogen hat, vertrocknet, und dünnes Licht als biblische Strafe durch jede Jalousienritze quillt. Im Nacken hocken, dicht aneinandergedrängt, erwerbslose Saufzwerge und frieren. Ihr Zähneklappern am Ohr, wanke ich ins Bad. Der Schönste im Land, sagt der Spiegel, sei ich eh nie gewesen, dennoch: ich solle ihn nicht so anstarren, davon werde er blind.

Das Letzte sein, was meinem Spiegel zu sehen vergönnt ist, möchte ich nicht. Er war einst ein gewissenlos begeisterter, dankbarer Spiegel, der das Glas von mir nicht voll bekam. Jetzt sei eben alles anders, sagt er, immer ist alles anders als früher, Naturgesetz. Kurz, er will meinen Anblick nicht mehr dulden, ihm könnten, bei sparsamer Verwendung, noch etliche zighundert Jahre vergönnt sein; warum soll er, fragt er, seine Jugend mit etwas wie mir belasten?

Wohl wahr. Ich sehe das ein. Aber schade ist das schon, oder? Freilich sei das schade, sagt der Spiegel, zum Wehmütig-Rumsülzen könne ich in die Kirche gehen, nach Sanssouci, oder sonstwohin, wo bunter Pfeffer wächst und Milch und Honig fließen. Mein Badezimmerspiegel neigt neuerdings zum Strengsein.

Im Treppenhaus spielen Kinder Lärmball. Sie stürmen dabei vom vierten Stock ins Erdgeschoß und treten einen Ball gegen möglichst viele Wohnungstüren. Mir fällt dabei der schöne in Deutschland verbotenene Film *Deathrace 2000* ein, bei dem die Teilnehmer eines Autorennens quer durch Amerika rasen und für jedes überfahrene Kind einen ExtraPunkteBonus bekommen. Prompt hält der Tag seine erste Idee bereit. Diktaphon läuft.

Ganz neues Modell:

Leute, die Kinder kriegen, müssen Kindergeld blechen. Davon werden die Renten bezahlt.

Die Leute würden weniger Kinder kriegen. Mehr Rentner würden verhungern.

Allen geholfen.

Super.

So ungefähr klingen die meisten meiner Tagesanfangsideen. Erst im Abstand einiger Stunden nehmen sie satirischen Charakter an. Aber eher widerwillig.

Später am Morgen, wenn ich meine kleine Stadtwohnung verlasse, spreize ich die Flügel, stoße mich von der letzten Treppenstufe ab und segle über das Netzwerk der Straßen, um zum Beispiel im Karstadt irgendetwas zu kaufen. Ich weiß, daß ich in einem Erkerzimmer hocken müßte, über der Lektüre angegilbter Schriften, um noch viel intertextuellere Texte für immer weniger Leser zu schreiben, aber ich fliege lieber einkaufen. Zu Fuß und mit U-Bahn wäre ich schneller. Die Flügel spreize ich einmal täglich, damit sie nicht zusammenwachsen, darüberhinaus, um meinen zweiundachtzig Jahre alten polnischen Hausmeister zu beeindrucken. Er freut sich wirklich jedesmal daran, lacht und klatscht, vermutlich leidet er an Alzheimer. Nein, tut er nicht, ein bißchen vergeßlich ist er wohl, ansonsten die gute Seele im Karrée. Sollte er doch unter Alzheimer leiden, wäre er gewiß mein Lieblingsalzheimer, erstens, weil mir sonst keiner persönlich bekannt ist, zweitens, weil mir das Wort gefällt, wenngleich es leicht despektierlich nach Barneygeröll- und Pappenheimer klingt. Seisdrum. Weswegen sollte man Alzheimer*patient* sagen, wenn man Patient weglassen kann? Ist ja kein Ehrentitel, oder? Hinzu kommt: Wörter, die vollständig in kleinere Wörter zerlegbar sind, haben so was an sich. *Er. Salz. Heim. Liebling.* Bilden Sie daraus einen Begriff. Das hat so was an sich, aus dem sich rein gar nichts Gescheites machen läßt. Das weiß ich, und dennoch schreibe ich es in mein Notizbuch, wo es für viele Jahre, gar Jahrzehnte unbenutzt herumstehen dürfte. Wenn ich Glück habe, gibt es einmal einen Studenten, der in meinem Notizbuch forschen und an ihm verzweifeln wird.

Er. Salz. Heim. Liebling.

Was hat er sich da bloß gedacht, wird der Student sich da denken.

Vielleicht der Plot einer religiösen Kurzgeschichte: Gott bietet dem auf dem toten Meer umherirrenden Jesus an, heimzukehren, bevor der ganze Prüfungsstreß beginnt, er sei doch sein Liebling, sein einziger Sohn. (Der einzige? Woher weiß man das denn? Ach so, weil es nicht geschrieben steht.)

Oder eine profane Beziehungstragödie: Er hat sich bei der Nachbarin Salz geliehen und dabei sein wahres Zuhause entdeckt, das immer nur eine Wohnungstür und zwei Lärmballspieler entfernt lag, während die verlassene Sie um ihren Liebling weint. Naja.

Der arme Student.

Darf es denn wahr sein, daß ich Mitleid empfinde mit einem Studenten, den es noch nicht gibt, den es höchstens geben wird, wenn ich viel Glück habe, mich also freuen müßte? Eine recht widersinnige Situation, die man noch nicht mal wem erzählen darf, sonst heißt es gleich: *Ja, deine Sorgen möchte ich haben.*

Fast jeder möchte meine Sorgen haben, ob er dazu befähigt ist oder nicht. Uns sogenannten Wolkenkuckucksheimern neidet man einfach alles. Eine momentan arbeitslose Freundin nennt mich häufig ihren Wolkenkuckuck. Aus ihrem Mund klingt das niedlich, deshalb erhebe ich keinen Einspruch. Dabei sind nur einige meiner Sorgen verschroben. Es gibt andere, die, wenn ich sie verschenken möchte, wohl ähnlich beliebt wären wie Wolkenkuckucksüberraschungseier in Nestern ausnahmsweise nicht völlig tumber Teichrohrsängerweibchen. Darf man in dem Zusammenhang von Teichrohrsänger*innen* sprechen? Oder müßte präziser von Teichrohrsänger*müttern* die Rede sein?

Meine Sorgen möchtest du haben? Dann, ohnehin momentan arbeitslose Freundin, trag doch mal den Müll runter.

Im Karstadt kennt mich die Kassiererin, bei der ich Zeitung und Zigaretten kaufe, bei der ich alle fünf Wochen den Fünfwochenlottoschein löse, persönlich. Ich weiß nicht, woher. Sie spricht mich stets dann mit meinem Namen an, wenn ein frisches Buch von mir im Handel ist, oder wenn ich, was selten geschieht, in einem großen Magazin ein Interview gegeben habe.

Ach, guten Morgen, Herr K.!

Dann dieser Blick, leicht zwinkernd, zustimmend, verschwörerisch.

Ich gebe selten Interviews in großen Magazinen, aus Prinzip. Alle drei Jahre, das ist okay, öfter nicht. Nun ist es zum Glück so, daß große Magazine mich gerade mal alle vier bis fünf Jahre um ein Interview bitten, von daher bleibt mein Prinzip ähnlich strikt gewahrt wie der Keuschheitsschwur einer leprakranken Totenbettgerontin. Die Magazine und ich – alle sind wir zufrieden. Naja.

Lieber wäre mir allerdings, ich hätte nicht soviele Profilneurosen, weniger Zukunftsangst, bekäme jeden Tag Interviewanfragen, *Er! Liebling! Salz! Heim!* und ich könnte täglich aufs Neue ablehnen. Wäre dem so, würde ich winseln und klagen und meiner Entourage in den wunden Ohren liegen: *den ganzen Tag verplempere ich mit immer weniger höflich zu nennenden Absagen an die großen Magazine und ziehe mir einen schwierigen Ruf zu.*

Aber weil alles wunderbar ist, wie es ist, ist es nicht zufriedenstellend. Die Karstadtkassiererin läßt mich jedenfalls deutlich spüren, wann ich für sie einen Namen habe und wann nicht. Einmal habe ich gehört, wie in der U-Bahn jemand hinter mir sagte: *«Das ist der Typ, der wo das Buch zu dem Film geschrieben hat, wo die nackte Frau auf dem Plakat den Pudel zwischen den Beinen hat, mit Til Schweiger.»*

«Ach, DER ist das?»

Wenn ich aktuell keinen Namen habe, läßt die Karstadtkassiererin es mich wissen, sieht mich leicht enttäuscht an, tut geradezu, als würde sie mich nicht kennen. Ohne einen Ton zu sagen, sagt sie mir zwischen die Augen: *Sie haben ja mal einen Namen gehabt, und jetzt – jetzt kaufen Sie Ihre Zeitung bei mir, als wär da nichts gewesen, wo ich doch so viel Hoffnung in Sie gesetzt hab, damals, als Sie einen Namen hatten und damit umherspaziert sind, so, als ob Sie jeder kennen müßte. Und ich – ich habe Sie gekannt und hab dazu auch gestanden. Vor Kollegen und Verwandten. Den kenne ich, der kauft immer bei mir seine Zeitung. Genau. Wie ist es mir gedankt worden? Na Schwamm drüber, nehmen Sie Ihre Zeitung, Abmarsch, und tun Sie nicht so, als wären Sie noch wer, der Nächste bitte.*

Ich vermute, daß man mich narzißtisch und paranoid nennen wird, aber genau so, oder entfernt ähnlich, funktioniert das Gehirn dieser Karstadtverkäuferin, die vermutlich dieses oder jenes Interview in größeren Magazinen, nie aber ein Buch von mir gelesen hat.

Ich würde ihr gerne eines schenken. Aber da hätte ich Angst, daß sie zur Kollegin oder Verwandten ihres Vertrauens rennt und raunt: *«Sieh dir das an! SIEH dir das an! Jetzt verschenkt der seine Bücher, damit sie noch wer liest. Und dafür hab ich eben sogar noch DANKE sagen müssen!»* Meine Sorgen möchte ich haben, dennoch würde ich dieser Dame gerne mitteilen, daß es mich freut, wenn sie mich mit Namen anspricht, auch wenn es mir völlig egal sein kann, was sie über mich denkt. Immerhin denkt eine mir Fremde über mich nach. Derlei geistige Aktivität rührt mich bis tief ins Knochenmark, wo das Rühren langsam in ein Bohren und Wühlen übergeht.

Jemand mußte Josef K. verleumdet haben, heißt es bei Franz K. in dessen Roman *Der Prozeß*. Wie Franz K. ausgerechnet auf Josef kam? Im kakanischen Kaiserreich fiel das vermutlich leichter als heute, wo die Kombination Franz-Josef einem höchstens noch am Münchner Flughafen begegnet. Österreich-Ungarn als Kombi-nation. Um Himmels Willen. Niedergehender Ideenschauer diverser nichtsnutziger Niedrigideen. Man muß sich die Frisur von derlei Assoziationsscheiß freischaufeln. Freizeit feiern.

Der Nachmittag eines Tunichtguts besteht in der Hauptsache darin, nichts Gutes zu tun und Spaß dabei zu haben. Dem Nachmittag einer Tiefkühlpizza klar vorzuziehen. Aber jede Tiefkühlpizza hat ihren apotheotischen Moment, ihren jüngsten Tag, an dem sie gleichsam das Fegefeuer durchquert und aufersteht, an dem sie zur Rechenschaft gezogen, erhitzt und verspeist wird. Selbst wenn sie nicht verspeist, stattdessen wegen Haltbarkeitsübertretung oder Geschmacklosigkeit im Abfall entsorgt werden sollte, bekommt sie ihren finalen Richterspruch, meinetwegen auch einen deprimierenden. Wen scheren die Gefühle einer Tiefkühlpizza?

Kaum schreibe ich dies nieder, wird mir mulmig. Das Rhetorische meiner Frage sinkt gegen Null. Bestimmt gibt es auch hierzulande Menschen, die sich bei ihrem Essen entschuldigen. Also schön – in deren Gebete eingeschlossen, mögen alle zu Unrecht verworfenen Tiefkühlgerichte Frieden finden. Ich bin dafür.

Der Tunichtgut, um zu ihm zurückzukehren, will sich mit diversen Sinnlosigkeiten gerade so erwärmen, daß er dem inneren Frost einen Kurzzeitfrühling vortäuschen kann. Er will, sanft von mauem Spaß in die Nacht getragen, die unerträglichen Längen eines zwanglosen Tages vermeiden. Den Schlaf nicht gerechnet, besteht der Tag eines Tunichtguts immer noch aus drei Wagneropern ohne Musik. Da steht man leicht wo rum. Die Musik kann man selber zubereiten. Liest Zeitung dazu, ißt die Tiefkühlpizza, entscheidet sich nach langem inneren Disput dafür, den Müll doch nicht hinunterzutragen. Bleiben nur noch zweieinhalb Wagneropern. Nebenbei finde ich es verwerflich bis unverschämt, daß manche Menschen den Begriff *Wagneroper* als Synonym für überzogene Länge gebrauchen. Schließlich hat der Meister aus Dresden seine Opern genau so lang konzipiert, damit ein Drittel des öden Tages abgetötet wird. Von Herzen dankbar sollte man ihm dafür sein. Früher hatten die Tage nämlich noch 27 Stunden und Symphoniekonzerte dauerten vier davon, darunter hätte das Publikum gemeutert und sich für dumm verkauft gewähnt. Heute können die Wilden nicht wenig Kunst genug bekommen. Traurig ist das. Beschämend. Die Ochlokratie der hämorrhoiden Inkontinenten, mit einem geistigen Fassungsvolumen, das jenes ihrer Blasen noch weit unterschreitet. Aber bitte, ich bin Tunichtgut, kein Kulturpessimist. Es gibt zum Beispiel *Bonaqua,* das von der Werbung sogenannte *24-Stunden-Wasser*. Das nenne ich unverfroren bis radikal ehrlich. Darin könnte man einen ersten Gegentrend zu vielem erkennen. Wenn man möchte.

Im Gegensatz zu vielen Zwangstunichtguten handle ich bewußt und beschränke den Zeitraum meiner Nichtguttaten auf den Nachmittag. Wozu? Vielleicht, weil ich ein immerfaules Kind gewesen bin, das mit dem Verplempern einiger Stunden seine preußische Erziehung verhöhnen, sie sich aus den Knochen schaben möchte? Das wäre kleingeistig und rachsüchtig, ein viel zu großer Tribut ex negativo. Es ist auch nicht so, daß ich Volk & Umwelt die Möglichkeit geben möchte, mit mir in *befruchtenden Zufallskontakt* zu treten. Igitt. Die Wahrheit ist ein toter Hund, der anderswo begraben liegt.

Ich kann es mir leisten, müde zu sein und gehe abends selten aus. Zwischen zweiundzwanzig Uhr und Mitternacht sitze ich meistens am Schreibtisch, und obwohl ich das nicht als Arbeit bezeichnen möchte, würde ich gerne die Stunden davor als Müßiggang verstanden wissen. Ich rede mir ein, daß Mußestunden etwas Tolles sein müssen, nur weil sie, als ich Kind war, mal das Allertollste waren. Die Stunden mit Muße zu füllen ist Schwerstarbeit, ich bin vielleicht nicht der allerbeste Tunichtgut, gebe mir aber Mühe. Wenn schönes Wetter draußen wartet, wie ein Haustier, das Gassi geführt werden möchte, ist Zeitverplempern kein Problem. Ich schwinge mich aufs Fahrrad und sehe drittklassigen Boulespielern zu, unterhalte mich mit Alkoholikern, Postboten im Privatstreik, eloquenten Rentnerinnen und anderen Wagnerzulangfindern. Mit hübschen Frauen mich zu unterhalten, würde ich insgeheim sinnvoller Arbeit zurechnen, daher unterlasse ich das. Fahre mit dem Rad durch die Stadt, immer gibt es irgendwo Schaufenster, mit Dingen darin, deren Notwendigkeit, von mir besessen zu werden, vorher noch erschreckend unklar gewesen ist. Im Sommer, when the livin' is easy und so, da geht die Zeit rum, beinahe ohne Tunichtgut-Zutun, das regelt sich von selbst. Und wenn es schneit oder regnet, kalt oder grau ist? Dann ist das livin' not so easy, das Tunichtguttun fällt in die Kategorie der Zumutungen und Exerzitien.

Zerquält, von dramaturgischen Prämissen beladen, erscheint mir dann mein Handeln oft.

Ich sitze zum Beispiel am Bahnhof, dem Knotenpunkt der Stadt, weil dort die vielen Züge da und dorthin undsoweiter, und warte, daß etwas geschieht, was mich amüsieren könnte. Ich sitze wie ein Angler vor einer sehr großen Pfütze, die sehr schön schillert. Zur Not kann man sich im Bahnhofsdunstkreis Amüsantes kaufen, dieser oder jener Art, aber gekauft hab ich heute ja schon. Jetzt will ich umsonst.

Für umsonst bekommt man meist nicht viel. Man muß schwer obachtgeben und Geduld aufbringen. Heute nicht. Heute habe ich seltenes Glück.

Eine Frau, etwa dreißig, gepflegt, gutaussehend, mit zwei Koffern, steht auf dem Bahnsteig vor dem Getränkeautomaten, wirft eine Zwei-Euro-Münze ein, zieht sich eine Dose Apfelschorle, wartet darauf, daß der Automat ihr einen Euro zurückgibt. Tut der aber nicht. Der bitterböse Automat. Ich sehe jener Dame zu. Man wird mich für leicht schwabbeldiwauwau bis schwer schubiduhuhu halten, aber ich glaube, ihrem Gesicht alle Gehirnmanöver ansehen und wortgetreu ablesen zu können. Synchronisation einschalten, Band ab:

«Ich könnte ja noch eine Dose Apfelschorle ziehen, aber dann habe ich zwei Dosen, soviel trinke ich nicht, dann müßte ich die ganze Zeit die schwere Dose mit rumschleppen, die meine kleine Handtasche ausbeult, und zu kalt ist die Dose, um sie in der Jackentasche zu tragen, aber ich kann mich doch nicht so türken lassen, warum gibt der Automat kein Restgeld heraus, das ist Betrug, ich möchte am liebsten die schon gezogene Dose wieder hineinschieben und mein 2-Euro-Stück zurückhaben, so wütend macht mich das. Ich könnte freilich die zweite Dose ziehen und hier auf den Boden stellen, damit jemand etwas davon hat, aber wer hebt eine Dose vom Boden auf? Ich möchte keine Menschen unterstützen, die Lebensmittel vom Boden aufheben. Ich könnte sie den Umstehenden anbieten, aber das ist mir peinlich, wer bin ich denn, daß ich Dosen feilhalte? Mein Kontoguthaben auf diesem Automaten beträgt aber noch einen Euro, wenn ich einfach weggehe, dann wird jemand schon was dafür bekommen. Hinter mir steht ja schon einer, nein, mit dem möchte ich jetzt kein Gespräch anfangen, das ist ein komischer Punk. Ich gehe einfach weg. Aber der Punk wird womöglich denken,

die blöde reiche Kuh hat sich von einem Automaten übers Ohr hauen lassen, das wäre mir peinlich. Oder der Punk sprintet mir nach und sagt, Frau, Sie haben da nochn Euro Guthaben, dann sag ich, ist schon okay, dann sagt er: Na, Sie müssens ja haben. Oder schlimmer, er sagt: Na, du mußt es ja haben, oder er sagt den Umstehenden: Na, die muß es ja haben. Was mach ich bloß?»

Von wegen schwabbeldiwauwau. All das scheint sich im Kopf der Dame abgespielt zu haben. Man nenne mich einen Phantasten, aber: Wie ist die Motivation ihrer Handlungsweise anders zu verstehen, wenn sie sich eine zweite Dose Apfelschorle zieht, sich vom Automaten ein paar Schritte entfernt, sich nach allen Seiten umguckt, um dann die zweite Dose diskret in den Abfalleimer fallen zu lassen?

Hm? Na?

Mancher Leute Alltag ist relativ kompliziert und mit Problemen unvorhersehbarer Natur gesäumt. Die Apfelschorlenbeseitigungsdame glaubte, für diesmal eine diskret-elegante Lösung gefunden zu haben. Nur mit mir hat sie nicht gerechnet. Ich hab mir ihre Adresse gemerkt, die auf dem Schild eines der beiden Koffer zu lesen war, mit denen sie den Zug zum Flughafen bestieg. Ich werde ihr, schon aus Dankbarkeit, diesen Text senden.

Im Wesentlichen wars das. Meine Sorgen möchten Sie haben? Kriegen Sie aber nicht. Mein Tagwerk ist getan. Ich gehe heim, öffne eine Flasche *Headcleaner* und schreibe die Beute des Tages auf, zupfe das bunte Gewölle in Form, übertreibe ein bißchen, dichte mir Flügel an und morgen verscherbel ichs an ein großes Magazin. So einfach. Meine momentan arbeitslose Freundin würde sagen: Sonem Wolkenkuckuck wird eben alles abgekauft, soll er mal bloß nicht übermütig werden! Werd ich nicht. Trag du den Abfall runter, ich öffne den Schampus derweil. (Einmal Abfall runtertragen kostet eine Flasche Schampus, zur Zeit ist eben alles teuer.)

✧

Letztes Jahr folgende Formulierung in den Nachrichten: Zwei Tage nach seinem Selbstmordversuch ist der ehemalige jugoslawische Innenminister gestorben. ALSO WAR DER VERSUCH ERFOLGREICH UND KEIN VERSUCH. Aber: Zwei Tage nach seinem Selbstmord starb er, kann man noch weniger sagen. Wie drückt man den Sachverhalt korrekt aus?

Nach zwei Tagen ist X. den Verletzungen, die er sich zugefügt hat, erlegen. Naja.

X. beging Selbstmord und starb nach zweitägigem Todeskampf. Hmhm.

So richtig überzeugt mich nichts.

Nichtmal *Placebo*: solide neue CD, aber nicht herausragend, nein.

26.3.

Beatrice berichtet am Telefon von einem Fanbrief, der vier Postkarten und zwei Mozartschokotaler enthält. Ich will aber nichts essen, was Unbekannte mir schicken, so nett es gemeint ist. Paranoid? Vielleicht. Bea redet von meiner verrückten Phantasie, ich entgegne, daß genau diese uns ernährt.

✧

Flug verlief problemfrei, auf der S-Bahnfahrt sah ich neben dem Zug einen Hasen rennen, was zu den besten Omen zählt. Zuhause arbeite ich die Post ab. Noch mehr Interviewwünsche. Und viele freundliche Leserkommentare zu *UC*.

Ein wenig im neuen Buch von Kehlmann gelesen. Guter Eindruck. Wir haben uns auf der Messe gegenseitig unsre Bücher geschenkt und signiert. Ich frage mich, was so ein Paar von gegenseitig gewidmeten Büchern mit demselben Datum einem Antiquar wert wäre. Kenne kein Exempel. Gäbe vieles auszuprobieren, hätte man Zeit dazu. Der Spaß, den man aus dem Alltag beziehen könnte, durch ein paar kleine Experimente.

Abends in meiner Dachstube – wie muffig und staubig. Sicher milbenverseucht, man müßte das ganze Zimmer mal leerräumen und ausmisten, aber wo anfangen? Ein Augiasstall. Soviel Dreck, soviele Devotionalien der eigenen Vergangenheit. Einfacher wärs, umzuziehen.

Dinge im Zimmer:
Die halbe Erkennungsmarke eines mir unbekannten Soldaten, gefunden in Ost-Berliner Hausmüll des Jahres 1992. Anhand der Nummer könnte ich den Namen des Toten erfahren. Ich habe nie gefragt.

Siebzehn Jahre alte Marzipanschweine, verstaubt und verfärbt, längst nicht mehr genießbar. Ein Geschenk von Beatrice, ohne besonderen Anlaß. Ich wollte die beiden Tiere damals nicht einfach profan aufessen. Sie jetzt, wo sie verformt sind und häßlich, wegzuwerfen, brächte selbstverständlich Unglück. Ich werde sie wohl bis an mein Lebensende behalten.

Ein gerahmtes Foto der Sängerin Gwyneth Jones als Marschallin, mit herzlicher Widmung.

Ich war verliebt in ihre Stimme von 1982 bis 1988, bis diese geliebte Stimme kippte und nurmehr kultiviertes Schreien war. Aber davor warf ich ihr oft Blumen zu, einmal sogar zehn Sträuße, bis heute Platzrekord in der Münchner Oper. Es waren allesamt billige Moosröschen, aber ich war bitterarm, und die Geste zählt.

Eine Bleistiftzeichnung, gemalt von Beatrice zum 11.7.87. Das Blatt zeigt King Kong, er trägt einen Geburtstagsstrauß gepflückter Türme – Big Ben, Tour Eiffel und den schiefen von Pisa.

Ein rostiges Gartengerät, wohl eine Art Setzeisen, in der (wohl unbeabsichtigten) Form eines Männlichkeitssymbols (Kreis mit herausragendem Pfeil).

Wurde von mir entwendet aus dem Garten der Stauffenbergs bei meinem ersten und einzigen Besuch in Wilflingen.

Ein dreiarmiger Kerzenhalter aus Silber, mit drei roten Stummeln diverser Länge. Aus der Zeit, da wir die Nacht noch mit Kerzenlicht und Gedichten erhellten.

Im Kühlschrank – zwei Geschenke. 0,2 Liter-Fläschen Asbach-Uralt. Das eine stammt von meinem 19., das andere von meinem 24. Geburtstag. Im viel zu feuchten, weil fast nie abgetauten Kühlschrank lösten sich bald die Etiketten ab, nun weiß ich nicht, welches Fläschchen welches ist. Was es mir unmöglich macht, eines der beiden zu öffnen.

Meinen neunzehnten Geburtstag im Garten der Frau Bertram, als wir Tristan hörten und Stachelbeeren pflückten, als ich ein Mädchen küßte, deren linke Brust halb so groß war wie die rechte, als mein Lateinlehrer mir einen Büchergutschein über DM 100 schenkte, den ich bei der Buchhandlung erfolgreich in Bargeld umtauschen konnte, dieses Fest vergesse ich nie.

Ein blauer runder Keramikaschenbecher voll zerlaufenem roten Kerzenwachs. Folge eines Lichtes, das ich vor dem In-Schlaf-Sinken zu löschen vergaß. Im Wachs erstarrt liegen eine Faschingszigarette (die per feuerfarbener Stanniolspitze Glut vortäuscht), ein Stück nicht zerschmolzenes Siegelwachs, ein Röllchen Tesafilm und ein Tipp-Ex-Blättchen. Stilleben, das gewollt aussieht, es aber nicht war. Das Tipp-Ex stammt noch von meiner ersten Schreibmaschine, die ich zur Konfirmation bekam. Das Stückchen Siegelwachs entstammt der Hinterlassenschaft meiner Tante Kunigunde, deren Tod in *Fette Welt* erwähnt ist.

Und tausend andere Dinge.

Ein gottverdammtes Museum. Es gab eine Zeit, als ich viel weggeschmissen habe, was ich nun bereue. Irgendwann ist man alt und um jede Eselsbrücke in die Vergangenheit froh.

Meine Vergangenheit ist so prachtvoll. Jede Vergangenheit ist prachtvoll. Allein der Umstand, vergangen zu sein, schenkt jeder Zeit ein Kleid mit Purpurschleppe, egal, was sie enthielt. Geheiligt sei, was vorbei ist, überschaubar.

✧

Spät nachts. Ich sortiere meine Aufnahmen mit Yuri Ahronovitch.

Yuri Ahronovitch war einer meiner Lieblingsdirigenten.

Er hat nie darauf hingearbeitet, ein Star, ein Gott im Frack zu werden, sich mit dem Mantel des Erhabenen zu schmücken, auf Bedeutung zu zielen. Sein Repertoire war das Leichte, das fälschlich als zu leicht Verachtete, Tschaikowski, Dvorak, Puccini – ich erinnere mich an eine Aufführung von Tschaikowskis oft soft-blümelig vorgetragener fünfter Symphonie, die mich so sehr mitnahm, daß ich nach dem Schlußakkord weiter von mir weg war als bei manch gelungen inszenierter Wagner-Oper. Ahronovitch, der nach Günter Wand das Gürzenich-Orchester Köln übernahm und durchaus erzog, im besten Sinn, reiste in seinen letzten Lebensjahren von Festival zu Festival, Einspringer par Excellence, betrieb den Beruf des Dirigenten ohne numinose Zutat als gewissenhaften Beruf, ohne jemals zum Kapellmeister zu degenerieren. Er galt stets als Freund seiner Orchestermusiker, jegliche genialisch-herrische Geste war ihm fremd. Und die Verve dessen, was dabei herauskam, mußte Nörgler mißtrauisch stimmen, die Großes nur im Dreiklang mit Schweiß und Tränen anerkennen wollen. In unserer Zeit, in der Gernegroßstädte wie München damit prahlen, en gros abgehalfterte Dirigiertalente verpflichtet zu haben, war Yuri Ahronovitch ein großer Musiker. Nichts hat mich im letzten Jahr so beschämt wie der Umstand, daß über seinen viel zu frühen Tod kaum etwas in den Feuilletons zu lesen war.

27. 3., Donnerstag

War noch einmal in meinem alten Gymnasium, um die Jahresberichte einzusehen. Enttäuschend. Sie enthalten keine Klassenfotos. Ich entdecke den Namen eines mir sehr unsympathischen Schachspielers, den ich erst mit 28 kennengelernt zu haben glaubte. Der Kerl war zwei Jahre mit mir in derselben Klasse. Die allermeisten Namen aus der Liste sagen mir nichts mehr. Gar nichts. Erschreckend.

✧

Lektüre: Kehlmann. *Ich und Kaminski.* Hervorragend. Klug, witzig, bissig, mit großem Talent für Dialoge, wunderbar komponiert, dabei ganz leicht zu lesen, unbelastet von substanzlosen Tricks.

Die Figur des Sebastian Zöllner ist sehr realistisch und häufig anzutreffen im Kulturbetrieb. Von wegen Satire.

Abends allergische Reaktion auf ich weiß nicht was, stundenlang brennende Lippen und juckende Augwinkel.

Die Autobiographie von García-Marquez: *Leben, um davon zu erzählen*. Hmm. Nur noch im Hinblick auf die literarische Auswertung durchs Leben gehen? Hmm-

hmmhmmm. *Erzählen, um davon zu leben* klänge weniger weihevoll. Die Wahrheit liegt dazwischen.

✧

Mifune – Tragik in Filmen, die nur entsteht, weil die Beteiligten, obwohl sie Zeit genug hätten, das Maul nicht aufkriegen, nervt. Das ist eine so billige Art, die Handlung voranzutreiben, daß mir an den Figuren jedes Interesse verloren geht. Tragik, fahrlässig selbstverschuldet, ist keine Tragik, sondern allein die Konsequenz der Blödheit. Ich müßte viel öfter verzeihen, vergeben, stattdessen werde ich immer unnachsichtiger mit Figuren. Wenn eine, die keinen echten Grund dazu hat, in die Kamera hinein behauptet, das Leben sei ein Haufen Scheiße, von der man täglich einen Mund voll abbeißen müsse, dann denk ich mir: Ja, dann verreck doch, ist mir scheißegal, woran.

✧

Ein Obersturmbannführer war nur ein mittleres Tier, so vollfett das klingt. Ein Brigadeführer klingt nach wenig, war aber sehr viel mehr.

In einem Revolverblatt las ich einmal die Schlagzeile:

Könnte die Titanic doch noch gerettet werden? (S. 8)

Daraufhin kaufte ich das Revolverblatt und las auf Seite Acht die Antwort. (Nein.)

Frechheit siegt.

✧

bitterblütig ist ein schönes wort von heine.

ich bin deprimiert, dann bin ich gelangweilt, dann traurig, dann melancholisch – und melancholie birgt schon das höchste der gefühle. hab alles gesehen, und niemand kann mir helfen. so in etwa.

28. 3., Freitag, Hummeltag

pfschm
o pfschm
k. o.
pfschm
erz
en

escada – casual friday – der einzige herrenduft, den ich mag – wird aus dem programm genommen.

in der x-zeitung wird ein buch von y besprochen. y war schon ein arsch, aber seine frau…

Immer, wenn man denkt: *wie hält es eine so tolle frau so lange mit einem solchem riesenarsch aus,* muß man davon ausgehen, daß entweder der arsch nicht so riesig oder die frau nicht so toll ist.

✧

Ich bin gar nicht auf Platz 8 der SWR-Liste, sondern auf Platz 6, gemeinsam mit Daniel Kehlmann. Auf Platz 2 Céline, mit der neuen Übersetzung der *Reise*. Macht mich stolz, meinen Namen neben seinem zu sehen, wenn auch in bedeutungslosem Zusammenhang. Es ist irgendein Zusammenhang.

«Wichtigkeit ist nicht wichtig.» So der weiseste Satz in Kehlmanns Buch.

Morgen, so höre ich, erscheint der erste Verriss von *UC*, in der FAZ. Anderes hätte mich gewundert, ich rechnete mit viel Gegenwind, und dennoch: Der erste Verriss eines Buches ist immer etwas Unerwartetes, besonders bei diesem Buch. Obwohl man den Betrieb zur Genüge kennt, hält man es bis dahin doch für unmöglich, daß irgendjemand ein solches Buch verreißen könnte.

24°. Langer Spaziergang oberhalb des Germeringer Baggersees. Nicht weit davon entfernt, schon im Wald, stand früher eine Villa. Sie besaß ein quadratisches Schwimmbecken, dessen gemauerte Beckenränder man vor 15 Jahren noch betrachten konnte. Jetzt sind nicht einmal die übrig, nur der noch leidlich quadratische Tümpel weist auf ehemalige Bewohntheit hin, gespenstisch, wunderbar, schilfumrandet, mit Erlen, deren Äste beschwörend über der Wasseroberfläche hängen.

Als wir am Bogenschießstand vorübergehen, erzählt Bea, daß die erste Armbrust auf den Papst so furchterregend wirkte, daß er verfügte, diese Waffe dürfe gegen Christen nicht verwendet werden.

Passend die Nachricht, daß Talibanpartisanen in Afghanistan einen Bus überfallen haben. Die Muslime ließen sie in Ruhe, einen Schweizer Arzt erschossen sie auf der Stelle. Weil er ein Ungläubiger sei.

Die erste Hummel des Jahres sucht sich neben einem glitzernd klaren Feldbach ihr Nistloch.

Zum Weinen.

✧

Sandstürme. Der Krieg stockt. Wütende Massen. Schlimme Bilder. Auch ich habe geglaubt, der Krieg würde schnell und sehr einseitig verlaufen. Noch hält sich die Zahl der Toten unter den Zivilisten in Grenzen, rechnet man sie gegen Saddams Opfer auf. Man muß solche Rechnungen aufstellen. Sich darum zu drücken, ist leicht.

✧

Das Schlimmste an der Rezeption zu *UC* wird werden, daß jeder der Geschichte auf den Grund gehen und eine Logik präsentieren will, die dem Geheimnis des Buches nicht entfernt nahekommen kann. Also blasse Simplifikationen. Ist es wirklich Kurthes, der am Ende das Interview gibt? Ja und nein.

rezensionen lesen –

wie man auf dem flughafen, wenn man noch zeit hat vor dem aufruf, durch die altbekannten geschäfte flaniert, die stets dasselbe anbieten, spirituosen, mode, parfüm, spezialitäten – und man weiß, man wird nichts davon kaufen, aber man sieht lieber die immergleichen Produkte an, als in sich selbst hineinzusehen.

Katholizismus: Wir laden Schuld auf uns und werfen sie mit Gewinn wieder ab.

Wenn ich banalen Menschen zuhöre, höre ich immer auch den Countdown der Zeit, jeder Schlag der Uhr hackt mir ein Loch in den Kopf.

Ganz einfach: das Lebendige vom Toten unterscheiden, und dem Stummen, das lebt, die eigene Stimme leihen.

✧

spät, gegen morgen, im ersten vogelgezwitscher, zwei takte komponiert. und die erste halbe seite einer neuen erzählung geschrieben.

29.3., Samstag

Walter sendet Zwischenlob über *UC*, ist bei der Hälfte angelangt, findet das Seminar sensationell, das Ganze «einschüchternd» und erzählt, er arbeite seit einem Jahr an einem Plot, der von Kurthes stammen könnte. «Die steinerne Dimension». Nicht die einzige Ähnlichkeit zwischen unsren Arbeiten: Die Heldin aus *Rumo* heißt Rala, die aus *UC* Ala.

✧

Der Verriss in der FAZ ist derart blöd-schlaumeierisches Geschreibsel.

Ich würde mich in den Roman gestohlen haben, um meinen Figuren mal die Frauen ausspannen zu können. Aha. Auf diesem Niveau. Softpornographische Exkurse? Wie bitte? Der Rezensent mag solche Art von Literatur einfach nicht, das merkt man. Die Handlung versteht er kaum auf der Oberfläche. Urteilt etwas als nicht sonderlich originell ab (das Spiel mit Doppelgängern), das in meinem Roman gar nicht drin ist, das er nur hineininterpretiert. Wo Esoterik im Buch vorkommt, sehr selten, ist sie klar als solche gebrandmarkt. Er schreibt, mein Roman enthalte Esoterik. So ist die FAZ: vergibt ihre Rezensionen immer konträr zu den Vorlieben der Kritiker.

Was erreicht man damit? Daß Leute unsicheres Gewäsch über Gattungen schreiben, von denen sie nur gehört haben.

Großartige Kritik im *Standard,* was für Österreich sehr wichtig ist.

✧

Bei Jeschke, Greve&Hauff gibt es ein Exemplar von Nietzsches Antrittsrede in Basel Selbstdruck (1869), Auflage 30 Stück, nicht signiert. Wie hoch setzen die das an? 24 000 Euro.

Van Gogh soll sich gar kein Ohr, sondern nur ein Stück des Ohrläppchens abgeschnitten haben. Das freut mich so sehr.

In der Stadt zur Literaturhandlung Moths, wollte den Foer kaufen, wurde erkannt und gefragt, ob ich meine *UCs* signieren möchte, man habe dann auch einen signierten Foer für mich. Na gut. Die wirklich reizenden Damen gaben mir auch noch 40 % Rabatt. Also habe ich heute den «Geniestreich» eines Vierundzwanzigjährigen angelesen, bis Seite 120. Und ich war vorher überzeugt, der Roman tauge nichts, nicht nur deshalb, weil er mein direkter Marktkonkurrent ist. Aber im Moment, wo ich das Buch auf den Schoß nahm, beschloß ich, objektiv zu sein und den Zeilen nichts Böses in den Weg zu legen. Und siehe da: Das Buch taugt etwas. Witzig, prall, originell. Aber es ist nervtötend ohne Ende. Unökonomisch, redundant. Das Buch eines Vierundzwanzigjährigen, der seine helle Freude an formalen Spielereien, barocker Fülle, mannigfaltigen Sprachdeformationen hat, auf die man mit 30 spätestens verzichtet, weil man auf das Wesentliche zusteuern muß. Ein Lektor hätte das alles um mindestens ein Drittel eindampfen müssen. Witze mit verrückten Hündinnen. Witze auf der Basis von Verständigungsschwierigkeiten. Situationskomik eines Vegetariers im Fleischfressland. Jüdische Witze, die sich nur ein jüdischer Schriftsteller leisten kann. Soap im schweren Mantel der Holocaust-Literatur. Alles bizarr, skurril, kurios. Das ist einfach. Eine Literatur, die nur aus Tricks besteht, manche sind dreckig, manche witzig, manche nett, aber alles nur gottverdammte Tricks, die einem in diesem Alter zu Hunderten in den Schoß fallen – und das Feuilleton fällt auf die Knie davor. Noch ein Knallstern. Immerhin unterhaltsam. Wilfert hat das Buch für Rowohlt abgelehnt, was sicher ein Fehler war, aber auch nicht sooo verdammungswürdig. Bin gespannt, was aus diesem Autor wird. Unzweifelhaft ein großes Talent, aber mit solch einem überhypten Anfangserfolg wird er es schwer haben.

Ich frage mich oft, ob meine Feinde sich fragen:
Was, wenn er Recht hätte?
Aber die sind viel zu blöd, um solch
eine kluge Frage zu stellen.
Ich hingegen frage mich oft:
Was wenn sie Recht behielten und du nicht?
Aber ich bin viel zu klug, um eine so blöde
Frage zu beantworten.

Frei nach Max Planck: Etwas pflegt sich durchzusetzen, nicht indem dessen Gegner überzeugt werden, sondern indem sie allmählich aussterben.

✧

Wenn ich ehrlich bin, liegt mir schon was am Ruhm. Nicht am dummen Ruhm, ich will nicht übermäßig reich sein und bekannt und tausend Frauen kriegen und eine Yacht in Monaco und den ganzen Scheiß. Aber ich möchte alt werden, und ich möchte nicht, daß meine Bücher vergessen sind, bevor ich sterbe.

von wegen paranoia. gerade eben habe ich aus glaubwürdiger quelle erfahren, daß die *UC*-kritik in der faz von heute ursprünglich viel länger und sehr positiv gewesen sei.

und dann umgeschrieben wurde. weswegen sie jetzt auch so wirr und unlogisch sei.

wer dahinter steckt? kann ich mir denken.

Bist du stutzig von Begriff? (heute in der Menge gehört.)

Man nenne mich mit vollem Recht unreif, wenn ich mich immer noch über den Umstand erregen kann, daß unsere Kultur von Idioten beherrscht wird, die sich aber keineswegs als durchgesetzte Scharlatane begreifen, sondern als menschgewordene, von Gott persönlich gezeugte Sachwalter des höheren Geschmacks. Die Folge ihrer perfiden Empfehlungen ist, daß immer mehr Menschen, abgestoßen, verwirrt, den Mut finden, sich zur eigenen Dummheit zu bekennen und lieber gar nicht zu lesen, weil sie das, was ihnen da empfohlen wird, nicht genießen können. Man muß, auch wenn es unter dem eigenen Niveau geschieht und auf lange Sicht hin gar nicht nötig ist, die Arschlöcher als solche benennen. Muß sich positionieren. Auch wenn man sich Feinde schafft und sein Einkommen mindert.

Wobei man sich doch eigentlich beruhigt zurücklehnen könnte, im Wissen, daß das, was ohnehin fällt, nicht unbedingt auch noch gestoßen werden muß, daß der Sieg einem irgendwann gehören wird.

Es gibt nichts, vor dem man soviel Angst haben muß wie vor dem Moment, da man den eigenen Sieg feiern kann.

Zum Beispiel *UC* – das Seminar auf halbe Länge eindampfen, die Sexszenen raus, die Mordszene abmildern und mehr hehres Blabla über Musik – und das Buch wäre ein Bestseller. Weiß ich doch. Man muß sich halt entscheiden.

✧

Saddam hat seinen Luftwaffenchef entlassen. Die Zeichen verdichten sich, daß es fehlgelenkte irakische Raketen waren, die zivile Ziele trafen. Wieder viele Demonstrationen in Deutschland. Einige Menschen wünschen sich laut die Niederlage der Amerikaner. Wie müssen solche Hirne beschaffen sein?

Die Osbournes-Folge, in der Ozzy und Sharon sich nach 20 Jahren Ehe das Eheversprechen neu geben. Sharons Ansprache. Fantastisch. Herzbewegend.

Nachts noch lange an der neuen Erzählung gearbeitet. Verrückt – es gäbe soviel zu tun, dringenderes, bald irreparables. Aber es gefällt mir auch ungemein, gegen jede Ratio zu handeln, hat was Jugendlich-Blödes, Erfrischendes.

30. 3., Sonntag

Heute morgen ist der Bildschirm von Beas PC implodiert. Weißer Rauch, ein paar Funken.

Schöner Beitrag über *UC* in *Lesezeichen-BR*. «Ein grosser Wurf.»

Am Smaragdsee. Der Schrei der Blesshühner. Am anderen Ufer ein Gespräch. Wie weit der leere See die Stimmen trägt.

Als ich vor etwa zehn Jahren über den Münchner Hauptbahnhof ging, sagte mir ein mir nicht bekannter, sichtlich angetrunkener Penner ins Gesicht, daß ich keine Ahnung hätte, von nichts. Ich solle mir bloß nichts einbilden. Damals ging ich an dem Penner vorbei, ohne Antwort, fand jedoch, daß er sehr überzeugend klang. Nicht, daß ich glaubte, Zeus in neuester Verkleidung habe zu mir gesprochen, nein, aber ich fühlte, daß er auf eine gewisse Weise recht hatte, wobei in diesem verzwickten Universum jeder recht hat, auf eine gewisse Weise. Ich glaube, wenn man es zu etwas bringen will, muß man davon ausgehen, daß man keine Ahnung hat und sich nichts einbilden darf. Das einzige Basislager, von dem aus sich die Berge zu einem herunterbeugen.

Unebenheiten der Metrik, gewisse, bezirzen den Leser –
So, wie die Schönheit der Frau oft durch den Makel gewinnt.

✧

Gegen den neuen Tag ansingen, gleicht der Chuzpe des Marsyas, mit Apoll um die Wette zu flöten. Mit allem, was gedruckt wird, häutet man sich selbst, nicht Schlange genug, dem Körper die verlorenen Worte zu ersetzen. Am Ende stanzt man sich Buchstaben aus dem Fleisch wie ein Kind Sterne aus dem ausgewalzten Plätzchenteig. Ritzt sich letzte Sentenzen in die freigelegten Knochen. Das will ich mir ersparen.

Abends nochmal gesehen: *Minority-Report*. Die bis auf die Pre-Cogs bislang überzeugendste Zukunftsvision für mich. So ungefähr wird das sein. Gar nicht übel. Die Zeitung als Flüssigkristallblättchen, auf das neue Artikel gesendet werden, ja, so habe ich mir das vor zehn Jahren vorgestellt. Werbung, die dich an deiner Retina erkennt und persönlich anspricht. Enervierend, doch tolerierbar. 3D-Filme fürs Archiv der Erinnerungen. Kommt sicher bald. Warum gibt es eigentlich noch kein künstliches Blut? Kann doch nicht so schwer sein.

Interessante Frage: Fast jeder gäbe sicher zehn Tage seines Erdendaseins dafür her, alle 20 Jahre für einen Tag lang aufzuerstehen und die Entwicklung der Menschheit zu begutachten, damit bliebe man 200 Jahre lang auf dem Laufenden.

Wieviele Tage seines Erdendaseins gäbe man her, um noch länger auf dem Laufenden zu bleiben? Irgendwann wäre doch einmal Schluß, auf lange Sicht bliebe die Neugier unbefriedigt.

Nein, wenn es Gott gäbe, müßte man ihm Beifall spenden, es ist alles sehr gut so. Würden die Menschen anders denken, gäbe es Götter erst gar nicht. Glaube entsteht aus Beifall.

Menschen sind leicht zufriedenzustellen. Überhaupt zu leben genügt zumeist schon. Irgendwie, irgendwo.

✧

Auf der Achtziger-Jahre-Kennenlernparty ging eine Liste herum,
um Übereinstimmungen zwischen
anwesenden Personen schnell&grob festzustellen.

Da stand (ankreuzen bitte):

Fisch oder Fleisch?
Kaffee oder Tee?
F.C. Bayern oder TSV 1860?
Donald oder Mickey?
Duschen oder Baden?
Dallas oder Denver-Clan?
Weißbrot oder Schwarzbrot?
Coca oder Pepsi?
Reis oder Nudeln?
Beatles oder Stones?
McDonald's oder Burger King?
Ex- oder Impressionisten?
Berge oder Meer?
Bier oder Wein?
Tischkerzen oder Lagerfeuer?

Popcorn oder Chips?
Hunde oder Katzen?
Geha oder Pelikan?
Nesquick oder Kaba?
Oper oder Musical?
Tauchen oder Klettern?
Hollywood oder Autorenfilm?
Agatha Christie oder Chandler?
Noch manches mehr.
Egal.

Ich setzte darunter:
Kain oder Abel?

Die Frage aller Fragen. Die einzige.
Lieber tot und schuldlos sein? Oder leben,
auf Teufel komm raus? Eine Frau
hat mir das an jenem Abend nicht eingebracht,
was ich gnadenlos ungerecht fand.
Und – nebenbei – immer noch finde.

✧

Die deutsche Kriegsberichterstattung ist, verglichen mit Al Dschasira und CNN, nicht mehr einfach nur kritisch, sie ist pessimistisch und defätistisch, legt praktisch alles gegen die USA aus, was als Nachricht nur irgendwie diffus ist. Natürlich werden Streubomben eingesetzt, natürlich jubeln die Iraker noch nicht, ohne Wasser und Strom, oft noch mit Saddams Schergen im Nacken. Natürlich geht es auch um Öl. Warum denn nicht?

Ich glaube, der Krieg wird bald vorbei sein, die Zahl der Toten überschaubar, die Welt um einiges ruhiger.

Und die öffentliche Meinung wird sich schnell umentscheiden. Was sich hier in den letzten Wochen an brutalem Antiamerikanismus manifestiert hat, war zum Fürchten.

31. 3., Montag

ich muß mir sofort einen runterholen, möchtest du zusehen? wenn du mir zusiehst, kommt es mir schneller. zeigst du mir deine möse, kommt es mir ganz schnell

das mädchen: wenn du willst, kannst du in meinen mund abspritzen, es wär mir eine große ehre. ich leck dir auch die eier, sauge deinen schwanz tief ein und liebkose dein arschloch.

Ja, *das* war ein guter Traum. Leider nicht in diesem Monat. Stattdessen: Ich träumte, daß ich bei Aldi an der Kasse stehe, und die fette Türkin sieht mich schräg an, weil ich ungarische Forint vor sie hinlege, um für den Räuchermatjes zu bezahlen. Sie sagt: Das sind Forint. Ich: Der Matjes kommt sicher aus Polen. Sie: Ich bin Türkin, nicht Polin. Ich: Das habe ich nicht bestritten. Sie: Das wär ja noch schöner. Ich: Man muß das anders sehen. Sie: Wie denn?

Ich: Weiß ich nicht. Eine hundertellenlange Schlange hinter mir: *Arschloch, Euro, Arschloch, Euro!* Ich: Das sind doch soviel mehr Forint als Matjes. Gnade, bitte! Die Schlange: *Kreuzigt ihn, kreuzigt ihn!*

Ich rettete mich vor dem Zugriff des erzürnten Pöbels durch schnelles Erwachen und starrte ratlos an die Decke.

musikmatinée: verdi-streichquartett, das mich überrascht, und ligetis klavierkonzert, von dem man satz vier und fünf von mir aus streichen könnte. vorher: umwerfend.

endlich den neuen moers begonnen. stark wie immer, obwohl der verdacht nahe lag, daß das zamonien-personal überreizt, zweitverwertet sein könnte. dabei ist es völlig in ordnung, wenn ein künstler seinen selbsterschaffenen kosmos noch bereichert. das macht solchen spaß. und die zeichnungen! fantastisch. der wunsch, mein Publikum ähnlich unterhalten zu können. die liebe, die er bekommt, wo mir allerhöchstens respekt gegönnt wird.

✧

Die neue Céline-Übersetzung der *Reise* mag ja ihre volle Berechtigung haben, aber schade ist es schon, daß manche Wendungen, die mich stark geprägt haben, nun zum Aussterben verdammt sind. Der berühmte Schluß: … *damit niemand mehr davon berichten kann…*

ist tausendmal schöner als: …*damit das alles ein ende hat.*

✧

Irgendwo im Internet lese ich:
Dieser Satz kein Verb.

Wenn man das, was obigem Satz fehlt, in ihn einsetzen würde, verlöre er seinen Sinn.

Sein Sinn liegt im Defizit. Im Unrichtigen.

Vieles gewinnt durch ein Defizit an zusätzlichem Sinn,

aber hier ist etwas *einzig und allein* durch sein Defizit zu Sinn gekommen. Das fasziniert mich.

✧

Nachmittags Fahrt nach Straubing, ab Neufahrn mit der Gäubodenbahn, was ein bißchen wirkt, als würde man im Ungarn des späten 19. Jahrhunderts durch die Puszta tuckern.

Herrliches Wetter, Straubing ist pittoresk, sehr langer ovaler Marktplatz, 8. Jahrhundert, die Sonne gleißt parallel zur Längsachse unter einem blaublauen Himmel. Lese Foer weiter, frage mich, ob ich ungerecht war. Das Buch ist schon sehr gut. Das Überbordende sollte man vielleicht gutmütig als Dreingabe oder Plazenta nehmen, aber das gelingt mir nicht. Die Stelle *«Ich bin Trachimbrod»* von großer Wirkung. Andererseits: Sovieles, was ein Lektor, oder viel eher der Autor selbst, einfach hätte streichen können, müssen. Und das Kuriose wird ab einem gewissen Grad ärgerlich und albern. In diesem guten Buch würde ein viel größeres stecken.

Man muß sich freuen, daß so viele gute Bücher auf dem Markt sind. Man wird sich bald anstrengen müssen, um noch notwendig zu sein. Muß es vielleicht auch nicht. Kann sich zufrieden zurücklehnen. Und endlich lesen, statt zu schreiben.

✧

moers schickt mir noch einmal lob, und ein so großes, daß es mir peinlich ist. durch ihn erfahre ich auch, daß im focus heute eine hymne auf *UC* erschienen ist.

die verkäufe sind schwach, wegen des krieges wird

zur zeit fast nichts gekauft. der buchhandel eitert in allen löchern.

susanne h., meine «außenstelle wien», schickt mir die standardkritik und ein zitat ihrer freundin, wie gut ich auf dem foto aussehen würde. ja, leider nur auf dem foto.

bin sehr melancholisch heute und ängstlich. empfinde alles um mich her als – sehrend und dräuend hätte man früher gesagt. bin in erwartung von etwas tragischem. als würden über mir rosse stampfen, und an jedem haar hinge ein schwert. s. berichtet über endlosen ärger mit behörden, ihr pech macht mich wütend. weil gegen pech nichts zu machen ist, und ich mache gern. fühle mich schlecht. bin schlecht. spirale aus selbstvorwürfen.

✧

Lesung schwach. Ich kam nicht in Fahrt. Habe wohl auch zu harte Stellen ausgewählt, fühlte Beklommenheit im Publikum. Dreißig Leute. Bin nicht mehr gewohnt, in der Provinz zu lesen. Der sehr freundliche Buchhändler sagt, das sei eine stattliche Zahl, bei Genazino warens nur zwölf.

Nach der Lesung sprach mich jemand auf einen Druckfehler an, der mir sehr peinlich und unerklärlich ist: Gunter Wand statt Günter Wand. Sorry. Dann meint er, er habe kein Tenuto gefunden bei Takt 330. Also: es sind die Takte 321 und 322 des letzten Satzes der Achten in der Fassung von 1887 (!). Und außerdem ist das für den Roman scheißegal. Aber, wenn wir dabei sind: ab 323 würde ich ein plötzliches Accelerando, eine kleine Ekstase, stark befürworten, das hätte man im Roman noch unterbringen können.

Bea weiß, wie der Wand-Fehler passiert ist: Ich hatte ursprünglich Günther geschrieben, statt Günter, habe dann in den Fahnen den Fehler bemerkt und telefonisch um Verbesserung gebeten. Da muß es passiert sein. Sehr ärgerlich, bei Eigennamen.

✧

um kurz nach zehn zurück mit der bahn. umsteigen um kurz vor elf in obertraubling.

finsterste prärie. zwei bahngleise, kein licht. hier soll ein zug anhalten? und an welchem der beiden gleise? kein mensch weit und breit. sternenhimmel. der zug kommt nicht. welches gleis wähle ich? gleis eins oder zwei? ich sehe nach links und rechts, bin bereit, schnell über die schienen zu springen, wenn ich sehen kann, daß ich auf der falschen seite stehe. es ist so dunkel. so dunkel wie in trachimbrod. komm, zug! es ist die letzte möglichkeit, heute noch nach haus zu kommen. verdammt. fünf minuten verspätung. sechs. sieben. die sterne. ein kojote heult. nein, das ist erfunden. es ist ganz still. völlig lautlos.

lautlos. und nacht. heimweh.

Da kommt ein Zug! Und ich winke ihm, bitte ihn, mich aufzunehmen, stehe auf dem richtigen Gleis, uff.

✧

Zuglektüre: Foer. Und ich war doch nicht ungerecht. Die letzten 100 Seiten sind grau-en-haft. Öde, im eigenen Saft redundant dünstend, altklug, mit blöden Einsichten aus dritter Hand («Liebe gibt es nicht. Nur das Ende von Liebe») und wahllos eingesetzten nichtsnutzigen Formtricks, scheinbar rauschhaft, dabei immer so musterschülerisch verkniffen-schlau kalkuliert, es ist mit Holocaustgrauen geschickt garnierter Kitsch. Katzengold. Vegetarier-Prosa. Oh, ich weiß, welches Pferd den Autor da geritten hat. Nach zwei Dritteln war ihm klar, daß er einen guten, einen sehr ordentlichen Text hatte, dem er nur noch ein akzeptables Ende verpassen mußte, aber er fand keins, beziehungsweise hatte er immer noch eine Kleinigkeit zu erzählen und noch eine, also erschafft er die Welt neu, steuert er noch ein Kapitel bei, noch eine Volte, noch einen Querverweis, noch ein Weltengleichnis, bis der völlig überladene Text in absoluten Schwachsinn mündet, aber der junge Schriftsteller hat seinen Kreator-Rausch gehabt.

Immerhin, ich wäre auf das letzte Drittel nicht so sauer, wenn nicht –

...aber in diesem Moment kommen von einer entfernten Turmuhr zwölf tiefe Glockenschläge.

damit niemand mehr davon berichten muß ...

April

Tagebuch des April 2004

1. April, Donnerstag

13:40 Flug Berlin–München, sonniges Wetter. Carstensen informiert mich, daß Weimar die UA des Diptychons machen will.

Letzte Nekrologe auf Ustinov.

In der Zeit ahnungslos-ärgerlicher Artikel gegen den angeblich stagnierenden Thielemann, der mir mit *Die tote Stadt* und *La Fanciulla del West* dieses Jahr bereits zwei grandiose Opernabende geschenkt hat, in wirklich gelungenen Inszenierungen, besonders die *Fanciulla* der Vera Nemirova – einfach glänzend, originell, einfallsreich, bildmächtig, modern, komplex, hochironisch und dennoch werktreu – aber in vielen, fast allen Feuilletons wird dreist dran herumgemosert, als angeblich einfallslos, altbacken, ironiefrei, schlicht und kitschig – man fragt sich wirklich: was soll das noch? Wozu Kritik, wenn sie das Publikum derart fehlinformiert? Claus S. von der Zeit empfiehlt Thielemann mal ein wirklich wichtiges Werk des frühen 20. Jahrhunderts, z.B. *Pelleas und Mélisande* von Debussy. Das meint er ernst. Im Jahre 2004 schreibt Claus S. das nieder. Obwohl Debussys chromatisches Opiat nun trotz seiner bleischweren Ödnis hundert Jahre lang tapfer allenorts herumgereicht wurde, *Tote Stadt* oder *Fanciulla* hingegen immer hart gegen das Vergessen ankämpfen mußten. Umso blöder das ganze, da *Pelleas* für die nächste Saison in Berlin vorangekündigt ist.

Bis vorgestern hielt ich, ehrlich gesagt, die *Fanciulla* immer für zu lang und ideenarm. Der Kitsch des Plots störte mich nie, der geht mit der Zeit im Historischen verloren, wie es bei Verdi z. B. schon ganz selbstverständlich ist. Es war ein großer, sehr bewegender Abend. Man wünscht sich ja immer, es könnte durch ein Wunder eine verlorene Partitur von Monteverdi, Puccini oder wem auch immer auftauchen, und man könnte, mit bald vierzig Jahren noch einmal den Zauber genießen, ein Werk solchen Ranges wie zum ersten Mal zu hören. Genau dieser Zauber ist mir vorgestern zuteil geworden. Hatte ja immer nur diese beschissene Tebaldi-Aufnahme unter Franco Capuana.

✧

Beatrice empfängt mich mit wunderschöner Frisur. Hat wieder keine neuen Illustrationen zu den Hunden gemacht, freut sich stattdessen, mit ihrem Lara-Croft-Level nach nur einem Jahr in der Hall of Fame gelandet zu sein. Davon können wir leider nicht leben.

Nette Mail von Wesendorff, nochmal über die *Lederfresse*-Aufführungen in Peking. Schanghai soll folgen.

Die Fürsten kommen bald in Moskau, *Montag* in Paris, *Haltestelle* in Kiew – klingt alles ganz gut und mondän, aber hierzulande werde ich kaum noch gespielt, so ist das. Ich bemühe mich künftig, richtig verbittert und kaltgestellt zu klingen, empfände ich doch alles andere als beschönigende Rede, aufgeschminkte Sprache. Ich bin heruntergespielt worden.

✧

Dies also wird mein letztes Buch. Es werden danach noch zwei, drei erscheinen, die aber alle längst geschrieben sind.

Mein letztes Buch. Grandios. Schauderdusche. Abschied nehmen. Abschied geben. Mit mir fertig werden. Alles endet unfertig.

Sagt man. Leichtfertig.

✧

Nochmal zum Thema Historisierung als Katharsis:

1910, als die *Fanciulla* uraufgeführt wurde, war die Geschichte ultraneu, ja revolutionär. Denn darum ging es Puccini ja: mit jedem Werk absolut originell und unbedingt am Puls der Zeit zu sein.

Am Puls der Zeit heißt aber nicht: auf der Höhe der Zeit. So kommt es, daß derlei Stoffe ihrer eigenen Zeit wie festgeschraubt verpflichtet bleiben, sich mit den verstreichenden Jahren nicht wandeln, entwickeln. Irgendwann wirken sie wie vergilbter Kintopp, und man glaubt, ihr letztes Stündlein habe geschlagen. Was folgt, ist aber kein Tod, nur der Fall ins Vorzeitgenössische, eine Art Erlösung. Danach wirkt und entscheidet allein die Kraft und Qualität der Musik. Der Stoff ist nicht länger kitschig, er ist einfach nur antik. Bei einer Händel-Oper käme ja auch kein Mensch heutzutage noch auf die Idee, sich am wüsten Libretto zu stören.

Abends zum dritten Mal *This is Spinal Tap* geguckt, viel gelacht. Fanpost beantwortet, beigelegte Manuskripte ungelesen zurückgeschickt (sorry), Klavier gespielt.

✧

Folgender Text von mir erschien letzte Woche im *Focus*. Ich nehm ihn in den heutigen Tag auf, um die Heiner-Link-Story zu Ende zu erzählen. Dafür wird man Verständnis haben, denke ich.

«Am 30. Mai 2002, nachmittags, saß ich in meinem Wohnzimmer und las das Typoskript von Heiners neuestem Roman. Und las es in einem Schwung durch, was bei mir eher selten vorkommt. Sofort danach schickte ich dem Kollegen und Freund eine Gratulationsmail – ungefähr um diese Uhrzeit verblutete er neben seiner Harley, die er sich zum 40. Geburtstag gekauft hatte. Die Mail kam zu spät, nur weil ich die Lektüre drei Wochen lang vor mir hergeschoben habe. Nun ist Heiner Link berühmt, so berühmt, wie er es sich selbst sturzbetrunken nicht ausgemalt hätte. Auch das kommt zu spät. Aber daß es überhaupt so etwas wie Nachruhm gibt für jemanden wie ihn, ist durchaus als Wunder zu bezeichnen. Klar, in zehn Jahren wird jeder alles besser wissen, wird sagen: Was denn für ein Wunder? Ein noch junger Schriftsteller (als Schriftsteller ist man angeblich mit 42 Jahren noch jung) verunglückt auf seiner Harley (!), hinterläßt einen großartigen, witzigen, intelligenten, ganz unanstrengenden Text – wo soll da bitte das Wunder sein? Da kommt doch alles von selbst, der Kult ist nur eine Frage der Zeit!

Mit Verlaub: Das ist Quatsch. Ein noch nicht durchgesetzter Autor ist dem Literaturbetrieb wenig Mühe wert, gilt als erledigter Fall. Wird abgehakt. Er hinterließ etwas? Wen interessiert das noch?

Nun war Heiner ein sehr beliebter Mensch, den die meisten seiner Kollegen schätzten, weil er ganz frei von jedem Konkurrenzdenken war oder es wenigstens nie gezeigt hat.

Also gingen ein paar dieser Kollegen hin und taten für das hinterlassene Buch, was sie konnten. Georg M. Oswald und ich haben es lektoriert, Norbert Niemann hat ein Nachwort geschrieben, und gemeinsam brachten wir es bei Rowohlt unter. Rowohlt nahm das Buch nicht etwa aus Kalkül in sein Programm, iwo – man wußte genau, daß dies ein schwer verkäufliches Buch werden würde. Als ich mit einer Dame aus der Presseabteilung um eine Flasche Wein wettete, daß wir mit viel Mundpropaganda 3000 Stück schaffen könnten, glaubte ich selbst nicht recht daran und wollte der Dame eigentlich nur eine gute Flasche Wein zukommen lassen.

Denn fürsorgliche Kollegen hin und Rowohlt her, das mögen zwar gute Starthilfen sein, aber um für einen toten Autor noch etwas Medienaufmerksamkeit herauszuholen, genügt das noch lange nicht. Die lieben Kollegen lasen hier und dort aus dem frisch gedruckten Buch vor, es erschienen in den ersten drei Monaten auch tatsächlich drei (!) Kritiken, zwei davon in Szeneblättchen, aber immerhin euphorisch. Die einzige in einer überregionalen Zeitung war eher ein Zeugnis für die Beschränktheit des Rezensenten denn für die Qualitäten dieses Buches. Nach sechs Monaten hatte ‹Frl. Ursula› – denn so heißt der letzte Roman von Heiner Link – noch keine 1000 Stück geschafft. Zwischendurch hatte ich in der Tageszeitung ‹Die Welt› aus purer Verzweiflung ein wenig um mich gepöbelt, hatte, beginnend mit dem Satz: ‹Seid Ihr alle fett und faul, blind und blöd?› darum gebeten, dem Buch doch gefälligst einen Blick zu widmen. Eine selbstverständlich völlig vergebliche Aktion, denn vorschreiben läßt sich das Feuilleton aus Prinzip nichts, schon gar nicht von Literaten. Eisiges Schweigen folgte. Irgendwann gab es noch, in einer mittelgroßen Zeitung, die vierte Kritik, aber die riß nun auch nichts mehr heraus. Wir, Heiners Freunde, erlebten einen zweiten tragischen Verlust. ‹Frl. Ursula› starb. Vor unseren Augen siechte sie dahin. Und war tot. Neun Monate nach Erscheinen begannen die letzten Buchhandlungen, den Roman zu remittieren. Das war im Januar 2004. Unser Freund starb nochmal. Jedem von uns war klar, daß in 50 Jahren niemand mehr etwas von Heiner wissen würde, von diesem sturschädeligen, eigenwilligen, unbiegsamen und undisziplinierten Schriftsteller, der zuvor stets interessante, komische, absonderliche Bücher mit herrlichen Stellen abgeliefert hatte, aber nie ein echtes Meisterwerk – bis er endlich ‹Frl. Ursula› schrieb. Wir hätten vielleicht noch mehr für die Rezeption des Buches tun können, aber wir sind auch nur *Textarbeiter,* wie Franz Dobler das nennt, müssen unsre naschhaften Frauen ernähren und hauptamtlich für unseren eigenen Kram unterwegs sein. Wir legten das Buch seufzend auf Heiners Grab, und das wars.

Der Rest ist das Wunder. Der Anruf von Elke Heidenreich beim Verlag, sie wolle das Buch in ihre Sendung nehmen. Ein elf Monate altes Buch! Das ist wie eine Achtzigjährige zur Miß-World-Wahl schicken. Ein Wunder und ein Märchen. Schon zehn Tage nach der Sendung lag das Buch bei 50000 verkauften Exemplaren. Die beste Comeback-Story seit Lazarus. Frau Heidenreich hatte, sagte sie im Fernsehen, zufällig meine kleine Pöbelei in der ‹Welt› gelesen und sich das Buch daraufhin bestellt. Jaja, geschenkt, ich weiß, alles kann für irgendetwas gut sein, aber das hier war keine schlußendliche Gerechtigkeit. Das war einfach nur Zufall. Tatsache bleibt, daß hier ein Juwel höchst eleganten, doppelbödigen Humors nur auf den allerletzten Drücker, mit Hilfe der letztmöglichen Dea ex Machina reanimiert wurde. Denn der Großteil des Feuilletons, nicht nur hier, sondern überall, IST fett und faul, blind und blöd. Leider.

In der deutschen Literatur der letzten zwanzig Jahre gibt es etliche kaum erkannte Meisterwerke, unter den Tisch gefallen, mit Absicht verdrängt und mißverstanden, ihrer Zeit zu weit voraus oder als störend empfunden, mindestens genauso viele, wie es gruselige Bücher gibt, die, aus welchen Gründen auch immer aufs Podest gehoben wurden, das ist ein weites Schlachtfeld, auf dem noch manches zuckt und der Entdeckung harrt. Wer glaubt, Qualität setze sich irgendwann von ganz allein durch, glaubt auch, daß der Storch die Kinder bringt. Im Rückblick wirkt an einem Wunder immer alles organisch und harmonisch, so als hätten hunderte numinoser Zahnrädchen ineinander gegriffen. Und wenn dieses Wunder nun zum Anfang eines Heiner-Link-Kultes wird, präsentiert sich das in zehn Jahren wohl auch als eine ganz logische, vorhersehbare Entwicklung. Unsinn. Einen Dank an Elke Heidenreich. Sie hat am Ende auch nur einen von Millionen möglicher Geschmäcker, aber immerhin:

Sie hat nach Kehlmanns *Ich und Kaminski* schon zum zweiten Mal ein niveau- und humorvolles deutschsprachiges Buch einer breiten Leserschaft anempfohlen. Das ist dem Literarischen Quartett, glaube ich, in zehn Jahren nicht passiert.

Seien wir also ausnahmsweise mal zufrieden.

Das Witzige an der Situation: Heiner, dieser prachtvolle, unbiegsame Mensch, der Anarchist der Doppelhaushälften, würde sich, wenn er noch lebte, in diesem Moment ungläubig an die Schläfe fassen und mich fragen: ‹Sag mal, was hab ich bloß falsch gemacht, daß ich jetzt Mainstream geworden bin?›

Ich würde antworten: ‹Nichts, lieber Heiner, hast Du falsch gemacht, gar nichts.› Aber er würde mir bestimmt nicht glauben und sich, nach außen stolz, tief drinnen voller Selbstzweifel, in den Eichenauer Postwirt auf diverse meditative Schnäpse zurückziehen. So war er.»

2. April, Freitag

Der Frühling ist da, und ich habe alle Termine abgesagt. Ein Tag Ruhe. Alle Projekte liegen stummgeschaltet auf dem Schreibtisch. Ein Berg lautloser Vorwürfe. Einkaufsbummel in der Stadt. Bei Dichtung & Wahrheit Wein gekauft. Sophie Rois und Ulrich Mühe haben für die Amouren zugesagt, aber ich jubiliere über solche Zusagen nurmehr vorsichtig. Während der Heimfahrt legt eine neue Signalstörung das S-Bahnnetz lahm. Diese andauernden Drittweltzustände im Nahverkehr sind kaum noch zu ertragen. Danach: der Freitagsverkehr auf der Römerstraße. Es ist «ein Saugraus», sagt Bea.

Auf Premiere ein schlechter Horrorfilm, über einen Killer-Aufzug in einem Manhattaner Hochhaus. Unklar, warum der Aufzug seine Insassen umbringt, die ihm doch gar nichts getan haben. Eine Gymnastikgruppe schwangerer Frauen betritt nichtsahnend den Aufzug.

Bea: «Fette Beute.»

Passend dazu: In den USA kann man künftig wegen Doppelmordes angeklagt werden, wenn man eine Schwangere tötet. Alte Witze werden Realität.

Abends die polnische Raub-DVD von *Bärenbrüder*, dem neuesten Disney-Zeichentrickfilm, vielleicht dem letzten Zeichentrickfilm herkömmlicher Machart. Neben Pixar sieht das alles schon reichlich antiquiert aus. Und diese schreckliche Musik, die über der dünnen Geschichte jault. *Die wilden Hunde von Pompeii* wären ein idealer Pixar-Stoff. Würde mich sehr enttäuschen, wenn das Buch nicht verfilmt werden wird. Obwohl mit sowas zu rechnen völlig absurd ist.

✧

Die wilden Hunde von Pompeii bilden, denke ich, einen recht graziösen Abschluß meines Werks. Im Tagebuch Mai erstmals erwähnt, kommt dieses Projekt in diesem April, nach zwölf Jahren, zu letzter Form und Gestalt. Beatrice hatte die Idee. Seltsam: Die Idee lag also zwölf Jahre zur freien Verfügung herum und niemand hat sie mir geklaut. Moers meinte, der Stoff sei wie ein Sechser im Lotto. Kann schon sein, aber ich habe möglicherweise etwas daraus gemacht, das zwischen allen Zielgruppen landen wird, vielleicht sogar mit Absicht.

In den letzten Monaten gab es viel zum Thema Pompeii, Fernsehdokus ohne Ende – dann kam auch noch der Bestsellerroman von Robert Harris. Ursprünglich waren die Hunde als Kinderbuch gedacht. Su meinte heute am Telefon, für Kinder sei das nichts, das sei nicht mal ein Jugendbuch. Stimmt. Und stimmt auch wieder nicht. Kindern kann man stets mehr zumuten, als man glaubt. Mein Lieblingsbuch mit neun Jahren waren die 24 Bände der Nürnberger Prozesse.

Es war mir wichtig, auch in den Hunden mein Weltbild ohne Abstriche und Zugeständnisse zu präsentieren, selbst wo dadurch ein paar Käufer abgeschreckt werden.

Ich habe mir mit den Hunden neues Terrain erobert. Es sollte ja jedes meiner Bücher ganz anders werden als die vorangegangenen – diesmal habe ichs zweifellos geschafft.

Das Wesentliche kann immer auch einfach vermittelt werden, ich habe das vermutet, nun weiß ich es.

In den Hunden kommt einiges vor, was in jenem Genre sonst penibel vermieden wird. Schlüpfrigkeiten, Liebesgeschichten, pubertäre Gewaltfaszination, rasante Perspektivwechsel, derbes Vokabular, Euthanasieproblematik, Gewalt mit Folgen, Tod und echte Tragik, die auch ganz lautere Charaktere trifft, schuldfreie alte Vegetarier wie blinde Welpen. Nein, ein Kinderbuch ist das nicht. Noch nicht. Hier gibt es keine verniedlichte Welt, keine Rücksichtnahme auf zarte Seelen. Eventuelle Kinder werden aber als Leser ernstgenommen, werden nicht für dumm verkauft – und dafür werden sie sich irgendwann – hoffentlich – dankbar zeigen. Anders gesagt: Wenn ich was für Kinder schreibe, dann nur, damit die Biester schneller erwachsen werden.

Ich hätte das Buch vor zwölf Jahren schreiben können, aber gedurft habe ich es erst jetzt. Ehrlich, ich empfinde das so. Erst mußten die anderen geschrieben werden. Ich lebe mit dieser dubiosen Instanz über mir. Woher sie auch immer entstanden ist, völlig egal, sie existiert.

Wahrscheinlich hätte ich das Buch vorher nie so schreiben können, selbst wenn ich gedurft hätte. 1996 machte ich einen ersten Versuch. Er ging gründlich in die Hose.

✧

Abends *Eri* überarbeitet, eine bizarre Erzählung, die ich abwechselnd toll und ganz schrecklich finde. Dringender wären das Projekt für M+M und die beiden Hörspiele.

Nochmal über die Hunde gehen und über die *Amouren.*

Mit was ich zur Zeit alles jongliere – da wär ich mal sehr stolz drauf gewesen, jetzt tu ich mir einfach nur leid. Muß bescheidener werden, zufriedener mit Etappensiegen, sonst kipp ich irgendwann um. Daß es auch so partout kein zu Hilfe eilendes Happy End für mich geben kann. Skandalös.

✧

Eine kleine Grippe genügt, damit man wieder weiß, welch Privileg es ist, gesund am Schreibtisch sitzen und dichten zu dürfen, in einer warmen Stube, mit Zigaretten und Wein und guter Musik. Der Himmel.

Manchmal schreibe ich undankbar vor mich hin, vielleicht aus reiner Strategie, um vor nicht so glücklichen Lesern mit meinem geglückten Leben nicht allzusehr zu prahlen.

Man soll den Tag nicht vor dem Abend loben – Quatsch. Der Tag war groß, der Abend ist egal. Wird er zu schlimm, beendet man ihn. Soviel Heldenmut werde sogar ich aufbringen.

Philosophieren heißt Sterben lernen. (Montaigne, ähnlich auch schon bei Cicero.) Quatsch, der Satz. Was das Sterben betrifft, ist jedes Wesen ein Naturtalent. Den Tod zu besiegen und ihn dennoch zu akzeptieren – so müßte das Ziel benannt sein.

Lektüre: Amiel – sein Tagebuch, dessen Auszüge in der Pendo-Ausgabe Tolstoi besorgt hat, der mir, trotz seines

Könnens oft, ich muß es so sagen: widerlich war. Eine andere Auswahl müßte, obgleich Amiel wahrscheinlich zu diskret schrieb, um Fleischliches offenzulegen, sicher interessanter sein, als diese ständige erzchristliche Fragerei nach Schleichwegen, Gott näherzukommen. Selbstbeschwichtigung, Selbstrelativierung inmitten der natürlichen Vergänglichkeit, bigott borduniert von der viel zu früh akzeptierten und offensichtlich zu kurz gegriffenen Einschätzung/Enttäuschung, selbst unberühmt sterben zu müssen, ohne Spuren zu hinterlassen. Dennoch in seiner vor allem sprachlichen Luzidität faszinierend. Man hat fraglos eine interessante Form der Intelligenz vor sich, in die Rüstung des Glaubens eingezwängt, in ihrer Beharrlichkeit aber imposant. Und wenn man sozusagen das ganze Drumrum ignoriert, wegläßt, zur reinen Gedanklichkeit vorstößt, findet man etliches darin, das auch auf ganz nackter, menschlicher Ebene einzuleuchten weiß. Das habe ich glücklicherweise gelernt: egal, in welcher Uniform das Philosophieren stattfindet, ihren Kern, so sie einen hat, belangt das nicht.

✧

der bleiben müssen, der ich bin,
nur weil meinem zementierten ich
beifall nicht egal ist. darf nicht sein.
alle nicht gemachte musik erwartet
mich am lebensende, schweigend und
beleidigt

angst, dieses häßliche haustier, das mir morgens die augen zerkratzt und schreit: ich mein es doch nur gut mit dir!!

die jahre zwischen 30 und 40 sind tausendmal besser als die dekade davor. es sei denn, man macht sie sich selber schwer, durch viel zu verfrühte gedanken ans altern.

3. April, Samstag

B. betreut ihre Oma, was sehr deprimierend sein muß, die Vierundneunzigjährige erkennt kaum noch jemanden, kann auch nicht mehr sprechen, nur krächzen. Ich hocke den ganzen Vormittag bei trübem Wetter vor dem Computer.

Und ein Wunder schimmert mir entgegen: Ich bekomme, nach soviel Jahren, endlich mal eine euphorische Kritik in der NZZ. Zu *Strom*. Ach, ist das nett. Sofort bin ich versöhnt. So leicht geht das. Eben wollte ich noch schreiben, daß durch das Hinscheiden der Andrea K. der Durchschnitts-IQ der Menschheit um knapp zwei Punkte zulegen würde. Aber das stimmt selbstverständlich nicht, deshalb lösche ich es.

✧

Cor kommt vorbei, schenkt mir eine CD mit ein paar ihrer sehr virtuosen Klavieraufnahmen und erzählt die Anekdote von der Schmuckhändlerin, die zu ihr sagte: «Mit der Halskette müssen Sie sorgfältig sein, die besteht aus lauter steifen Gliedern!»

Das Keller-Quartett spielt Bach und Kurtág. Ich gehe beim Zuhören verloren in der Zeit. Insel der Ruhe auf einem Meer von Streicherklang. Streichelklang.

Schöne Sentenzen bei Amiel: *Wer völlig klar sehen will, bevor er sich entschließt, entschließt sich nie. Wer sich mit der Reue nicht abfindet, findet sich mit dem Leben nicht ab.*

Die Pflicht, die du voraus empfindest, bindet dich von dem Augenblick an, da du sie erahnst.

Das stimmt, aber Wege, ihr dennoch zu entkommen, lassen sich stets, gerade noch rechtzeitig, finden.

Erst im Angesicht im Wissen um jene Wege wird die Pflicht zur Kür, zum Schaulaufen.

✧

Warum sagt man immer *Schnäppchen*? Wo es doch eine geradezu angeberische Wonne sein müßte, bei passendem Anlaß zu sagen: *Da haben wir einen Schnapp gemacht.*

Abends müffelt das ganze Haus nach deutschem Klischee. Neuerdings eins meiner Lieblingsessen: Schlachtschüsselspaghetti. Blut- und Leberwurst in zweimal aufgewärmtem Sauerkraut. Plus Spaghetti. Sieht aus wie Dünnpfiff mit Bandwurmtreffen.

Ein wenig Aceto Balsamico ins Sauerkraut, und das Magenrumpeln hält sich in Grenzen.

Warum erfährt man einen solch nützlichen Tip so spät erst im Leben? Ebenso, daß einem Knoblauch darmgastechnisch nichts mehr ausmacht, wenn man zwischen Schälen und Braten die Zehe längsteilt und den Trieb (samt Membran!) herausnimmt. Warum steht das nirgends geschrieben? Jetzt ja.

✧

Schindlers Liste zum ersten Mal auf Englisch gesehen. Die Dialoge sind deutlich simpler als in der deutschen Synchro, gehen kaum mal über den Grundwortschatz hinaus. Dadurch entsteht eine etwas holzschnittartige Atmosphäre, die den Film für mich leicht abschwächt. Auch wo deutsche Begriffe ohne Not unübersetzt beibehalten wurden – *Blauschein, Appellplatz* und ähnliches – erhöht das für englischsprachige Zuseher vielleicht die Authentizität, bei deutschen bewirkt es wohl eher das Gegenteil, mindert die Illusion. Am meisten profitiert von der hervorragenden Synchronisation Ben Kingsley.

Die «Kinderland»-Musik bei der Liquidierung des Ghettos bedient sich eines Themas aus Schumanns 4. Symphonie (2. Satz).

✧

Ein Tag ohne Ekstase ist Zeitmüll. Hinter mir liegen immer mehr Abfallhaufen. Schreiben bedeutet manchmal nichts anderes, als in diesen Haufen zu wühlen, nach etwas Verborgengebliebenem, Verwertbarem. Wo sich nichts finden läßt, erfindet man was.

Wo sich nichts erfinden läßt, legt man Musik auf, öffnet teuren Wein, als Stützräder für den Selbstbetrug. Aber warum ist das Wort so übel konnotiert, wo es einem manchmal eine schöne Zeit gönnt. *Remember that you're living on a planet that's evolving.*

✧

Manchmal geht der Selbstbetrug
einfach nur nicht weit genug.
Wenn alles, was man anfängt, Mist,
der Rest noch lächerlicher ist,

wenn man grade gar nichts kann,
sich einmal grundlos feiern können,
muß man sich, gerade dann,
erlauben und von Herzen gönnen.

Klingt wie Goethesche Gebrauchslyrik. Aber der erste Vers ist hübsch buschig.

✧

Motto der Hunde:

Nichts, was Gestalt hat, behält sie. Aus Liebe zum ständigen Wandel
formt die Natur alles um. Entwirft es stets neu, zwar verändert –
doch in der Weite des Kosmos, glaubt mir, geht nichts je verloren.

Die alte Übersetzung lautete:

Keines verbleibt in derselben Gestalt, und Veränderung liebend
Schafft die Natur stets neu aus anderen andere Formen
Und in der Weite der Welt geht nichts, das glaubt mir, verloren.
(Johann Heinrich Voß)

Es gäbe noch so viel antike Schönheit, die einfach mal in korrektes Deutsch übertragen werden müßte.

4. April, Sonntag

Erste geplättete Kröte auf der Straße, Riesenvieh. Ähnlich eklig die Dichte der Kinderwägen auf dem ersten Flohmarkt des Jahres. Als fände gleich ein Rennen statt. Bin sehr schlecht gelaunt, möchte dauernd austreten wie ein Pferd. Die vielen verblichenen Bücher hier. Vergessene Schriftsteller, die keiner mehr haben will. Irgendwann liegen meine Bücher da auch mal so rum. Es wird Zeit, die Kastanie einzupflanzen, die ich seit Oktober in der Jackentasche trage. Stets dieselben Rituale. Ich spüre dennoch die große Veränderung hin zur Lethargie, man will die Welt nicht mehr schultern und weiter hinaus ins All schleudern, man hat sich mit ihr arrangiert, sucht im Detail noch nach Verbesserungen, hat andererseits begriffen, daß es schon ein Glück ist, von ihr geduldet zu werden.

Etwas erfolgreich zum letztmöglichen Zeitpunkt zu machen, dieser ganz besondere Kick, wenn man sich was bis zum Schluß aufgespart hat, wenn alles Wichtigere getan ist. Alles voller Staub hier, und diese möwensüchtige Küste auf meiner Innenstirn, an der die Gespenster spazierengehen und Steinchen in die Wellen schmeißen. Soviel hätte ich tun können, immerhin, ein bißchen was ist rumgekommen, ich hatte schlechtere Prognosen auf den

Schultern, als es mit all dem losging. Manchmal putze ich schon wie meine Mutter. Der Dreck, der einen umgibt, nimmt vielfältige Formen an, irgendwann verschwindet man dazwischen. Auf meinen Grabstein einfach «Danke» zu schreiben, wäre kokett, aber neu, mir ist kein Vorbild bekannt.

Get connected. Bequem und einfach. Ich bin im Netz. Inwieweit meine Welt nur Projektion meiner Wunschvorstellungen ist, meine persönlichste Matrix – und ob es nicht eine zu feiernde Strategie wäre, eine solche für sich zu entwerfen, Wände, die standhalten? Dem Blick, der uns nicht bestimmt ist, weil wir zu zerbrechlich sind, viel zuviel Fleisch und Fett und Blut. Pissende und kackende Wesen können nicht piss- und kackfrei denken. Die Säulenheiligen, die angeblich vierzig Jahre lang nichts aßen, wollten nur vierzig Jahre lang nicht kacken. *Einfach nur überleben, das ist was zählt,* sagt der Feldherr Narses in einem Kostümschinken, *alles andere ist Eitelkeit und krankhafter Ehrgeiz.* Aber Narses ist ein Zwerg gewesen, er mußte wohl so denken. Zugeschüttet mit Genußgiften aller Art, gegen eine Überdosis Zeit, quengele ich aufgrund natürlicher Zerfallsprozesse herum, statt dankbar zu sein, daß mir irgendwer eine line gelegt hat, die ich überrennen muß, um ehrenhaft ins selbstgemachte Ziel zu gelangen. Die Ehrenhaft. Die Zielhaft. Die Einzelhaft des Todes. Tot sein, okay, aber allein? Ich kann nicht mehr. Meine Feinde werden auf mein Grab pissen – obwohl – wenn ich erst tot bin, wills wieder keiner gewesen sein.

✧

Lektüre der letzten Zeit: Uwe Timm, *Am Beispiel meines Bruders.* Zeigt, wie man aus relativ wenig viel machen kann, trotz einiger antiquiert invertierter Satzstellungen.

Kunkel – *Endstufe*. Zeigt, wie man aus relativ viel fast gar nichts machen kann.

Die letzten drei Bücher von Ralf König sind wieder so stark, wie er früher mal war, vor dem *Kondom des Grauens* und der unseligen Shakespeare-Adaption.

Vorchristliche Romane von Heliodor und Longus.

Fontane – *Unwiederbringlich*. Vielleicht der beste, melancholischste von Fontanes Romanen – und sicher einer der langweiligsten. Wie geht das zusammen? Und warum ist er so spannend, dafür, daß er so langweilig ist? Spannend klingt auf jeden Fall der Kernplot, der wahre Hintergrund, den Fontane einer Zeitungsnotiz entnahm. Diese Geschichte ging so: Baron P., Ehrenmann, lebt seit 18 Jahren in meist glücklicher Ehe mit einer etwas zu frommen Frau, verliebt sich anderweitig, verlangt die Scheidung, in die seine Frau einwilligt. Aber die Neuangebetete, der der Baron erst daraufhin einen Antrag macht, lacht ihn nur aus. Der unglückliche, blamierte Kerl treibt sich zwei Jahre im Ausland herum, bis Gras über die Sache gewachsen ist, kehrt zu seiner Frau zurück, es gibt eine Versöhnung und zweite Hochzeit, mit allem Pomp. Doch ein paar Tage später findet man die Baronin tot im Teich, und auf ihrem Zimmer einen Brief, der nichts als das eine Wort enthält: *Unwiederbringlich.*

Tolle Geschichte. Und Fontane hat sich mit seinem Text nicht weit von der Vorlage entfernt. Der in Schleswig (statt real Strelitz) beheimatete Graf Holk wird, während seine Ehe kriselt, nach Kopenhagen bestellt, um als Kammerherr der Prinzessin ein wenig zur geistigen Entspannung der höfischen Gesellschaft beizutragen. Weniger in politischer Funktion denn als bestellte Plaudertasche, die gegen andere, versiertere Plaudertaschen in Konkurrenz treten muß, darunter die ebenso anmutig wie geschliffen parlierende Hofdame Ebba, ein quirliges, verführerisches und leicht hochnäsiges Fräulein, das mit seinem leicht penetranten Vorwitz veranschaulicht, wie streng das sittliche Korsett jener Zeit geknüpft war, was es gerade so eben noch genießen konnte bzw. durchgehen ließ.

Wir sehen dem Alltag gediegener, hochgebildeter Figuren zu, der zwar prachtvoll recherchiert und bis ins winzigste Detail bildreich ausgestattet ist, dennoch nichts enthält, was im heutigen Sinne spektakulär oder existentiell problematisch genannt werden könnte, geschweige denn schlüpfrig – bis eben auf den Seitensprung des Grafen Holk, der sich über hundertfünfzig Seiten anbahnt, der endlich in wenigen Worten als vollzogen angedeutet, prompt durch ein ausbrechendes Palastfeuer auch schon wieder unterbrochen und für immer beendet wird. Dem daraus Jahre später resultierenden Selbstmord von Holks Gattin Christine werden lapidar einige wenige Sätze gegönnt. Der Rest des Romans ist zumeist charmantes, pointenfunkelndes Geplauder auf höchstem Niveau kleinhöfischer Courtoisie (obwohl Dänemark damals, vor der Niederlage gegen Preußen, an der Schwelle zur Großmacht stand!), oder, viel schlimmer, die ständige moralische Selbstbefragung einer zum religiösen Strengsein neigenden, früh gealterten Landgräfin, die dem heutigen Leser arg an den Nerven zerren dürfte. Und dennoch: man bleibt irgendwann wie eine Fliege am Text kleben, der mit seiner für Fontane außergewöhnlich gefeilten Stilistik eine fast hypnotische Melodie entwickelt. Man wird von diesem Roman eingesogen und verdaut. Und bewegt sich bald darin, als sei man von einer Zeitmaschine ins Jahr 1859 geschossen worden. So real, so einleuchtend wird die Staffage, die der Autor aufbietet. Und selbst wo es sich um eine unscheinbare Ära in einer noch blasseren Gegend gehandelt haben mag, wiegt doch der Zauber viel, sich in einer anderen Zeit als der eigenen umsehen zu dürfen. Dank einer Literatur, die zum Fernglas wird. Zum Mikroskop. Zum Panoptikum.

(Artikel erscheint demnächst im *BÜCHER*-Magazin)

✧

Céline – *Reise ans Ende der Nacht.*

Die neue Übersetzung gefällt mir einfach nicht so gut wie die alte. Basta. Korrekter vielleicht, vollständiger, aber es fehlt der poetische Orchestralklang. Die große Kantilene über allem. *Tod auf Kredit* ist ohnehin das weitaus bessere Buch.

Wagner – *Briefe.*

Ein paar *Dramen* von Jon Fosse. Zeitgenössisches Konfekt, substanzlos.

Helle&Schnell – Eine nicht sehr überzeugende Anthologie komischer deutscher Lyrik von Gernhardt und Zehrer.

Sowie buchstäblich *alles* von Kehlmann.

Daniel ist ein sagenhaftes Talent. Wieso *Talent*? Wo er bereits ein großer Autor ist. Weil er, wie ich glaube, noch viel mehr Zukunft hat, als er schon Gegenwart besitzt. Der Kerl ist 28 Jahre alt. Wo stand ich mit 28? Nicht annähernd dort, wo er heute steht. Er müßte viel berühmter sein. Aber wenn jemand so früh so groß ist, kann er wahrscheinlich nicht berühmter sein. Da hat die Welt ihre Selbstschutzanlagen vor. Obgleich bei ihm Tiefe und Schönheit mit außergewöhnlicher Lesbarkeit einhergehen, um nicht zu sagen: Unterhaltsamkeit. Auch

Beatrice ist von seinen Büchern hingerissen. Mehr Lob gibts nicht.

Fast schon vergessen: Lyrik von Lentz, Gustafsson, Seiler und etlichen anderen – man denkt sich hier und da, ja, naja, sowas schreibt man ins Sudelbuch, damit in vielen Jahren Arbeit irgendwann ein Gedicht draus entsteht. Hier aber soll es das schon sein. Unglaublich. Wenn das Lyrik ist, wird man meinem Nachlaß etwa 500 posthume Gedichtbände abgewinnen können. Was ich hiermit ausdrücklich verbiete.

Der Mob schimpft, aber Tatsache ist – in keinen zwei Dezennien der deutschen Literaturgeschichte sind so viele große Bücher erschienen wie in den letzten beiden.

Fast alles aus dem einstigen Kanon ist maßlos überschätzt, schlicht schwach, oder unlesbar geworden.

Döblins *Alexanderplatz* zum Beispiel – ein sicher für seine Zeit enorm wichtiges, bahnbrechendes, zeichensetzendes, maßgebliches Buch. Heute geht es einem nach der Hälfte nur noch auf die Nerven, man hat die Masche begriffen, liest heraus, wo Genie am Werk gewesen ist, wo der Suff aushilfsweise eingesprungen ist – und am allerschlimmsten – man weiß, wie heutzutage noch viel mehr daraus zu machen wäre.

Thomas Bernhard – gemessen an den von jeder Vorausreflektion ganz freien, ungefilterten Radikalsuaden Célines einfach nur mittelmäßiges Phrasendreschwerk, wenig bis gar kein Intellekt dahinter. Eine Schreibmaschine, die, einmal angeworfen, Maschinensätze produziert.

Der nachgewiesenermaßen vom Staate Österreich meistunterstützte Autor, ein Provinzler, der sich als verfolgtes Quasiopfer eines Quasinazisystems zu stilisieren wußte, dabei die niedersten Bedürfnisse des Marktes bedient hat.

Daniel erzählte mir, TB habe gejubelt, als er vom Tode Doderers gehört hat, weil er sich danach für den ersten Dichter des Landes halten durfte. Das ist doch eine seltsame Geschichte. Kann man sich wirklich über den Tod eines Kollegen freuen, dessen Bedeutung man über der eigenen ansiedelt? Das wäre ja widerlich. Oder hat er Doderer gehaßt und dachte, nach dessen Tod würde sich die Aufmerksamkeit jener, die Doderer fälschlich hochgeschätzt hatten, ihm, TB, zuwenden? Das wäre ja noch viel widerlicher.

✧

Nachmittags Illustrationen bearbeitet. Bzw. Bea dabei beobachtet und rumkommandiert. Langwierige Fummelei mit den hunderttausend möglichen Filtern im Photoshop.

Wir haben einfach viel zu wenig Vorlagen aus Pompeii für die Illustrationen.

«Am liebsten würd ich dich nochmal runterschicken.»

Bea: «Ich würde zuviel Porto kosten.»

✧

Um 17 Uhr *Das Haus am Eaton Place*. Serie, die ich zuletzt als Zwölfjähriger mit meinen Eltern zusammen gesehen habe. Immer noch stark. Perfekt ausgeleuchtete Charaktere, charmant inszeniert – und doch wundert mich meine ungebrochene Affinität zu jenen goldgilbigen

Schlaglichtern einer als durchaus angenehm geschilderten Klassengesellschaft.

Jenen Folgen, die im WWI spielen, kann man immerhin kaum Verklärendes nachsagen, und das ist der Punkt: Eine glaubwürdige Serie, die unter Verwendung der dramatischen Knotenpunkte jener Jahrzehnte so etwas wie die Seele einer Ära einfängt, ohne sie zu karikieren oder ihre Schandflecken zu verleugnen. Zum Beispiel die Schikane des Londoner Mobs gegenüber eingewanderten, längst assimilierten Deutschen im Jahr 1915. Würde man in einer Unterhaltungsserie, und das ist sie trotz allem, nicht erwarten. Englisches Pendant zur Löwengrube.

✧

Telefonat mit Marcel, der grünes Licht für die Buchgestaltung gibt und an den Genreunüblichkeiten der Hunde nichts mehr zu beanstanden hat, was mich sehr froh stimmt.

Wie man das Buch den Vertretern verkaufen soll? «Man muß es ihnen zu lesen geben.»

Gute Idee.

✧

Amiel: *Verachte nicht deine Verhältnisse; in ihnen mußt du handeln, leiden und siegen. Auf allen Punkten der Erde ist man dem Himmel und dem Unendlichen gleich nahe.*

Wohl wahr, wenn auch unangenehm und deshalb letztlich doch nicht wahr. Die Verhältnisse, seien sie auch ärmlich, so zu ignorieren, daß der Himmel gleichermaßen nahe bleibt, setzt einen starken Charakter voraus.

Und es ist die Frage, ob ein Charakter, der von ärmlichen Verhältnissen unbewegt, unbeleidigt bleibt, wirklich stark genannt werden kann, nicht nur starrsinnig. Ich bin zuwenig ich, bin zuviele Regisseure und Schauspieler, um das ehrlich zu beantworten.

✧

Mit den Hunden trotz aller fantastischer Elemente das Leben abbilden – in welchem man ein Held meist nur durch Zufall wird und durch die ungeahnte Hilfe anderer. Fast jeder äußerliche Erfolg beruht auf einem Mißverständnis, einer unverstandenen Verwandlung.

In der Not verwandelt sich nichts schneller als Freundschaft, Gefahr entwertet alle Verträge.

Wie stark früher das Motiv der Kameradschaft überstrapaziert wurde, bis zur völligen Sinnlosigkeit.

Zum Beispiel *Raumschiff Enterprise* – ich habe diese Serie einst wie keine andere geliebt, dennoch gab es immer wieder Szenarien, die mich verrückt gemacht haben – meist sah das so aus: Kirk und fünf Mann Besatzung irren auf einem fremden Planeten herum, einer aus der Crew ist verlorengegangen, und nur aus einem völlig irrationalen Antrieb gefährdet Kirk das Leben der anderen, um den einen verlorengegangenen zu retten, was stets auch gelingt. Im wirklichen Leben funktioniert sowas nicht. Da siegt regelmäßig und grob die Wahrscheinlichkeit, endet Unvernunft in der Katastrophe.

Von daher rührte meine Idee, die notwendige *Action* in einem solchen Buch rational zu unterminieren, zu konterkarieren, Heldentum mit Absichtslosigkeit zu kreuzen. Kaff agiert niemals heldisch, immer menschlich bzw. hündisch – kommt aber dennoch irgendwie durch, dank allerseitiger Fremdhilfe, von der er oft gar nichts wahrnnimmt. Deswegen ist das noch lang keine Genreparodie. Der zum Angebertum neigende, komplexbeladene Pseudoheld wird von mir denotiert, ja auf den Arm genommen, der Leser keineswegs. W. sah im roten Faden dieses Buches eine Masche. Nun – jegliche strukturell durchgängige Idee kann als *Masche* verunglimpft werden. Selbstverständlich kann mich sowas, ich nenne es *Kunst,* Publikum kosten. Aber ich schiele auch nicht auf jene Teile des Publikums, die mir wesensfremd sind, sonst wäre ich Bettler, Callboy, Hofnarr oder Bankräuber geworden.

Ich bin mal Callboy gewesen, apropos. Das hört sich interessanter an, als es war. Ich arbeitete nur kurz als Callboy, vom sechsten bis achten Dezember 1983. Der Job hat mir nicht gefallen. Ich kann mich auch nur an ganz wenig erinnern, hatte ja keine einzige Kundin. Ich weiß noch, daß es saukalt war. Und wo das ganze geschah, in der Fußgängerzone. So, jetzt ist es raus. Mein Preis hätte bei ungefähr fünfzig Mark gelegen, was damals für mich viel Geld gewesen wäre. Mit sehr schönen Kundinnen hätt ichs wohl umsonst gemacht, oder gegen ein symbolisches Honorar, fünfzig Pfennig vielleicht. Am achten Dezember '83 kam es zu einer sexuellen Verzweiflung. Sie fand statt im Hofgarten München. Neben dem Tempel der keuschen Göttin Diana bohrte ich (inspiriert von Torquato Tasso, der sich den Tod in die Lungen holte, als er dem Schnee beischlief) ein Loch in die gefrorene Erde – doch weil es mir nicht kommen wollte, opferte ich die Hälfte meiner Flasche Südtiroler Grauvernatsch, um die unbefriedigt gebliebene Erde sozusagen zu beschwichtigen. Ich mußte danach unbedingt ein neues

Leben beginnen, den ganzen Dreck, die vielen Erniedrigungen, die demütigende Maschinerie des Business hinter mir lassen. Das Schreiben hat mir dabei sehr geholfen, ebenso das Aquarellzeichnen sowie die Begegnung mit der jungen Metzgerin Sabine, der ich diese Memoire in dankbarer Erinnerung widmen möchte.

✧

Da fällt mir etwas schwer Verdrängtes ein. Beim Schreiben von *Fette Welt* hab ich zuletzt daran gedacht, hab es dort aber nicht aufgeschrieben, ich weiß nicht genau warum, wohl, weil mir der Zusammenhang mit meiner späteren Denkart nicht klargeworden ist.

Die fiese Clique aus der Weißnichtmehrwiesiehieß-Straße, jedenfalls eine sehr nahe Straße, keine hundert Meter, dennoch Welten entfernt. Das waren ein paar Jugos oder Türken, keine Ahnung, der Unterschied existierte damals nicht. Sie faszinierten mich, weil sie nur vier Jahre älter waren als ich, doch in meinen Augen fast erwachsen. Hin und wieder sah ich ihren Freizeitvergnügungen zu. Sie spielten nie Fußball oder sonst was in der Art, sie lungerten herum oder taten verborgene Dinge, was sich nach mordswas anhört und vielleicht so viel gar nicht war. Mir schien es so, als unterstützten sie ihre Familien, wären bereits in den Unterhaltsplan ihrer Sippe einbezogen gewesen, weniger vage kann ich das nicht formulieren, die Erinnerung ist nicht sehr stark und auf wenige kurze Szenen beschränkt.

Wir Kinder aus der verbürgerlichten Parallelstraße hatten Angst vor ihnen, das ist sicher, und die Zeiten, als wir aufeinander mit Erbsenpistolen schossen, als wir noch Spaßkriege führen konnten, ohne einander zu verstehen, als nachgeahmte Schießgeräusche genügten – sie lagen real nur ein paar Monate zurück, in gefühlter Zeit jedoch Jahrzehnte.

Einmal aber fuhr ich mit dem Rad aus meiner Welt heraus in ihre. Es waren Jugos, glaube ich, damals waren es noch Jugos, weder Serben noch Kroaten noch Bosnier. Einfach Jugos.

Kinder einer etwas bräunlicheren Hautfarbe als meine.

Mit einem Orangennetz hatten sie den flugunfähigen Spatz auf dem Radweg festgemacht, mit Tesafilm festgeklebt, und weil der Tesafilm nicht klebte auf dem Asphalt, die Enden des Netzes mit Reißnägeln in den hitzeweichen Boden getrieben. Der Vogel flatterte und piepste.

Protestierte.

Sie fuhren mit Bonanza-Rädern über ihn, um zu sehen, inwieplatt sie sie ihn zerquetschen konnten.

Ich war zu klein, um mich gegen diese blutgierigen Jugendlichen durchzusetzen oder Widerspruch auch nur zu wagen.

Aber schon damals sagte eine Stimme in mir: *Der Spatz stirbt ohnehin, besser so, als von einer Katze gefressen zu werden, er wird ein schnelles Ende haben.*

Vielleicht prägte mich jenes Ereignis derart, daß mein Pragmatismus sich künftig gegen jedwede irrationale Emotion durchzusetzen wußte. Noch heute sehe ich den Spatz genau vor mir.

Ein plattgefahrenes Etwas, der Kopf im letzten Schrei erstarrt, der Rest eine Lache Blut mit braunen Federn. Ich war sechs Jahre alt.

5. April, Montag

Mail vom Fischer-Verlag. Es soll eine Urlesung von *Unser Lied* in Hamburg geben, sehr bald schon, mit professionellen Schauspielern – der Regisseur unterbreitet mir das Angebot, den Hagen zu lesen.

Wundervolle Mail von Daniel, der sich für das Gedicht *Grosser Vogel unter der Sonne* begeistert.

Vivaldis *Vier Jahreszeiten* unter Carmignola mit dem Venice Baroque Orchestra war die tollste musikalische Entdeckung der letzten Zeit. Wer glaubt, er könne die *Quattro Stagioni* nicht mehr hören, soll sich diese Aufnahme kaufen, er wird sie genießen wie beim ersten Mal, als etwas ganz Neues.

✧

Der neue Terminal 2 am Münchner Flughafen gehört zum beeindruckendsten an Flughafenarchitektur, was ich bislang auf diesem Kontinent gesehen habe. Man kann sich ruhig für 13 Euro einen tollen Glasnudelsalat im Mangostin gönnen, das ist auf jeden Fall sinnvoller als ein ödes Panino für 4 Euro am Stehimbiß.

16 Uhr. Endlich Rom. Welcher Duft! Und das Licht. Heimat. Gegrüßt seid, ihr lazischen Schafe! Es ist so schön, so schön. Wir singen im Zug zur Tiburtina leise, lustig-seltsame Duette. *Es steigen viele Menschen aus dem Zug,* singe ich, *Da oben, schau, kreist eine Möwe.* Singt Beatrice. Ergibt überhaupt keinen Sinn, aber einen rhythmisch bezirzenden Kanon. Wie ich diese Stadt liebe. Ich mußte unbedingt zum Ende dieser Tagebuchreihe nochmal zurück, zwar nur als Kulanzgast der Massimo, in einem winzigen Zimmerchen ohne Tisch – aber hier sein dürfen ist genug. Abends stellt man mir den Brunnensaal zum Schreiben zur Verfügung. Die rundum erneuerte Villa M. hat prima vista an Charme eingebüßt – alles so edel, glatt, so schick beleuchtet, die Möbel so neu und noch ohne eingesessene Geschichten. Egal, das wird sich geben. Vollmond. Der Abendhimmel ein Rausch aus Blau und Braun und lichterfülltem Grau. Und wie herrlich ist es, im altvertrauten GS an der Via XXI Aprile einkaufen zu gehen, es sitzen da noch immer dieselben Kassiererinnen, ich erkenne fast alle wieder, sie waren die ganze Zeit über hier und haben ihren Job getan, traurig eigentlich, aber es macht mich glücklich. Ach, wenn je ein reicher Mäzen das lesen sollte und Lust hat, etwas Sinnvolles und Edles zu tun, mir eine Wohnung in Rom zu schenken, ich würde sie annehmen und ihn preisen, auf Knien dankbar würde ich sein.

Wir machten einen langen Spaziergang zum Termini, zum Colosseum, den Corso entlang, die Stadt ist sauberer geworden. Und wieviele schöne neue Details wir auf diesem Dreistundengang entdeckten, obwohl wir hier ein halbes Jahr verbracht haben. Einen mächtigen Campanile zum Beispiel, gleich hinter dem Corso, in einer völlig unverdächtigen kleinen Straße. Unter den Traiansforen ist tief hinuntergegraben worden, man ahnt jetzt erst die

Ausmaße dieses antiken Einkaufszentrums, dem man bislang in stark übertriebenem Maß religiöse Funktionen unterstellt hat. Aus Skepsis gegenüber dem scheinbar Profanem.

Viele Fledermäuse umflattern uns. Unter solchen Himmelsgemälden redet man anders mit seinen Göttern. Die Scherenschnitte der Pinien dekorieren den natürlichsten aller Altäre.

Wenn ich Idiot damals auf dem Bewerbungsbogen statt dem halben Jahr ein ganzes Jahr angekreuzt hätte, wäre ich wohl auch ein ganzes Jahr hier gewesen. Aber das hätte wenig zur Sache getan, hätte ihr wohl eher etwas genommen. Das Bewußtsein danach wäre das Gleiche gewesen. Zeit ist unwichtig. Was man aus ihr zieht, das zählt.

Soll ich das machen mit Hamburg? Es ist nur eine Urlesung, keine Uraufführung – und Schauspieler lesen in der Regel miserabel. Aber wenn ausnahmsweise nicht? Und ich soll den Hagen geben? Kindheitstraum. Aber es ist verdammt viel Text. Kann ich das? Und wenn ich noch diesen vermaledeiten Schnupfen habe? Zeitlich wärs einzuschieben, ein Abenteuer wärs auch – wenns schief geht, schreibt kaum eine Zeitung darüber. Wenns gut geht allerdings auch nicht. Ich weiß nicht, ich weiß nicht

Froh bin ich jedenfalls, daß sich endlich wer für das Stück – *Unser Lied* – interessiert.

✧

Das alte Notebook spinnt. Es war mir so lange treu. Jetzt muß ich Angst haben, daß es jeden Moment durchdreht, meinen frischen Text zerstört. Ich hege ein freundschaftliches Verhältnis zu ihm, freue mich, wenn es wieder einen Urlaub tapfer durchgestanden hat.

Ich verwende es ja nur noch auf kurzen Urlauben, wo die anderen Notebooks zu sperrig wären, zu schwer und zu gefährdet, weil teuer und sensibel. Dieses hier hat viel mitgemacht. Weite Teile von Europa hat es gesehen, viel Sand und Salz abbekommen und manchen Tropfen Wein. Ich bin sentimental, würde es ungern in irgendeiner Ecke zur ewigen Ruhe betten, solange sein LCD-Schirm noch leuchtet. Halte durch, liebes kleines Notebook.

✧

Beim Mitternachtsgang sah ich eine Frau, vermutlich Künstlerin, aus dem Studio 3 treten, wollte sie ansprechen, war nicht schnell genug, sie warf die Tür hinter sich wieder zu. Ich hätte gerne einen kurzen Blick hinein getan. Immer mit dem unterschwelligen Gefühl – das ist *meins*, mein Studio, was haben *Sie* darin verloren? Was habe ich dort nicht alles gefunden. Diese Zeit kommt nicht wieder. Das alte Kabuff mit dem Tischkicker existiert nicht mehr, der Kicker steht jetzt zusammen mit der Tischtennisplatte in einem fürchterlich kahlen Raum ohne Atmosphäre. Es liegt ja zu einem großen Prozentsatz an den Spielern, Räume atmosphärisch zu gestalten. Aber diesen? Keine Ahnung, wozu der Umbau nötig gewesen ist. Muß sehr viel Geld verschlungen haben. Auch damals schon – was heißt damals? – gerade fünf Jahre her – wußte es mir niemand zu sagen.

Daniel müßte sich hierfür bewerben. Ich werde es ihm

ans Herz legen. Es ist für Künstler seiner Sorte, nämlich meiner, ein geradezu heiliger, heilbringender Ort. Hier läßt sich auf intimste Weise eins sein mit der Zeit, und ihren Rändern, der Vergänglichkeit und der Ewigkeit. Dem Liebespaar, das sich, über unsere Dummköpfe hinweg, Botschaften zuruft.

✧

Wäre ich zwanzig Jahre früher geboren worden, hätte ich immer noch die alte, immerhin elektrische Schreibmaschine vor mir. In der Urzeit wars gar eine mechanische. Ihr Klappern zwang mich dazu, tagsüber zu arbeiten, sonst hätte sich der Vermieter beschwert. Heute ganz und gar nicht mehr vorstellbar – und es wäre ja doch irgendwie gegangen. Notfalls mit dem Federkiel. Die Bedingungen wären anders gewesen, das Produkt am Ende dasselbe.

Da bin ich mir sicher.

In künftigen Jahrzehnten werden künftige Schriftsteller ihre Gedanken nicht mal mehr laut vor sich hersagen müssen, und sich darüber wundern, wie das war, in jenen finsteren Zeiten, als jeder Buchstabe noch einen Tastendruck erfordert hat.

Texte werden entstehen, die adäquat selbst wirrste Träume wiedergeben können. Aber im Ende wird nichts auf dem Papier erscheinen, was nicht zuvor in einem Kopf enthalten war.

✧

Hätte Romus den Remulus getötet (statt umgekehrt)
unser ehrwürdiges altes Rem hieße heute Rom.

Das heilige remische Reich hieße das heilige romische Reich. Komisch.
Aber man wäre dran gewöhnt und empfände es gar nicht als seltsam.

6. April, Dienstag

Ausflug nach Olevano Romano, Besichtigung der Casa Baldi. Beschwerliche Anreise mit U-Bahn und Bus, über zwei Stunden. Malerisches Bergdorf mit grandiosem Ausblick, die Apartments sind sehr großzügig gestaltet. Die Terrasse wäre geeignet, um an einem großen Thema zu schreiben. Meine Chancen, hier drei Monate des nächsten Jahres zu verbringen, stehen ganz gut. Und wenn Su mit ihrer Bewerbung an der Hertziana Glück hat, kann ich sie oft im Zentrum besuchen.

✧

Im *Spiegel* lese ich eine Meldung, derzufolge die Datierung des Todeseintritts anhand der Madenentwicklung am Leichnam viel unzuverlässiger sein soll als bisher geschätzt. Devianzen von bis zu 80%. Im einen Jahr haben die Maden den Leichnam nach neun Wochen verlassen, im anderen schon nach vier Wochen, bei äußerlich ähnlichen Verhältnissen. Hab ich mir schon immer gedacht. Jawohl, schon immer! Habs auch laut geäußert – aber von Wissenschaftlern nur mildeste Blicke geerntet. Dabei muß man, um in so einer Sache eine begründete Meinung zu haben, kein Wissenschaftler sein, muß einfach nur ein wenig Erfahrung mit dynamischen biochemischen Prozessen besitzen. Ich möchte nicht wissen, wieviele Unschuldige im Gefängnis hocken aufgrund einer von so vielen diversen Faktoren abhängigen Diagnose.

Das ist ein Übel, nicht nur auf forensischem Gebiet weit verbreitet: Das Dogma der Wahrscheinlichkeit. Auch in der Archäologie, Anthropologie und – besonders schlimm – in den Biographien bedeutender Persönlichkeiten wird oft aus sehr wenig auf nahezu alles geschlossen. Weil sonst ja nichts zur Verfügung steht. Findet man im Köckenmöddinger einen einzigen Topf, in dem ausschließlich Spuren pflanzlicher Nahrung nachzuweisen sind, geht man von einer Horde Vegetarier aus. Und wenn der Topf nun ausgerechnet dem gehörte, der keine Zähne mehr hatte, um Fleisch zu kauen? Oder nehmen wir das Beispiel eines Menschen, von dem ein Gemälde überliefert, daß er den Stift in der linken Hand trug. Der gilt fortan als Linkshänder, obwohl er vielleicht nur dieses eine Mal dem Maler zuliebe den Stift in die Linke nahm. Er hat einen bösen Brief an eine Geliebte geschrieben. Fortan gilt die Beziehung als gescheitert, obgleich vielleicht aufgrund dessen Bösartigkeit genau jener Brief überdauert hat, all die tausend anderen, sehr liebevollen, nicht. Usw. Fast täglich liest man von solch dreisten Schlußfolgerungen, mit denen Ignoranz durch Arroganz ersetzt wird. In der Kriminalgeschichte wimmelt es von kruden Beweisführungen, denen der falsche Glaube zugrundeliegt, daß Menschen alles was sie tun, immer auf ein und dieselbe Weise tun. Stimmt eben nicht.

✧

H. schickt eine interessante Mail, die praktisch genommen einen, wenn auch verteufelt schwer zu realisierenden Romanstoff darstellt:

Ein zehnjähriges Mädchen – Fünftklässlerin – verliebt sich (oder zumindest das, was sie dafür hält) in ihren Lateinlehrer. Dieser hat gerade eine Tochter bekommen von seiner Frau, die er wider besseres Wissen und unehrlich zu seinen Gefühlen geheiratet hat, weil er seinem Vater auf dem Totenbett versprochen hat, die Beziehung zu legalisieren. Die Schülerin hält über die Jahre an ihren ihr liebgewordenen schwärmerischen Gefühlen fest, verweigert sich jedem Kontakt zu Gleichaltrigen, und der Lateinlehrer (er unterrichtet auch Erdkunde), der sich ohnehin für unwiderstehlich hält, fühlt sich zunehmend geschmeichelt: Als Lehrer hat er seine Trophäe, die seine Eigenliebe kitzelt. Und auch seine Frau erzählt die Geschichte mit einem gewissen Wohlgefallen, dass ihr Mann immer wieder Anrufe bekomme, deren er sich mit aller Mühe zu erwehren versuche: Da seht mal, wie begehrt mein Mann ist.

Mittlerweile kam's, wie's kommen musste: Die Ehe gerät in die Krise, denn der unwiderstehliche Mann verbrachte seine Freizeit lieber in den Bergen als bei seinen nunmehr zwei Kindern und seiner Frau. Das kleine zehnjährige Mädchen ist unterdessen 15 geworden, schließlich 18, und in der Abiturzeitung wird sie bereits als Rivalin der verehelichten Frau Lateinlehrer gehandelt. Und nun: Frau zieht aus der gemeinsamen Eigentumswohnung, und das Mädel, nun 20 Jahre alt, zieht zu ihrem Kindheitsschwarm, auf den sie in zielstrebiger Hartnäckigkeit 10 Jahre gewartet hat. Nun darf sie ihn uneingeschränkt aus der Nähe bewundern und streichelt sein Ego, dessen Größe und unauslöschliche Jugendlichkeit die Welt einfach nicht hinlänglich zu würdigen bereit ist. Und Frau sieht aus ihrer neu bezogenen Mietwohnung dem Convivium ihres Mannes mit der Gespielin in der zur Hälfte von ihr finanzierten Wohnung zu, wo im Flur noch die Familien- und Kinderfotos an den Wänden hängen.

So weit ist die Geschichte bis jetzt gediehen, alles Tatsache, nichts dazuerfunden.

✧

Abends in der Hostaria Da Giulio zum ersten Mal im Leben *Trippa alla Romana* gegessen.

Gut, sehr zart, ein wenig säuerlich vielleicht. Warum war dazu soviel Überwindung nötig? Und warum war da seit heute überhaupt keine Überwindung mehr nötig? Warum verändern sich Menschen plötzlich? In ihren Ess- und Kultur- und Liebesgewohnheiten? Und warum versuchen Biographien später partout, diese Menschen über einen einzigen Kamm zu scheren, wo doch jeder, der ein paar Jahrzehnte gelebt hat, über mehrere Persönlichkeiten verfügen müßte?

✧

In Olevano sahen wir einen streunenden Hund, der unserer Vorstellung vom Zottel Cola sehr nahekam. Ich fotografierte ihn. Cola hat im Buch eine klaffende Wunde am linken Vorderlauf. Der Hund drehte sich kokett und fotogen zu uns herum – und sein linker Vorderlauf zeigte eine klaffende Wunde. Da wird man zum gläubigen Thomas für den Moment. Und ob man an Zeichen und Wunder glaubt oder nicht, sobald man es aufschreibt, wird einem der Glaube unterstellt. Wo man dergleichen doch aufschreiben muß. Das hat sich jene Wunde, auch ohne dazugehöriges Wunder, einfach verdient.

Ich bin ein sehr skeptischer Mensch, der alle auftretenden Omen und Zeichen rein spielerisch als solche wahrnimmt. Allein, um mich hin und wieder ins antike Denken hineinzuversetzen, als Ornament, als neue Facette, als Bereicherung des inneren Spektrums. Daraus auf mich in toto zu schließen, hieße, mich auf eine Ebene zu verengen, zu plätten.

Oder, um es mit dem Satz zu sagen, mit dem ich neulich einen Leserbrief beantwortet habe:

Alles, was Sie über mich zu wissen glauben, entnehmen Sie ja ausschließlich dem, was ich irgendwo geschrieben habe. Es ehrt – und beleidigt mich auch –, daß Sie meinen Texten so blind, so leichtgläubig vertrauen.

✧

Nach den Anschlägen von Madrid überall verschärfte Sicherheitsvorkehrungen, Rom gilt als das nächste Ziel. Gestern zufällig miterlebt – eine ältere Frau nahm einen sehr alten Freund abends um neun mit auf ihr Hotelzimmer – der Greis mußte an der Rezeption seine Papiere hinterlassen. Direktive der Polizei. Islamisten kriechen unter jeder Kühlschranktür hervor, wegen jedem vergessenen Gepäckstück werden Bahnhöfe stundenlang abgesperrt.

Man möchte einwenden: Verflucht, das sind ein paar durchgeknallte Hochgebirgsziegenficker, frei jeder Basisaufklärung, bar jeder Mindestratio, von denen dürfen wir uns den Alltag nicht versauen lassen. Auch wenn sie Homepages betreiben, es sind Anachronismen, die wir in die Zeit zurückschicken müssen, aus der sie kommen.

Aber in Indonesien wird erfolgreich Wahlkampf mit der Forderung betrieben, Küsse jeglicher Art in der Öffentlichkeit zu verbieten. Pfeif auf Indonesien!

200 Tote in Madrid – was sind 200 Tote? Sicher, 200 Tote zuviel, an der Harmlosigkeit unserer Ära gemessen immerhin bemerkenswert – und scheinbar genug, um uns deswegen verrückt zu machen. Das darf nicht sein.

Die «Märtyrer» – dreistes Wort für Selbstmordattentäter – sprengen sich, so erhoffen sie es wenigstens, direkt hinein ins Paradies, an den strengen Engeln Munkar und Nakir vorbei in zwei Gärten mit Quellen reinen Wassers, mit Blumen und Früchten. Mit Polsterkissen aus golddurchwirkter Seide, darauf räkeln sich Jungfrauen mit keusch niedergesenkten Blicken, die zuvor weder von Menschen noch von Dschinnies berührt wurden, und, wie die 78. Sure verspricht, mit schwellenden Brüsten und im gleichen Alter wie der gottesfürchtige Krieger. Es ist also besser, sich mit 20 in die Luft zu sprengen als mit 50.

Von derlei pubertärem Gedankengut wird die zivilisierte Welt im dritten Jahrtausend erschüttert.

Neulich, das war ein Bild der Schönheit und Hoffnung, als ein Palästinenserknabe beim Grenzübertritt einfach beschloss, nicht sterben zu wollen, für die Jungfrauen noch zu klein zu sein, als er den Sprengstoffgürtel ablegte, aufgab und sich den israelischen Soldaten nackt zeigte.

Paradiesischer Anblick, diese Rückverwandlung einer Waffe in einen Menschen.

Der Islam ist noch etwas simpler gestrickt als die restlichen monotheistischen Religionen, und momentan, nach dem Sieg des religionsbezogenen Islamismus über den säkularen arabischen Nationalismus, deutlich gefährlicher als die anderen. Man muß aus der Festung des Erreichten auf sowas herabschauen, darf nicht aus falscher Toleranz Appeasement betreiben, man muß sich den Stolz aufs Abendland bewahren, selbst wo es derzeit zu Selbstzweifeln Anlaß genug gibt, muß zusammenstehen und wider die bärtigen Tiere aus dem Sumpf Blitze der Verachtung schleudern, muß, wo die Gefahr zu groß wird, Reißleinen ziehen. Die Liebe zu Gott, zu welchem auch immer, ist ein sehr machtvoller Antrieb, ein von der Liebe zu sich selbst und zum Mitmenschen unbehinderter Moloch, den man nicht unterschätzen darf, den man, bei aller gebotenen Gelassenheit, ohne Mitleid vernichten muß, wo er die Freiheit bedroht. Sonst wird Europa fallen wie Rom unter den Barbaren, und tausend neue Jahre der Dunkelheit stünden uns bevor. Das darf nicht passieren, laßt das nicht zu!

Wo sich die Demokratie verbietet, Dummes dumm zu nennen, aus politischer Korrektheit, gräbt sie sich ihr Grab.

Freiheit ist immer die Freiheit des Freierdenkenden.

✧

nach catull

seis blasphemie, doch scheint mir göttlich, ja
göttlicher gar, jener mensch zu sein,
der, dir gegenüber, dein antlitz betrachten,
dir zuhören darf,

wie süß du lachst, mir armem entschwinden
die sinne; sobald ich dich, lesbia, anseh,
stockt mir der atem, meine kehle wird trocken,
die zunge verdorrt.

flammen rieseln durch all meine glieder,
überwältigt vom klang deiner stimme
klingeln die ohren, mir wird schwarz
vor den augen.

muße, catull, hat uns beide getötet.
sie trieb uns zu maßloser leidenschaft.
muße hat blühende städte, könige, samt
ihrer reiche zerstört.

doch muß man gerecht sein, vor jedem
abgang fand sich zumindest ein
moment des genusses, reiner ekstase.
der war es wert.

7. April, Mittwoch

Kamen ins Reden mit den jetzigen Bewohnern des Studio 3. Durch die dreijährige Renovierung der Massimo sind alle alten Traditionen verschütt gegangen, wurden nicht mehr weitergereicht, z.B. das monatliche Essen bei Da Franco. Das Studio ist komplett renoviert, aus der Rumpelkammer ist ein Gästezimmer geworden, d.h. die neuen Stippies haben noch 40 Quadratmeter mehr als die früheren.

Machten obligatorische Gänge, übers Forum (Antoninus Pius grüßen), Fontana Trevi (Münzenschmeißen), Piazza Navona (Tartufo bei Tre Scalini), Pantheon (Andacht). Das wäre ein Vorhaben für ein gewaltiges Leben gewesen – das Pantheon von seiner christlichen Okkupation zu befreien.

Utopie natürlich, Narretei – aber es gab Zeitalter, wo solches denkbar, ja beinahe möglich gewesen wäre – und es könnte wieder welche geben.

Im Albergo Abruzzi, wo wir unsere Flitterwoche verbrachten, kostet ein Doppio matrimoniale inzwischen 170 Euro die Nacht. Vor 13 Jahren noch 80 Mark.

✧

Geblättert in den Produkten der jüngst in der Massimo wohnhaften Lyriker. Unglaublich, daß solches Zeug heutzutage noch gedruckt – und sogar gefördert wird.

Per Mail outet sich Daniel als Fan der SF-Serie Babylon 5 – wie wir ja auch. Schön, so eine Geschmacksverwandtschaft, wie ein Zuckerpuzzlestück ins Bild der inneren Vorliebenlogik.

An schickt ein ewig langes Mail aus New York, wo sie bei einem Enkel von Hofmannsthal zu Gast ist. Im Wohnzimmer hängen Originale von Christo, Haring und Klimt, es ist eine Art Open House, zum Essen kommen arme Künstler, ohne sich ansagen zu müssen. Ein Stück guter alter Zeit. Die Neunziger werden inzwischen immer öfter als goldene Jahre betrachtet, vor Al Kaida, Börsencrash, Superstarsearching, Theatersterben und Sozialabbau. Während sie von innen her oft als Phase der Stagnation beurteilt wurden. Anything ging, aber nie so recht vorwärts.

Für mich war es das Jahrzehnt der Produktion, eine Dekade erfüllender Arbeit. Was außen um mich her geschah, fand ich oft kaum der Rede wert, aber wenn man die ersten Tagebücher nachliest, klingt vieles bereits erklärungsbedürftig, also muß sich einiges an gesellschaftlichem Wandel vollzogen haben. Zensur gibt es kaum noch, sexuell ist vieles libertiner, selbstverständlicher geworden, ob Schwulenehe oder Porno, die Hochkultur hat ihren verblasenen Nimbus abgelegt, es existieren neben dem Bekenntnis zur humanistischen Bildung ganz neue, wenn auch beunruhigende Formen der Intellektualität, die indes ernst genommen werden, werden müssen, aufgrund ihrer künstlerischen Ergebnisse. Die allgemein bewußtgewordenen Spielarten der Ironie haben im Gegenzug auch ein neu facettiertes Pathos ermöglicht, Literatur verlor an Papier, gewann Emotion zurück. Erzählen ist wieder selbstverständlicher Impetus des Schreibens.

Heute in der Bibliothek der Massimo nachgeblättert: Bis 1992 gab es noch ein groß aufgemachtes Druckerzeugnis: Das jeweilige Jahresbuch, in dem die Gäste der Villa vorgestellt wurden. So eine fast sakral zu nennende Ehre war das bis dato gewesen, die, in gewissen Kreisen relevant, schriftlich fixiert, verbreitet und diskutiert wurde.

Künstlern, die jeglichen Kontakt zum Publikum verloren hatten, wurden noch Futternischen zugewiesen, wo sie sich ohne Rücksicht auf Verkäuflichkeit austoben und satt essen konnten,

Eremiten letzter elitärer Zirkel, um nicht zu sagen: Gegenwelten. Das alles ist vorbei, und meistenteils scheint es wenig bedauerlich. In der Musik hat sich das Verlangen nach Tonalität weitgehend durchgesetzt, ehemals als reaktionär geltende Positionen sind nun federführend, die Avantgardisten von einst verkriechen sich in entlegensten Burgen, die sie krampfhaft verteidigen, obwohl deren Existenz kaum noch jemanden interessiert oder auch nur auffällt. Zu Beginn der Neunziger standen Erzähler noch unter dem Verdacht des Publikumsopportunismus. Heute eine kaum mehr vorstellbare Diskussion. Alles, wofür ich gekämpft habe, ergab sich von selbst, als geradezu selbstverständlich. Das freut mich einerseits. Andererseits verlächerlicht es a posteriori den Kampf, so, als habe man nur mit den Wölfen geheult und Grundvernünftiges vertreten, was ja keine Kunst sein kann, eher das Fischen im Aquarium.

Aber ich habe Kunst nie mit dem Begriff der Radikalität verbunden. Radikalität ermöglicht Ausbrüche aus der Konvention. Ich empfand mich stets als verlorengegangene Mitte einer aus dem Gleichgewicht geraten(an die Ränder getriebenen Kunst. Als Gleichgewicht, das zwischen zu eroberndem Neuland und gesellschaftlicher Relevanz herrschen muß. Eine gewisse Popularität gehört dazu, nicht zuviel, nicht soviel, daß man als Künstler abhängig vom Beifall werden darf. Aber den Beifall nicht von vornherein als Verdachtsmoment abzutun, sondern, nach kritischer Prüfung, als Zustimmung von der Basis zu begreifen – das war mir wichtig. Eine Basis als Adressat zu besitzen, nicht, worauf Glücksritter abzielen, die breite Masse, nein, aber einen Trupp ausgehungerter Seelenverwandter, der gewillt blieb, Kunst mit allen Sinnen zu genießen, dafür aber auch ein wenig Mühe aufzuwenden. Diese Anhängerschaft wollte ich mir erobern. Ihr sollte mein Werk durchaus conveniren, ja, gefallen. Ich wollte sie zum Weinen bringen und zum Lachen, anfangs haben viele das lächerlich und traurig genannt, die um Himmelswillen nichts darstellen wollten, was dem Hofnarren einer Gesellschaft ähneln könnte. Aber der Hofnarr, sofern er die Wahrheit vertreten darf, scheint mir die einzig erstrebenswerte Position am Hofe. Wenn er dabei nicht zum Zirkusdirektor verkommt, der auf Befehl illustre Sensationen, Ergötzlichkeiten anliefern muß.

Wer sich radikal verortet, marginalisiert sich. Wer Ratio für sich beansprucht, positioniert sich in der ihm subjektiven Mitte. Die Mitte leidet unter dem Ruch des Mittelmaßes, der Unentschlossenheit, des Biederen, dabei ist sie der gefährlichste Standpunkt, nimmt man dort doch automatisch einen Zweifrontenkrieg äußerster Angriffsfläche in Kauf.

✧

Amiel: *Die Zeit ist die höchste Illusion. Sie ist nichts als das innere Prisma, mit dem wir das Sein und das Leben zerlegen, die Art, in der wir der Reihe nach wahrnehmen, was im Denken gleichzeitig ist. Das Auge nimmt eine Kugel nicht auf einmal wahr, obwohl bei der Kugel alles auf einmal da ist; es muß entweder die Kugel sich vor dem Auge drehen, oder das Auge muß um die Kugel, die es betrachtet, herumgehen. Im ersten Fall ist es die Welt, die sich in die Zeit entrollt oder zu entrollen scheint, im zweiten Fall ist es unser Denken, das der Reihe nach analysiert und wieder zusammensetzt. Für die höchste Intelligenz gibt es keine Zeit; was sein wird, ist.*

Die Zeit und der Raum sind die Verzettelungen des Unendlichen zum Gebrauch der endlichen Wesen.

Die Stelle gefällt mir. Ist, obwohl elementar zu schlicht, zu holzschnittartig, als Einführung ins Thema geeignet. Könnte sie als Motto für *UC* verwenden, in der Taschenbuchausgabe.

Bei der Gelegenheit: Entscheidend für die Gültigkeit ist bei mir die Taschenbuchausgabe, in der alle erkannten Fehler verbessert sind, ausgemerzt will ich nicht sagen, auch Fehler haben ihr Lebensrecht.

Abendessen wieder bei *Da Giulio*. Heute *Fagioli con cotiche*, das ist so eine Art Schweinefleisch mit Schwarte, dem Eisbein entfernt verwandt, danach ein köstliches *Bistecca con patate*.

Am Geldautomaten leuchtete das schlimmstmögliche Verdikt auf: *Verfügbarkeit des Kontos ausgeschöpft*. Jetzt bin ich bald vierzig, und das Geldproblem ist immer noch nicht stilvoll gelöst. Wo doch beinah jeder Willenswicht irgendeinen verqueren Weg heraus aus der Zone der Bedürftigkeit findet, in dieser Gesellschaft, die betrogen und ausgenutzt werden möchte.

✧

johnny cash – solitary man – das ergreifendste album der letzten jahre. jedes lied ein stern am altar der altäre …

8. April, Donnerstag

Vergils Aeneis, 3. Buch, das Kapitel, in dem die Gefährten des Odysseus ihre aus Mehl gebackenen Tische (wohl eher eine Art Unterlage aus Fladenbrot) verspeisen.

Schon bei der ersten Lektüre schien mir, daß hier irgendetwas nicht stimmt. Die Gefährten, nehme ich an, haben die Tische mit voller Absicht gebacken und gegessen, damit sie die Prophezeiung der Kelaeno:

(«Doch die verhießene Stadt umschließt ihr nicht eher mit Mauern,
als bis rasender Hunger, weil ihr so schnöde gemordet,
zwingen euch wird, an Tischen zu nagen und sie zu verschlingen!»)

von sich abschütteln konnten. Sie wußten nur nicht so recht, ob das okay geht, die Dinge derart raffiniert in die Hand zu nehmen, haben deshalb alle stillschweigend dagesessen und aufgegessen, bis endlich einer, ein Knabe, so tat, als würde er erst jetzt den Sachverhalt kapieren.

Es war, wenn auch kein Betrug an den Göttern, so doch ein Kniff, er wurde nicht geahndet, weil es ja vollkommen in Ordnung gewesen wäre, zu sagen: *Kommt, wir backen jetzt Tische, essen die auf, und die blöde Prophezeiung ist erfüllt.* Nur waren sich die Gefährten dessen eben nicht sicher. Zu unklar noch (oder schon) verlief die Grenze, über die hinaus das bewußte individuelle Handeln ins Terrain höherer Schicksalsmächte eindrang (und diese somit zu verdrängen, abzulösen drohte.)

Aber wahrscheinlich mußten die Götter lächeln, wie Eltern über kleine Kinder, die eine zerbrochene Vase mühsam zusammenleimen und deren Entstellungen mit selbstgepflückten Blumen tarnen.

✧

Morgens, nach langem Suchen den kleinen Markt an der Piazza dei Vespri Siciliani gefunden, wo es den frischest vorstellbaren Salat gibt, fast unwirklich im Glanz, wie eben geschlüpft. Ein *Milchsalat,* möchte man sagen.

Danach ein elend langer Fußmarsch im Halbkreis, von St. Pietro aus nach Nordwesten. Mitten in der Stadt ländliche Brachen von riesigem Ausmaß. Heruntergekommene Gehöfte, von vielen Hunden bewacht, verstecken sich zwischen wild bewachsenen, agrarisch unbenutzten Hügeln. Via Leone XII.

Endlich dort angelangt, fast den ganzen Tag in der Villa Doria Pamphili verbracht, dem schönsten Landschaftsgarten, den ich kenne. Ist man erstmal drin, kommt man gar nicht so leicht wieder raus. Der größte römische Park, mit nur wenigen Ein- und Ausgängen. Wundervoll die Katarakte in den Lago Gilio hinein, wo man künstliche Grotten unter dem Wasserlauf betreten kann.

Der See strotzt vor Schildkröten, die wir beim letzten Besuch nicht wahrnahmen. Wenn sie sich auf den Felsen sonnen, sind sie so starr, daß man meint, sie wären Ziergetiere aus Metall. Dafür lassen sich heute keine Wasserratten blicken, nur Jugendliche mit Armeeklamotten und Gotchagewehren. Weiter südlich, bei der Fontana di Venere und dem immer noch geschlossenen, dafür aufgeputzten Casino Algardi der Gedanke, vollendete Schönheit zu genießen. Jeder Brunnen, jede Pergola, jede Marmorbank hier ist ein Eintrittsbillet in barocke Träume. Vor der Grabkirche der Pamphili liegen viele Blumensträuße, wie übrigens auch auf dem Kremationsplatz Cäsars auf dem Forum. Wundert mich, bewegt mich auch. Ideales Wetter, sonnig, nicht zu warm, nicht zu windig, wenig Ausflügler außer uns. Aber ja, in diesem Fall kann man Menschen zu den Wettererscheinungen zählen.

✧

Anruf bei Töteberg: Vertragsentwurf zu *Könige* liegt auf dem Tisch. Wenn ich richtig mitgezählt habe, wird das der vierte Versuch, diesen Roman zu verfilmen. Der letzte ist nur auf dem allerletzten Stück Weges gescheitert, wegen einer einzigen fehlenden Förderung.

Erstaunlich, wieviel Interesse immer noch an dem Stoff besteht. Und über die Jahre haben sich die Optionsgelder auch zu einer netten Summe addiert. Dafür scheint sich in Sachen *Schmerznovelle* nichts mehr zu tun. Bei *Thanatos* liegt ein sehr brauchbares Drehbuch vor, mehr aber nicht.

✧

Habe wie jedes Jahr die Kastanie, die ich seit dem Herbst bei mir trug, eingepflanzt, an einem Ort, wo sie die Chance hat, auszutreiben. Ritual, das Glück bringen soll, und, mehr unterbewußt, das schlechte Gewissen betäubt, soviel Papier zu verbrauchen.

Reizender Anblick auf dem Largo Argentina: Ein Mädchen, das, rücklings auf ihrem Moped sitzend, Hausaufgaben macht.

Nachsehen, ob noch alles da ist. Ist es. Was gäbe ich darum, einmal im noch intakten Colosseum Spiele miterleben zu dürfen. Könnten ganz brutale sein, egal, darum geht es nicht.

Bea meint, der Duft frischer Zitrusblüten sei der beste überhaupt. Dann verbessert sie sich und sagt, davor kämen noch Veilchen. Ich kann mich nicht erinnern, Veilchen je bewußt gerochen zu haben, ist irgendwie an mir vorbeigegangen. Auf den Friedhöfen an der Bergmannstraße bin ich *Veilchen* begegnet, als einem weiblichen Vornamen, der mir, aber erst nach einigem Überlegen, sehr gefiel.

Als wir mit dem Bus zur Piazza Venezia fuhren, plötzlich ein lautes Geräusch (ich dachte zuerst an eine Explosion) und entsetzte Schreie der Mitreisenden. Was ist passiert? Ein Moped ist unter den Bus geraten, der uns in der engen Straße entgegen kam. Vom Moped ist nur Schrott geblieben, der Fahrer (die Fahrerin? trägt Helm und Jeans) steht von der Straße auf, torkelt, wedelt mit beiden Armen, setzt sich auf den Gehsteig. Unser Bus, obwohl am Unfall unbeteiligt, hält außerplanmäßig, um Schaulustige hinauszulassen, fährt dann weiter, aber nur zögerlich.

Es war dem Fahrer anzusehen, daß er gern noch ein wenig gewartet hätte, um sich ein komplettes Bild vom Vorfall zu machen. Mir ging es ähnlich, aber ich muß zu meinen Gunsten wie auch zu meiner Überraschung sagen, daß die vermeintliche Schaulust reinem Mitgefühl entsprang, dem Wunsch, hinzuzueilen und zu helfen, ich glaube, vielen anderen Passagieren ging es genauso. Der Mitmensch als solcher erschien mir in diesem Moment als solidarisches, empfindsames Wesen.

Ob die jüngsten Terroranschläge das bewirkt haben? Mag hergeholt klingen.

Su meint hingegen, die Italiener wären nun eben genau so, im Moment der Gefahr mutiere die Meute zur vielköpfigen Familie.

✧

Neoliberalismus – die Ära der Wölfe und Glücksritter – inzwischen bin ich zur Überzeugung gelangt, daß die individuelle Bereicherung, so sehr ich sie als Movens des Fortschritts begrüßt habe, nach einer Regulierung schreit – zu unverhältnismäßig sind die Verhältnisse geworden. Der Abschaum, der nach oben kam, zeigt zu wenig Größe zum Mäzenatentum im großen Stil, feiert sich einfach nur, je unverdienter, desto protziger. Ohne dem anderen Abschaum das Wort zu reden, jenem, der einfach nur alles für alle will und das möglichst gratis, muß man feststellen, daß die Ungerechtigkeit ein Maß erreicht hat, das nach Revolte geradezu schreit. Revolte, die ausbrechen wird, sobald das momentan noch komatöse Volk mit Roggenbrot und Fernsehspielen nicht länger stillgelegt werden kann.

9. April, Freitag

Viele von Blauregen überwucherte Gebäude.

Karfreitag ist im katholischen Italien ein ganz normaler Arbeitstag, alle Geschäfte und Märkte haben geöffnet. Wir sehen uns mal wieder Berninis Meisterwerk an, die Ekstase der heiligen Therese in der Kirche Sta. Maria della Vittoria. Auf dem Kapellengeländer liegt, mehrsprachig, ein Ausschnitt ihrer Memoiren, das Protokoll einer religiös hergeleiteten Orgasmuserfahrung. Laut katholischer Deutung erlebte sie keine direkt sexuellen Wonnen, sondern die Gnade der *Transverberation* (mystischer Ausdruck für die Durchbohrung des Herzens).

Im Heiligenlexikon steht:

Ein Seraph erschien ihr an einem Augusttag und betupfte sie mit einem glühendem Pfeil. Der Schmerz sei so süß gewesen, daß sie wünschte, immer so getupft zu werden. Dieses Ereignis wird in Spanien als «Fest der Bepfeilung» gefeiert.

Muß ich mir merken. «Geiles Bepfeilungsfest gehabt?»

«Och joo ...»

✧

Heute der erste Jahrestag der Befreiung des Irak von Saddam Hussein. Ein Grund zum Feiern.

Etwas Grundböses wurde da beendet, eine Republik der Angst und der Folterknechte. Als Außenminister Fischer behauptete, die Entwicklung im Irak hätte ihm in seiner Ablehnung des Krieges recht gegeben, wurde mir übel. Eine Alternative zu erwähnen, hat er sich gespart. Saddam hätte den vom «alten Europa» geforderten Frieden als «Mutter aller Siege» gefeiert, hätte, als moderner Saladin besungen, weiterhin den Führungsanspruch in der arabischen Welt reklamiert, hätte nach dem Fall der Flugverbotszone die irakischen Kurden mit seiner Rache verfolgt. Die faschistische Baath-Partei hätte weitere Massengräber gefüllt. Aber hierzulande kommen die letzten Idioten wieder hinterm Ofen hervor, versteift in pseudomoralischer Besserwisserei, nehmen jeden Anschlag gegen Amerikaner, oder wen auch immer, als Bestätigung ihrer These, der Krieg sei ein Fehler gewesen. Das ist so bodenlos dumm, so widerwärtig – naiv? So naiv kann man gar nicht sein.

Daß die Amerikaner den Krieg gewonnen, den Frieden aber grob fahrlässig verloren haben, steht auf einem anderen Blatt.

✧

Um 13 Uhr Fahrt zum Fiumicino.

Auf der Titelseite des Daily Telegraph das Foto der männlichen japanischen Geisel im Irak, in der Zehntelsekunde, bevor ihr die Kehle durchgeschnitten wird, daneben eine (seine?) Frau, die sich beide Hände vors Gesicht hält.

Flug ohne Zwischenfälle. Kofferkontrollen verliefen sehr lasch, die drei sehr jungen Beamtinnen sahen kaum je auf den Monitor, quasselten gestenreich über Privatissima wie Hautcreme und wann vor dem Date man sie zuletzt benutzen darf, ohne daß der Kuß verschmiert oder schlecht schmeckt.

Als wir auf dem Münchner Rollfeld landen, fragt sich Bea, ob wir per Bus zum Terminal fahren oder einen Rüssel bekommen. Einen *Rüssel*? Sie meint einen *Finger*.

«Heißt das so?»

«Glaub schon. Finger, ja.»

«Rüssel finde ich passender. Rüssel sind hohl, Finger nicht.»

Einleuchtend. Von nun an also Rüssel.

Um 16 Uhr hob unser Flieger ab, kurz darauf wurde über Rom wegen Terrorwarnungen ein totales Flugverbot verhängt. Zuhause das Gefühl, als seien wir gerade noch rechtzeitig ausgeflogen worden, was viel zu dramatisch klingt, wo es doch stimmt.

Während des Fluges las ich in der Neuausgabe von Célines *Entretiens avec Professeur Y.*

Das Buch wirbt auf der Innenklappe mit einem Satz, den ich vor zehn Jahren darüber geäußert habe. Heute wirkte es auf mich nicht halb so lustig wie damals. Was an äußeren Umständen liegen kann.

Mail von Marcel, das meine Müdigkeit gegen Frustration eintauscht. Er möchte nun auf die Schnelle einen Illustrator für das Buch, ich will aber keine Zeichnungen, die die Hunde aufs Genre Jugendbuch festlegen. Die Illus, die wir hier machen, sind ideal, weil irgendwo zwischen Foto und Kupferstich angesiedelt, stark realistisch mit geringem Fantastikzusatz. Er möchte die Schreibweise Pompeji statt Pompeii, die einfach nur deutsch und unsinnig ist. Einer antiken römischen Stadt und dem lateinischen Alphabet den Buchstaben J unterjubeln, das geht nicht, lieber gehe ich.

Auf dem AB die Stimme von Sophie Rois, was mich wieder froh stimmt.

✧

Im Dezember 1998 unternahm ich mit dem Linienbus einen Ausflug in einen der südlichen Vororte Roms, es war windig, wurde früh dunkel. Nach einem etliche Kilometer langen und absolut ziellosen Spaziergang fand ich zwischen den meist ärmlichen Häuserreihen keine Haltestelle mehr, von der aus eine Buslinie zurück ins Zentrum fuhr. Um mich her wuchs ein seltsam dunkelhelles, warmkaltes Zwischenreich, voll alter, grünblauer, ausgelagerter Geschichten, die gleich mir zurück ins Zentrum Roms wollten. Ich spürte sie körperlich, ohne ihre Details zu verstehen, wie man aus abstrakten Bildern mit dem Auge schwammige und meist fragwürdige Botschaften destilliert. Überall sah ich Menschen, die sich gemächlich vor mir in Sicherheit brachten. Bevor man irgendeinem von ihnen Fragen stellen konnte, verschwanden sie stumm hinter willfährig zuklappenden Türen. Es gab hier auch Läden, die Dinge verkauften, doch alle waren, in dem Moment, da ich sie betreten wollte, verschlossen. Irgendwann kam ich an eine Art Verknüpfungspunkt, der nicht offiziell als Haltestelle deklariert war, die Konjunktion war mehr empfunden, als wirklich existent. Als ob ich mich ausdrücklich und endgültig entscheiden müßte, erneut zurück ins Leben zu wollen. Auf mein flehentlich gebrülltes Ja hin kam ein Bus und brachte mich zum Corso, das war eine außerordentliche Fahrt, die ich sehr genoß. Dem Reich der Gespenster noch einmal entronnen, sah ich meine Zukunft voraus. Verfluchte mich für meine Liebe zum Dasein, denn diese würde dafür Verantwortung tragen, daß ich verurteilt sein werde, nach meinem Leben einsam als Gespenst in den Vororten Roms herumzugeistern, statt friedvoll endgelagert in irgendeinem Grab einfach nur zu verfaulen, traumlos und frei.

10. April, Ostersamstag

Habe den Hamburgern abgesagt, mit meinem chronischen Schnupfen kann ich, selbst wenn er sich bessern sollte, keine so lange Rolle sprechen. Schade. Aber es hätte keine Aufzeichnung gegeben, und das stört mich, ich will immer einen technischen Zeugen haben; für den Fall, daß es gut wird, kann man das Ereignis dann mit anderen teilen. Ich könnte einen Cassettenrecorder mitlaufen lassen. Zu popelig. Besitzt überhaupt noch jemand einen Cassettenrecorder?

Eine Malerin schreibt, sie möchte mich nackt malen, und nicht nur einmal, sondern «nach intensiven Studien über Jahre hinweg.» Dankeschön. Die Monacensia schickt die Vorschau auf den Autographenkatalog *DichterHandSchrift.* Die haben sich ausgerechnet das gekrakeltste Sudelblatt von mir ausgesucht. Fischer teilt mit, daß *Haltestelle* im Februar 2004 (sic!) im Kölner Akademietheater Premiere haben wird.

Arbeit von neun Uhr morgens bis sieben Uhr abends.

Kurze Erholung bei einer Violinsonate *(L'Aurore)* von Ysaÿe.

✧

Abends zum dritten Mal *Kill Bill* auf DVD. Romantischer Wohlfühlfilm. In den vergangenen zwölf Monaten waren viele tolle Filme unterwegs. *Lost in Translation, Tatsächlich Liebe, Hierankl, Punch Drunk Love, About Schmidt, Lichter, Terminator 3* und *Spun,* um die besten herauszuheben. Aber der beste von allen, gleichermaßen wahnsinnig wie genial, auf den ersten Seh recht unverdaulich und verstörend, dabei lange nachbohrend und überaus zärtlich ist *Kill Bill.* Nebenbei sehr komisch.

Fragen: Warum hat Uma nach vier Jahren Koma rosa glanzlackierte Fußnägel? Und warum darf sie das Samuraischwert an Bord des Fliegers nach Tokio behalten?

Antwort: Blöde Fragen. Genausogut könnte man beanstanden, daß die Maskenmänner in Tokio mit Schwertern kämpfen, statt mal zur Maschinenpistole zu greifen. Der Film ist ein Märchen, in dem *Gewalt* kaum vorkommt, am ehesten noch im Komatösenpuff des Krankenhauses. Ein Großteil seines Reizes liegt in der perfekten Unterlegung mit ganz heterogener Musik. So einen Stilmix würde ein deutscher Regisseur nie wagen, leider. Überhaupt wissen die allermeisten deutschen Regisseure nicht mit Filmmusik umzugehen, ahnen nicht einmal, wie wichtig sie sein kann, Tom bildet da eine Ausnahme.

Schlechteste Filme: *Dogville. Das Wunder von Bern. Blueprint.* Blueprint ist so schlecht, daß man neue Wörter dafür erfinden müßte. Was hat Franka nur bewogen, in so einem Dreck mitzuspielen?

Dogville – finde ich öde, artifiziell, nervtötend, moralisch angestrengt, viel zu lang und ignorant klischiert, was das Amerikabild angeht. Da kommt einer mit aus der Mottenkiste gegriffenen Verfremdungsstrategien, dreht mit seifiger Wackelhandkamera in einer Turnhalle und sagt, das sei *Kunst.* Und weil die Schauspieler toll sind, glauben es alle und fallen vor ihm auf die Knie. *Dogville* ist noch schlechter als *Idioten* und *Dancer in the Dark.* Immer öfter der Verdacht, v. Triers Kunst lebe im Grunde nur von bürgerlich-spießigem Sadismus, der natürlich auch in *Dogville* für ein paar knackige Zeilen sorgt (*It's not personal* – sagt der Vergewaltiger zu Nicole Kidman, da mußte ich schmunzeln).

Und ausgerechnet er darf den Ring inszenieren, obwohl er laut eigener Auskunft mit Wagner nichts, überhaupt nichts am Hut hat. Mich fragt keiner. Seit 20 Jahren inszeniere ich den Ring in meinem Kopf, bin so gut wie fertig damit – aber keiner fragt mich. Stattdessen darf Schlingensief den Parsifal machen. Das hat was. Apart. Der tumbe Tor als Happy End auf dem Regiestuhl. Die Gegenwart ist verrückter als fünfundzwanzig verhungerte Käfigkatzen.

✧

Erratum in eigener Sache: Tiberius – der einzige Kaiser, der weder konsekriert wurde, noch der damnatio memoriae anheimfiel. Ausgerechnet ihn mußte ich mir für mein der Zeit gewidmetes Gedicht aussuchen. Aber Tiberius paßt menschlich gut hinein, der göttliche Makel fällt wohl kaum jemandem auf.

✧

Wolfgang Menge wird 80. Das *Millionenspiel* – visionäre Sternstunde des deutschen Fernsehens, die von den

Amerikanern erst viel später kopiert wurde – auch das hat es gegeben.

✧

… verschaffe mir eine Frau von 12 000 Talern … und die Academie in Jena möchte mich dann im Arsch lecken …

(Schiller in einem Brief an Körner, Weimar 9. 3. 1789)

✧

Ich weiß nicht, was soll ich bereuen?
Daß ich so oft traurig war,
wenn ich mich doch hätte freuen
sollen, als es wunderbar,

beinah wie von selber lief,
wie Angeln im Aquarium,
als alles Bohren seltsam tief
hinunterwühlte, wie um

meiner Oberfläche zu
entfliehen, jeder Beutezug
glich einer Flucht nach Xanadu,
war märchenhafter Selbstbetrug.

11. April, Ostersonntag

Beatrice fährt zur Verwandtschaft. Bin allein an einem trüben Tag. Eisensteins *Iwan* auf 3sat.

Brate mir was Aufwendiges, über Stunden nach Sorgfalt Verlangendes mit sehr kompliziertem Dazugesoße.

Su hat mir gestern was sehr Liebes gesagt, daß ich ihr viel Musik gegeben hätte bzw. ein Ohr für vieles.

✧

Einen der Kampfhundenamen – *Awengele von Mengele* – hab ich gestrichen und durch den *Koloss von Moloss* ersetzt. Nazikontext hat in den Hunden schlicht nichts zu suchen. Und war doch ein aparter Name. Der hier eine letzte Ruhestätte findet.

Das Tagebuch als Auffanglager, Asservatenkammer. Oder Herrentäschchen.

Öde, öde, öde. Öde, öde, öde, öde. Ich bin ein langweiliger Mensch. Ich habe gar kein Recht auf Freunde.

Der japanischen Geisel wurde überhaupt nicht die Kehle durchschnitten. Das Foto zeigte nur die *Drohung* dessen. Ging aus dem Text dazu nicht hervor. Ah, bin erleichtert.

Bea, entdecke ich grade, hat für ihr neues LaraCroftLevel bisher fünfzigmal (zehnmal in fünf Kritikkategorien) die Höchstnote 10,0 bekommen. Und – aha – hat der *Tribune* ein Interview gegeben. Ihr erstes Interview. Und erzählt mir sowas nicht.

Als wir letzthin durch das gar nicht mehr unhübsche Halle gingen, erzählte mir Ralf Meyer die Geschichte einer Frau, die 1989 von ihren hundert Mark Begrüßungsgeld auf dem Großmarkt Bananen (!) gekauft hat, diese im Osten *verkauft,* für das Geld neue Bananen usw. Innerhalb von drei Jahren besaß sie schließlich fünf Drogerien, verkaufte die für 5 Millionen Mark und wanderte nach Jerusalem aus. So einfach geht das, reitet man auf der richtigen Welle. Hoppla. Jetzt, wo ich diese Geschichte niederschreibe, fällt mir auf, daß jene Frau nicht irgendwohin ausgewandert ist, sondern nach *Jerusalem,* da liegt es nahe, daß sie Jüdin war. Also könnte jemand auf die Idee kommen, ich würde hier ein Klischee bemühen, das des geschäftstüchtigen Juden. Ist mir zuvor überhaupt nicht in den Sinn gekommen. Jetzt hingegen fühle ich mich gezwungen, darüber zu palavern, was bedeutet das?

Auf Arte eine Doku über das *wahre* Wunder von Bern. Obwohl von Guido Knopp, gut gemacht, und obwohl tausendmal durchgekaut, immer noch sehr bewegend. Alle Tore in Farbe. Es bleibt dabei, daß das Ergebnis äußerst glücklich und im höheren Sinne ungerecht war, ein Komplott von etlichen Zufällen. Die Ungarn tun mir heute noch leid. Es ist ein niederes Schauspiel, wenn Arbeiter Künstler besiegen oder am Ende der Beste nicht gewinnt.

Erträglich nur dann, wenn man selbst zum Kreis der begünstigten Zweitbesten zählt. Dann sogar sehr erträglich.

Su ist wunderbar gelöst, jetzt, wo sich ihre Doktorarbeit dem Ende nähert. Als ich erzähle, daß ich gerade ein wenig mit der Nachbarstochter hin und her maile, meint sie, daß das Wort *Nachbarstochter* per se schon frivol klinge. Stimmt. Tut es. Ist mir auch schon aufgefallen. Ein Roman, der *Die Nachbarstochter* hieße, wäre leicht einzuordnen.

Von Su hörte ich zum ersten Mal das hübsche und notwendige Verb: *sich fremdschämen.* Wenn man sich, völlig schuldlos und an der Sache ganz unbeteiligt, für einen anderen schämt.

Warum schämt man sich für einen anderen? Das Kind schämt sich für einen Filmkuß, das kennt wohl jeder noch von sich selbst. Manchmal schämt man sich für einen Freund, der sich unter sein Niveau begibt. Das ist wieder was anderes. Manchmal schämt man sich wohl auch, weil der, der sich schämen müßte, es nicht tut. Seltsamer Reflex – habe zu diesem Phänomen bisher nirgends etwas gelesen. Wahrscheinlich gibt es genügend Menschen, die sich einfach für überhaupt nichts schämen.

Michael erzählt mir eine Horrorgeschichte. Er sei seit einer Woche offline. Beim Scannen, also nicht etwa durch Viruseinwirkung, sei nach einem Papierstau sein Mac abgestürzt, und beide Festplatten (die zweite war eine extra eingebaute Sicherheits-FP) seien nun gelöscht, vollständig und nicht mal vom Spezialisten wieder aufrufbar. Ich kann das nicht glauben. Der Spezialist übrigens auch nicht, er behauptet, sowas noch nicht erlebt zu haben. Inzwischen kann man ja aus einem Häufchen Asche noch Daten wiedergewinnen.

Jetzt liegt das Zeug in Duisburg, bei den Superspezialisten. Wenn die auch nichts mehr auf Lager haben, hat Michael die Arbeit eines ganzen Jahres verloren. Darunter sechzig Seiten eines Romans, von dem ich gar nicht wußte, daß er an ihm schreibt.

✧

Arbeit an den Illustrationen. Abendfilm: *Jeepers Creepers II*, recht ordentlich, man hat viel weniger erwartet. Arbeit am M+M-Projekt, schreibe die Rolle des Vaters Axel Milberg in den Mund.

Spät noch *Der Kommissar*, eine der besten Folgen: *Die kleine Schubelik* mit einer ganz sagenhaften Performance von Erni Mangold. War damals 43 und sexy wie zwei Zweiundzwanzigjährige. Bei jedem Satz nuanciert sie ihre Mimik fünfmal um und schafft es doch, als knapp, stolz und schroff rüberzukommen.

Marcel ist so ein lieber und wichtiger Freund. Nur vor der Herstellung eines Buches kommt es jedesmal zu denselben mühsamen Ritualen zwischen uns. Ich glaube ihm ja, daß er es gut meint mit mir, aber die Arbeit eines Autors geschieht einsam, in Eigenverantwortung – und es gäbe nichts Schlimmeres für unsere Freundschaft, als würde er mich mal zu etwas überreden, wovon ich nicht überzeugt bin. Folgte danach ein Flop, lastete ich den natürlich *ihm* an, nicht mir, denn *ich* kann ja an nichts schuld sein. Deshalb ist es besser, ich nehme alles auf meine Kappe, scheitere notfalls stur und eigensinnig. Dabei bin ich bisher so gut wie nie gescheitert, am allerwenigsten mit Büchern, die wenig verkauften. Die paar Bücher, die ich gerne umschreiben würde, sind Juvenilien, die man jetzt nicht mehr umschreiben darf, sie haben sich, wie sie sind, ihren Platz erobert, man könnte ihnen allenfalls schizophrene Doubles an die Seite stellen.

✧

Mein Gedächtnis wird immer prekärer. Gestern zum Beispiel, absolute Krönung, fiel mir der Autor der *Traumnovelle* und des *Reigen* nicht mehr ein – unfaßbar. Ein Autor, von dem ich fast alles gelesen habe, von dem ich Autographen besitze. Irgendwie *Schindler* oder so ähnlich. Darf man gar nicht laut sagen. Aber heute dann das ganz gegenteilige Phänomen: Mir kam eine Melodie in den Sinn aus Richard Strauss' *Capriccio*. Und obwohl ich die Aufnahme seit zehn Jahren nicht mehr gehört habe, wußte ich den dazugehörigen Text des Sonetts noch wortgetreu:

Kein andres, das mir so im Herzen loht,
nein, Schöne, nichts auf dieser ganzen Erde.
Kein andres, das ich so wie dich begehrte,
und käm von Venus mir ein Angebot.
Und trüg ichs fünfmal hunderttausend Jahre … etc.

Erstaunlich, was kleben bleibt, was nicht. Bevor ich dreißig wurde, habe ich schlicht alles, was ich einmal las, behalten, war ein wandelndes Lexikon. Jetzt – komm ich mir manchmal wie ein Zombie vor, der sich nur instinktiv an Rudimente seines früheren Daseins erinnert. Gut, man kann ja alles nachschlagen, das schon, aber dennoch ahnt man, daß eine Zeit kommt, in der man den Führerschein abgeben sollte.

Die Eitelkeit, sich keine Blößen zu geben, vom Bildschirm der Schönheit zu verschwinden wie Greta Garbo, die sich Jahrzehnte zuhause einschloß. Vergebens, wenn ich das sagen darf. Man war wichtig, ist es nun nicht mehr, na und? Man darf sich nicht soweit erniedrigen, daß man der Welt auf die Nerven fällt, ansonsten hat man jedes Recht, zu genießen, das Erreichte zu feiern, Tulpen zuzusehen, die sich dem ersten Morgenlicht öffnen, usw. – endlich leben, ohne das Erlebte gleich sprachlich zu verwerten. Es bedeutet nicht, das Leben eines Idioten zu führen, man ist nur endlich vom Verwertungs- und Verwandlungszwang befreit, kann die Dinge vielleicht einmal wieder so wahrnehmen, wie zuletzt als Kind, bevor man sich verpflichtet gefühlt hat, jeden Zauber zu verstehen, nachzuzaubern.

man steht am kraterrand –
tief drunten blinken städte,
alle städte dieser welt mit
allen ihren lichtern. und
musik erklingt, sie flackert
schwach herauf ins dunkel.

man war, man ist nicht mehr
und endlich, endlich die
terminkalender alle
leer, gelöscht, archive,
die aufs feuer warten, um
verbrannt, erlöst zu sein.

✧

Relativitätstheorie – das ist, wenn der Stürmer alleine auf den Torwart zuläuft, aber das Tor immer kleiner wird.

12. April, Montag

Noch ein Scheißfeiertag. Stundenlang an den Illus gearbeitet. Teilweise vergebens, weil man anscheinend nicht davon ausgehen kann, daß der pompeiianische Cave-Canem-Hund bekannt genug ist, damit er auch dann noch erkannt wird, wenn man ihm einen falschen Kopf aufsetzt.

Schlimme Kopfschmerzen. Draußen Sonnenschein, aber wenn man einen Fuß vor die Tür setzt, schlägt einem eisiger Wind entgegen. Ungerechtes Wetter. Mail von Conde, daß er sich ab 29. eine Woche freihält. Sehr gut. Sonst nichts Besonderes. Abendfilm *Tricks* von Ridley Scott, belanglos, danach im Fernsehen *Duell am Missouri,* mit der entzückenden Kathleen Lloyd. Höhepunkt einer Totgeburt von Tag. Bin rückfällig geworden und habe ein paar Internetblitzpartien gespielt. Kopfschmerzen danach so schlimm, daß man sie mit der Pistole vertreiben möchte.

Mußte heute wieder Kaulquappenquatsch über meinen besten Roman lesen: Ich hätte *im Mittelteil meinen Zettelkasten ausgeschüttet, am Ende keine Lust mehr gehabt und das Weite gesucht.*

Solchen absurden Unsinn schreibt jemand auf, veröffentlicht ihn, denkt ihn. Dabei ist dieser Roman so gleichmäßig durchkomponiert, eine viersätzige Symphonie. Daran zu arbeiten, knapp sechs Jahre lang, war – beruflich gesehen – das Größte in meinem Leben.

UC ist literarisch kaum verstanden, philosophisch überhaupt nicht wahrgenommen worden.

Kurthes' Seminar wurde allenfalls als *krudes Zeug* beurteilt. Mit dem man sich näher gar nicht auseinandersetzen kann/darf/muß/soll. Und doch war es so etwas wie mein Resumée, sehr ernst gemeint, dem ich, damit es romanintern nicht zu sehr nach Verkündung klingt, etwas Marktschreierisches beigegeben habe, auch eine Spur esoterisches Kolorit. Aber das meiste, was als Esoterik gebrandmarkt wurde, war keine. Jene Rezensenten hatten nur keinerlei Ahnung vom jüngsten Stand der Naturwissenschaft.

Heutzutage wird man nicht mal mehr ernstgenommen, wenn man sich als Scharlatan verkleidet.

Die Welt hat ein präzises Gespür dafür entwickelt, ob man ihr nur etwas vormacht, oder ob man darüberhinaus etwas vorhat mit ihr. Ersteres ist als Ablenkung willkommen, Letzteres wird als Belästigung empfunden. Ist es ja auch.

Krämerisch, die Wichtigkeit der Literatur daran zu messen, ob sie etwaige Massen erreicht.

Massen sind amorph, fangen nirgends an, hören nirgends auf. Mit dem Einzelnen ist zu rechnen.

Es gibt Literatur, die es darauf anlegt, zwei oder drei Menschen zu erreichen – und damit viel größere Wirkung erzielt – wenn es nur die richtigen sind. Gewisses Material veröffentlicht man gar nicht für alle, sondern nur, damit es vorhanden bleibt, bis ein anderer damit den nächsten Schritt tut.

Daß einem ein solcher Gedanke den Vorwurf des Selbstbetrugs einbringt, ist in Ordnung. Er gründet sich auf heute noch nicht nachprüfbare, vorhergesehene, vielmehr vorausgeträumte Wirkungen. Treffen diese nicht ein, steht man nicht etwa blöd da, man steht überhaupt nicht mehr da, niemanden kümmert es. In diesem Fall kann man behaupten, daß der Selbstbetrug ein galanter Weg gewesen ist, niemanden verbrecherisch mit hinab zu reißen. In den Abgrund, den jede Idee (jede Brücke) unter sich freischaufelt.

✧

auf roms ruinen katzen füttern
kann sonderbar erfüllend sein.
katzen sind gedächtnislose
tiere wie die meisten menschen,
ihre dankbarkeit währt nur sekunden.
solang sie da ist, ist sie echt.

✧

Dein Werk hat Sinn, sobald du einen nur erreichst
damit
und dessen Leben änderst. Geht schneller, als
du denkst, dein Pensum: lächerlich.
Wer hat denn viel von dir erwartet?
Niemand. Wir Fleischmüll, die besten sind
für Überraschungen gut.
Alle anderen
erfüllen die Erwartungen mit links.

Blutunterlaufene Zeilen, haßgetränkt,
zweimal gebraten in Ekel und Verachtung
aufgekocht in eitergelber Galle,

alles geht zu Ende
am Ziel vorbei schießt
nichts.

✧

musik, die morgens seltsam trist,
abends anders, sonderbar
heimelig, berückend klang.
wievieles einmal wichtig war,
inzwischen längst vergessen ist
die kleine, schlichte, irgendwie
halb ausgeführte melodie,
war immer da, mein leben lang.
du summtest sie, vergessen bist
auch du, verzeih, was blieb, sind jene
sonderbaren fünf, sechs töne,
abends anders, morgens trist.

13. April, Dienstag

Mir ist so trübe im Gemüt. Unterwegs von Bank zu Bank zu Bank, um Kontobewegungen zu simulieren. Danach neue, meist frustrierende Arbeit an den Illustrationen, und ein mutmachendes Telefonat mit der Rowohlt-Herstellung. Allerdings müssen wir früher fertig werden als gedacht. Schnupfen läßt nach. Wenigstens das. Ansonsten wächst der Druck und baut ein Dach aus Blei über mir. Beatrice bringt mich ständig zum Lachen, aber mein Lachen dringt nicht sehr tief, nichts, scheint es, kann mich heilen.

unter meiner haut wächst eine
gummischicht, die habe ich
für genußfett gehalten und diät
beschlossen. aber die gummischicht
wächst, sie will mich beschützen,
sagt sie. ich kann einen nagel jetzt schon drei
zentimeter in den oberarm bohren, bevor
es endlich weh tut, so tief innen erst
beginnt mein exil.

Habe mir trotz leerer Kassen einen gefrorenen Lobster gekauft, gekocht und verspeist. Als wärs ein verwundeter Teil von mir gewesen. Den man, um ihn zu vergessen,

essen muß. Fleisch aus den Schalen brechen, kauen, verdauen. Schamanisch.

Themen des Tages sind die Unruhen im Irak und – beinahe gleichberechtigt wichtig – die Seitensprünge des David Beckham. Ich will nichts über den Sex anderer wissen, sei denn, der Betreffende vertreibt ihn preiswert per Homevideo. Sex ist gut, mehr Sex ist besser, jeder sollte soviel Sex haben, wie er für richtig hält. Alles andere ist Doris Day, geht mich nichts an. Ich warte auf den ersten Prominenten, der sich vor die Medien hinstellt und sagt: «Ich habe Sex, so viel ich will und kriegen kann, und das ist völlig natürlich.»

Und sollte ihm die Frage gestellt werden: «Aber was sagt Ihre Frau dazu?», müßte er antworten: «Wohl bekomms!» Und die Frau, sollte man ihr ein Mikro unter den Mund halten, könnte als einzigen Kommentar drauf spucken, dann wären Idylle und Verwirrung komplett.

Ich berichte über den Lobster, den ich gekauft, aufgetaut, geknackt und gebraten habe, um ein majestätisch schönes Tier seiner Totenwürde zu berauben.

Bea faßt zusammen: «Du hast ihm die Eingeweide rausgerissen und in deine gestopft.»

✧

Überwand mich, einige Kapitel der Hunde, die ich in der letzten Wahnsinnsphase verbessern zu müssen glaubte, nochmal mit dem nötigen Abstand nachzulesen. Sie waren in ihrer Ursprungsgestalt in Ordnung, das las sich, als tauchte man in ein Schaumbad aus Sprache, ohne irgendein Körnchen am Körper zu fühlen. Müßte mich doch aufbauen.

In einem Kapitel schimmert etwas aufdringlich die Konstruktion hindurch, da bleibt eine Schweißnaht spürbar, die ich, trotz allen Versuchen, nicht glätten konnte. Aber das ist zu akzeptieren.

Hummerreste in der Pfanne: Wie Gewölle einer Adlermahlzeit.

Bea: «Wenn dus mit Wein aufgießt, bekommst du für den Braten schlurchigen Sudel.»

Du Herzallerliebste.

✧

In Maischbergers Talkshow zwei Opferangehörige des Erfurter Schulmassakers, danach darf Jessica Stockmann über ihre Kinder plaudern, während die Opferangehörigen am Tisch sitzen bleiben und sich das dämliche Fruchtblasengeseiere anhören müssen. Beklemmend.

✧

Milchgeld ist so ein schönes altes Wort, das staubig-gilbige Bilder evoziert, von lichtlosen Dörfern, alten Gemäuern und Fingern, die abgegriffene Kupfermünzen zählen.

Neuerdings entschuldigen sich die Leute mimisch dafür, wenn ihnen versehentlich ein etwas entlegeneres Fremdwort entfährt. Als wärs ein Rülpser oder Furz gewesen. Man entschuldigt sich dafür, den Mittelstreifen des Grundwortschatzes überfahren zu haben, weist jeden Verdacht der Intellektualität von sich. Vergäße man das, würde sofort ein Proll verbal heranrollen und einem flüstern, wie stolz er inzwischen auf sich ist.

✧

Ein beschwichtigendes «Scusi» am Rand einer verkrakelten, von Durchstreichungen und Überschreibungen wimmelnden Partitur, mit dem Puccini die Notensetzer um Verzeihung für kommende Entzifferungsarbeit bat, rührt mich zu Tränen.

14. April, Mittwoch

Tag beginnt mit einer Schweinerei. Die Beauftragte der Bundesregierung für Kultur und Medien bzw. deren Subalterne Mme. Beelitz verweigert mir das Stipendium der Casa Baldi mit dem Hinweis, daß, wer schon in den Genuß eines Aufenthaltes in der Villa M. gekommen sei, für die Casa Baldi nicht mehr berücksichtigt werden könne.

Das ist unverschämt. Davon steht nichts in den Statuten. Pure Willkür. Zur Zeit wohnt Thomas Hettche in der Casa Baldi – und hat auch in der Villa Massimo gewohnt. Durch ihn bin ich ja erst darauf gekommen. Ich habe mich extra erkundigt: Das eine, sagte man mir, habe mit dem anderen nichts zu tun. Und die Bewerbung ist mit Aufwand verbunden, Portokosten, Schreibkram, man muß dreimal drei Bücher von sich spenden, man muß zum Arzt gehen, sich ein Unbedenklichkeitsattest ausstellen lassen etc. Ich bin vom Bundesland Bayern ausgewählt worden. Nun wird, typisch für sozialdemokratische Bildungspolitik, auf Kosten der Qualität die Gießkanne eingesetzt. Das ist schlicht nicht in Ordnung, weder ethisch noch formal.

Um zehn Uhr Aufnahmen der Klavierlieder mit Cor und Rudolfo, in der Aula des hiesigen Gymnasiums. Beide waren noch besser als erhofft, zwischendurch störten

Bauarbeiter, die an den Fenstern hingen und kommentierten oder werkelten, gegen Mittag legte sich das.

Telefonat mit dem Ministerium. Man will sich nochmal für mich einsetzen. Aber langsam will ich nicht mehr. Man muß bedenken: wie wirkt das nach außenhin? Ein Stipendium ist ein Geschenk, das man nicht einfordern sollte. Obwohl das Recht auf meiner Seite ist, und ich für drei Monate Italien ein paar gehässige Kommentare gerne auf mich nehmen würde.

✧

An, gerade auf Reportage über New Yorker Hobos, schreibt:

Hab gestern das Interview mit einem der Amtrackbewohner gemacht. Antonio Ramoz. War nicht einfach, aber es hat geklappt. Beim ersten Treffen, vor ein paar Tagen, wollte er 1000 Dollar, cash. Dann würde er mir sein Zuhause im Tunnel zeigen und mir sagen, was er weiß … Auf die Antwort, dass ich kein Geld zahlen würde, wurde er laut. Mitten auf der 72. Straße. Manche sind stehen geblieben und haben ihm zugeschaut wie er sich aufgeregt hat. Doch am Ende des Monologs nachdem ich ihm stumm zugehört habe und nicht davon gelaufen bin, wurde er seltsam ruhig, schaute mich an und sagte: Ok. Monday at 11. Here.

Bin dann mit mulmigen Gefühl wieder zu seinem «Laden», der aus einem Einkaufswagen mit lauter alten Schuhen und Gerümpel besteht. Aber er war wie ausgewandelt, und gemeinsam mit seinem Einkaufswagen sind wir zum Eingang des Tunnels, in den er täglich eineinhalb Meilen hineinläuft. Kein Strom, kein Wasser, Dunkelheit, Ratten. Ein Albtraum. Die darüberrau-

schenden Züge noch dazu. Als ich ihn fragte, wie er denn heizt sagte er: Ich habe dort unten sogar gekocht, mit Feuer ... aber der Rauch stieg durch die Lüftungsschächte, und so kam oft die Feuerwehr. Mich darf aber hier niemand finden, sonst verliere ich mein Zuhause, in dem ich nun schon 25 Jahre wohne. Und wie heizt Du nun? Es geht schon, sagte er. Er hat eine dicke Decke ... Nach einer Stunde Gespräch sagte er dann: Wenn Du magst, zeige ich Dir das nächste Mal meinen Raum, er ist versteckt zwischen zwei Wänden. «Living between two walls, nobody would ever find me, in case I die. But I don't care» und da lachte er, nicht verbittert, fast herzlich. Versöhnt, ruhig und gelassen ...

Muß aufregend sein, warum mache ich sowas eigentlich nicht? Ach so, weil ich zu feige dazu bin. Stimmt. Stattdessen Bildschirmarbeit. Bildschirmarbeit. Bildschirmarbeit. Dschirma.

Die SZ bittet 16:45 um ein kurzes Statement zu meinem jüngst erschienenen Zigarettenroman. Das auch noch schnell, nämlich spätestens bis 17:15.

Rauchen kann tödlich sein – Aber genaugenommen kann so ziemlich alles tödlich sein. *Rauchen kann göttlich sein.* Ginge es um die Wahrheit, müßte auch das vermerkt werden. Vielleicht auf jeder vierten Packung. Oder neunten.

Aber es geht ja nicht um Wahrheit, sondern um blanken Terror zugunsten der Volksgesundheit. Dagegen muß angeschrieben werden. Mein Zigarettenroman ist aktiver Widerstand. Als ich ihn verfaßt habe, hingen zwei gekreuzte Maschinenpistolen über meinem Schreibtisch. Eine ist heruntergefallen, das hat weh getan, aber egal.

✧

Der Zigarettenroman kann über jede Schachtel französischen Formats gestülpt werden und verdeckt so die ekelhaften Ermahnungen der Gesundheitsapostel. Das muß ich erwähnen, falls man in zehn Jahren dergleichen nicht mehr kennt. Ich finde ihn mit 2 Euro etwas zu teuer, und bezweifle, ob sich die Edition der Blumenbar durchsetzt. Deshalb hier Asyl für den Zigarettenroman. Er heißt:

ZEHN MÄDCHEN

Seit Herr J. an einem hellen Sonntag ausgerechnet hatte, wieviel Geld einzusparen wäre, wenn er, statt dreimal im Monat den Peripheriepuff zu besuchen, es jeweils bei häuslicher Handarbeit beließe, betrachtete er seine Hände mit Stolz, fast Ehrfurcht, und gab, nach und nach, jedem seiner Finger den Namen einer Frau.

Er genoß es, wenn abends, vor den Tagesthemen, Yvonne in seiner Nase nach Restpopeln forschte, nachdem von der dicken Dorthe die Grobarbeit erledigt worden war. Manchmal inszenierte er einen eifersüchtigen Streit zwischen Carla und Annegret, sah den ineinander verschlungenen Ringfingern stundenlang beim Kämpfen zu. Mit Wollust und Leidenschaft feuerte er mal Carla, mal Annegret an. Fast alle dieser Kämpfe endeten irgendwann unentschieden. Herr J. liebte seine Mädchen gleichermaßen und achtete darauf, keine herabzusetzen.

«Süße kleine Yvonne», hörte man ihn säuseln, sofern an Sommerabenden die Balkontür weit genug offenstand, «willst du das bitte tun für mich? Bitte!»

Yvonne schwenkte ihr Köpfchen erst ganz schnell hin und her, ließ sich zuletzt aber doch zu allerlei überreden.

Beim Einkaufen, zum Beispiel an der Fleischtheke im Supermarkt, kam es vor, daß Herr J. auf einen Kalbsbraten deutete, an seinem Arm schmunzelnd entlangsah und flüsterte: «Wie gierig ihr wieder seid!»

Die Metzgerin gab gegenüber dem herbeieilenden Marktleiter an, Herr J. habe seine Finger wie Schlangen bewegt, obszön gelächelt und habe sie – die Metzgerin – offensichtlich hypnotisieren wollen. Der Marktleiter erklärte sich für überfordert, der Vorfall blieb ohne Konsequenzen.

Herr J., der als Kassier angestellt war, ging baldmöglichst in Frühpension. Er könne es, O-Ton, nicht länger ertragen, daß seine Mädchen sich für ihn krumm machten, sich am ganzen Körper Schwielen holten und Metallallergien vom Kleingeldzählen. Wenn Herr J. auf der Parkbank saß und sich mit einem Zahnstocher die Nägel säuberte, hörten vorbeilaufende Jogger ihn oft befremdliche Dinge äußern:

«Ach nein, Monique, wo hast du dich nur wieder herumgetrieben, könntest dich ruhig mal waschen hinterher ...» Oder: «Von mir kann das nicht stammen, Lissy, halt deine Ritze sauber! Nein, du bekommst es von mir nicht mehr mit dem Mund gemacht.»

In seinen letzten Jahren wurde Herr J. nur noch mit Handschuhen gesehen, selbst im Hochsommer. Die Eifersucht setzte ihm so übel zu, daß er den bloßen Verdacht, seine Mädchen könnten anderen Männern hinterherzwinkern, nicht ertragen konnte. Glücklich war er nur zuhause auf dem Sofa, im Kreis seiner Lieben, wo am Weihnachtsabend ein Schlaganfall alle elf in derselben Sekunde dahinraffte.

✧

Telefonat mit Töteberg. Einer, auf den man sich stets verlassen kann. Der Vertrag zu *Könige* liegt vor. Die edle Spende für die *Amouren* ist überwiesen. Auch er hat länger nichts von Torsten gehört, aber Torsten meldet sich gleich darauf selbst, per Mail – hat einen Tatort gedreht, ist jetzt im Schneideraum und macht im Herbst seinen ersten Kinofilm. Das Drehbuch zu *Schmerznovelle* schreibt er mit Fromm. Also lebt das Projekt vielleicht noch, obwohl ich daran zweifle.

Mit Sophie Rois den ersten Mai als Aufnahmetermin vereinbart. Ihre Stimme macht gute Laune, egal, was sie sagt.

Anruf von Marcel, der humorig meint: «Wir machen es wie immer: Du gibst den endgültigen Text der Hunde bis zum 8. Mai ab, ich mache die Redaktion, du radierst alles wieder raus, und wir geben es in Druck.» (Was von der Realität weit entfernt ist.)

Beschließen ferner, die Hunde als *Eine Geschichte* zu bezeichnen. Nicht sehr originell, aber was sonst?

✧

Auf Freundlichkeit reagiere ich zuerst überrascht, dann freundlich.

An Menschen die mir freundlich gesinnt sind, finde ich fast alles schön. Aus Dankbarkeit.

Ich bin froh um jeden Menschen, der mir freundlich begegnet.

Freundlichkeit ist unnatürlich. Ein Luxus oder eine Strategie.

Oder ein Geschenk.

Jeder mittelmäßige Mensch kann, will er unbedingt etwas Außerordentliches erreichen, ein gütiger, freundlicher Mensch sein.

✧

Das Jahr der ersten Küsse von Kai Wessel. Drehbuch von Sathyan Ramesh. Traurig, daß ein derart gelungener Film weitgehend unbeachtet geblieben ist. Endlich einer, der mit dem Thema spätpubertärer Partnersondierung nicht albern und zotig umgeht, der sehr präzise das geistige Mobiliar der Achtziger nachzeichnet, in einer ausgewogenen Mischung von Melancholie und leisem Humor. Der keine natürliche Peinlichkeit unterschlägt, ohne dabei die Figuren zu denunzieren. Wenn das Publikum so etwas nicht sehen will, muss das Publikum eben ausgetauscht werden. Oder ganz beseitigt.

Beckmann zu Gast bei Schirrmacher, umgekehrt, egal. Hörte das Wort: *Lebenszeitmillionär*. Das ist jemand, der es schafft, eine Million Stunden zu leben. Dazu muß man 114 Jahre alt werden. Ich kann das erst nicht glauben, muß nachrechnen. Tausend mal tausend Stunden, das hört sich nach viel weniger an, das ist eine Zahl, die man noch in Symbolen visualisieren kann. Erschreckend.

✧

Bei Arbeit an der Erzählung Benennungsproblem: Ab wann genau gilt ein Loch als Grab? Erst dann, wenn man einen Kadaver darin hinterlegt, oder bereits ab dem Moment, in dem man das Loch aushebt, um darin später einen Kadaver (welcher Art auch immer) zur letzten Ruhe zu betten? Zählt ein faktischer Inhalt, oder die bloße Intention, vom ersten Spatenstich an?

Kann eine kaum dreißig Zentimeter tiefe Kuhle schon als *Grab* bezeichnet werden? Als Grab im Werden? Reicht gar die ausgesuchte Stelle hin, an der man zu *graben* beginnt? *Grabstätte*. Dieses Wort benötigt keinerlei Füllmasse, ist ein Ausweg, Kompromiß, Umschreibung, Umschiffung des Problems.

✧

Ist es zu abwegig, den Ersten Weltkrieg als Folge eines inneren Drangs zu deuten, die in rasendem Tempo sich entwickelt habende Technik endlich auch auf dem Schlachtfeld auszuprobieren? Wahrscheinlich, aber als Facette der Motivsuche scheint die These nützlich, wenigstens reizvoll.

15. April, Donnerstag

fettfeiste kaloriendämonen, gevatter eisbein, graf gorgonzola («gorgo») und sahnetort, der schreckliche, sehen wutentbrannt dem dichter beim sich mäßigen zu, schreien: *weshalb? abnehmen kann er doch, wenn er tot ist, dann endlos.*

der dichter aber stellt sich auf die waage und liest eine zahl, als wärs ein schönes gedicht, wie nur er selbst es schreiben kann.

✧

In der Stadt, um das Remake von *Dawn of the Dead* zu sehen. Naja. Mit dem klassischen Meisterwerk Romeros gar nicht vergleichbar. Irgendwas zwischen Teenagerfassung, Hommage, Parodie, mit selbstironischen Witzchen in schneller Clipästhetik. Schwache Schauspieler, primitive Dialoge. Aber ein Spaß. Und die ersten 15 Minuten ließen auf Größeres hoffen.

✧

Der jüngste Ring der Staatsoper Stuttgart ist auf DVD erhältlich. Noch zu teuer.

Habe mir wenigstens eine CD gekauft mit weiteren Sonaten für Solovioline von Ysaÿe.

Bea: «Können wir uns das momentan leisten?»
«Hat nur fünf Euro gekostet.»
«Ist aber auch nur *eine* Violine drauf.»

Ich habe seit etwa zehn Jahren eine Beziehung zu einer gewissen Verkäuferin in der CD-Abteilung vom Drogeriemarkt Müller.

Sie weiß davon nichts. Als ich mich in sie verliebte, war sie etwa zwanzig, eine blasse, slawische Schönheit, mit schwarzem Haar, das sie zum Pferdeschwanz gebündelt trug. Inzwischen trägt sie einen dicken goldenen Ehering, und auch ihre Schenkel sind breiter geworden, erste Falten zeigen sich auf der einst makellosen Haut. Wir sind gemeinsam gealtert.

✧

Der *Playboy* möchte in der Juni-Ausgabe ein Gedicht von mir abdrucken, das über die Nacktputzfrau. Hat was.

Lyrik, zumal einen Alexandriner, im Playboy veröffentlicht zu haben, wer kann das von sich behaupten?

Das Wort *Opferkonkurrenz* habe ich erst vor kurzem kennengelernt, bei der Debatte, die Salomon Korn nach der Rede der litauischen Außenministerin ausgelöst hat. (Welche angeblich die Verbrechen der Nazis durch den Vergleich mit Verbrechen Stalins relativiert haben soll.) *Opferkonkurrenz.* An sich sinnvolles Wort mit – auf dieser Ebene – obszönem Beiklang. Da kommt mir eine Art Catwalk der Historie in den Sinn, den die Opfer auf- und abmarschieren und drum streiten, wer von ihnen am ermordetsten aussieht.

Klezmermusik wird auch durch den Holocaust nicht besser.

Alwo, den ich gebeten hatte, über die Genrebezeichnung der Hunde nachzudenken, meint: «Ich würde es *Eine Geschichte* nennen.»

Schlagzeile: Bin Laden bietet Europa eine Waffenruhe an.
Bin Laden bietet Europa eine Waffenruhe an.
Selten disproportionierter Satz.

In Jekaterinenburg wird es eine szenische Lesung von *Donnerstag. Die Fürsten.* geben.

Nicht mein bestes Stück – aus dem man aber viel machen kann.

Heute nur zwei Stunden an den Illustrationen gearbeitet. Was für ein schöner Tag, bis auf die herannahende Erkältung.

Spät in der ARD *Mein Vater* von Andreas Kleinert mit Götz George, Klaus Behrendt und Ulrike Krumbiegel, Buch: Karl Heinz Käfer.

Toll. Radikal deprimierend? Nein, erstaunlich bewegend. Das Drama um einen aggressiven Alzheimerkranken in der Familie als Panorama kleinbürgerlichen Irrsinns. Figuren, die mit jedem Satz die unverstellte Wahrheit riskieren. Der Film öffnet Fenster und Türen, zwingt zu klaren Stellungnahmen.

Ich würde mich nie in solche Abhängigkeiten begeben. Weder als Betroffener, noch als Angehöriger. Ich würde aus der Verantwortung fliehen, den Kranken abschieben, wer immer es ist, würde ihn notfalls töten, auch mich. Meine vielleicht etwas feierliche Vorstellung von Würde läßt kein solches Vegetieren zu, bei mir nicht und bei keiner anderen Person, vor allem nicht, wenn ich sie liebe. Das hat mit Euthanasie nichts zu tun, wäre eine familiäre Angelegenheit, die eigenen Gesetzen unterliegt. Der Indianer, der dem lobotomierten Jack Nicholson in *One flew over the Cockoo's Nest* das Kissen aufs Gesicht drückt – früher empfand ich das als hart, als schwer erträglich, heute glaube ich, er hat das einzig Richtige getan. Ein Leben, das soweit unter seine einstigen Möglichkeiten gesunken ist, darf beendet werden, wenn es aus Liebe geschieht. Ob von einem selbst, oder, wenn anders nicht mehr möglich, vom Nächsten. Kein Gnadenakt, auch keine Erlösungstat, sondern Hilfestellung bei einer Entscheidung, die man selbst getroffen hätte, wäre man dazu noch imstande.

✧

Im Neuaufguß von *Dawn of the Dead* verteidigt ein eben Vater gewordener Mann seine tote, schon zum Zombie mutierte Frau und erschießt gar («Willst du meine Familie zerstören?») die Gesunde, die das einfach nur rational Notwendige erledigen will.

Auffallend – solche Rollen werden in Hollywood sehr oft mit Schwarzen besetzt. Rassismus pur. Man achte mal darauf, auch in Filmen mit weniger dramatischer Handlung. Sobald es eine Komparsenrolle der schlichteren Denkungsart gibt, die den meist weißen Protagonisten mit überzogener Bürokratie, Akkuratesse oder Gesetzesbuchstabentreue behindert, vulgo verlangsamt oder schlicht nervt, wird diese zu 80 % von einem oder einer Schwarzen gespielt.

✧

Oft schon hat eines meiner Ichs etwas gesagt, hinausposaunt, das die anderen so nicht unterschreiben konnten, wollten, durften.

Aber weil alle meiner Ichs gleichberechtigt zu mir gehören, keinem Oberbefehl untertan, passiert das. Ich akzeptiere es, als momentan überhandgenommene Meinung, die zur Breite meines inneren Spektrums gehört, ob von links oder rechts, sie ist aus mir entsprungen, und ich weiß inzwischen, was ich zu äußern fähig bin, werde ich durch die passenden Aktualitäten so oder so stimuliert. Das Niederschreiben von frischen Gefühlen gleicht oft einem Niedrigschreiben hoch aufflackernder Impulsmomente. Ich bin mir des Tiers in meinem Inneren sehr wohl bewußt, schätze es auch, bin froh, daß es noch existiert, als Nähe zur Basis menschlicher (säugetierischer) Empfindungen, wichtig bei der Schilderung meiner Charaktere. Deren Zorn, ihre Wut, ihr Bedürfnis nach Rache, das ist sakrosanktes Terrain, das ich ungefiltert, von jeglicher falschen Weisheit unbelästigt wiedergeben können möchte.

16. April, Freitag

In der SZ das winzige Artikelchen von mir im Münchener Teil – mit einem elf Jahre alten Foto daneben.

Bei wunderschönem Frühlingswetter störungsfreier Flug nach Berlin. Das Taxi danach lenkte der Glöckner von Notre Dame, man fühlte sich wie in einem Comic von Larsson, er fuhr aber gut und war freundlich.

Mein Hinterhof ist frisch mit Hyazinthen, Tulpen und Narzissen bepflanzt, der Zaun ist weg. Vor zwei Jahren sah das hier noch aus wie Sarajewo durchs Scharfschützenfernrohr. Jetzt beinahe hübsch.

Ich setze mich gleich, zum ersten Mal in diesem Jahr, aufs Fahrrad, radle die Hasenheide auf und ab, erfreue mich am Hundespielplatz, an Federballspielerinnen mit Kopftuch und wallendem Gewand, an Menschenhaufen im Gras. In einem Monat schon beginnt die Freilichtkinosaison, und fiese Pollen sind auch schon da. Schnelle Schawarma beim Ecklibanesen.

Es ist märchenhaft hier. Die skurrilen Figuren am Schachspielplatz neben dem kleinen Zoo – vornehmlich Rückstände aus dem Neuköllner Genpool, härter drauf als die in *Schweine und Elefanten* – aber von eigenem Witz. Hier und da. Manchmal. Naja.

Man muß nichts verklären, wo sich nichts anbietet.

Sonne. Die kann man beliebig oft erwähnen, gerade im April.

Bei Karstadt gibt es medizinischen Sauerstoff zu kaufen, die 0,7 Flasche für 7,75 Euro. Das ist kaum ein drittel Atemzug. Wer kauft sowas? Kauft wer sowas? Soll ich das kaufen? Aus Tagebuchgründen? Schmeckt Sauerstoff nach was? Ich seh schon, morgen werde ich der Idiot sein, der diesen Scheiß kauft, um hinterher ein zweifelsfreier Idiot zu sein. Sonne.

✧

Im Berliner Wochenblatt eine Anzeige, deren Inhalt mir sowohl Bea wie Su zuerst partout nicht glauben wollen. Ist aber kein Witz. Anzeige des Bestattungsinstituts Berolina:

Sarg-Discount. *Einäscherung Euro 525,– zzgl amtlicher Gebühren. Unsere Antwort auf die Streichung des gesetzlichen Sterbegeldes. Wir laden Sie ein zur* ***kostenfreien BESICHTIGUNGS-FAHRT*** *des von uns genutzten Krematoriums in Tschechien:*

Tagestour zum Krematorium Vysochanske/Chomotov. Besichtigung mit anschließender Urnen-Beisetzung auf dem Friedhof am ***MITTWOCH 21. APRIL 2004***.

Bei einem Imbiss gibt es die Möglichkeit zu einem Informationsgespräch.

Bitte schnelle Anmeldung unter 030/ xxxxxx. Teilnahme nach Eingang der Buchung.

Bea meint, das erinnere sie an etwas von Moers, irgendwelche Kaffeefahrten in die Nervenheilanstalten des Salzkammerguts, aber das hier sei noch besser.

✧

Su kommt um sieben vorbei, auf ein paar Pasta und Jauch. Hat keine Ruhe, steht unter Strom, hält es auf dem Sofa nicht aus, zieht früh wieder ab. Noch fünf Tage bis Abgabe ihrer Doktorarbeit. Die drei Kapern, die ich ihr in die Pasta geschmuggelt habe, bleiben vorwurfsvoll auf dem Tellergrund liegen, wie eine Linie grüner Perlen auf blankem Weiß. Sie ist glücklich, weil sie weiß, daß dieser ganze Mist in einer Woche hinter ihr liegen wird.

Anhand eines Fotos im Tagesspiegel: Beigbeder schreibt genau so, wie er aussieht. Wenn man darüber nachdenkt: Viele Schriftsteller schreiben ungefähr so, wie sie aussehen. Nicht alle, Flaubert schrieb hundertmal besser, als er aussah, Ingeborg Bachmann sah besser aus, als sie schrieb, und sie sah weißgott nicht gut aus, blödes Beispiel, heikles Thema.

✧

Mit der letzten Revision der Hunde begonnen. Ich bin nicht mehr so deprimiert, dafür körperlich müde, so müde, daß mein Blick eintrübt und die Buchstaben taumeln. Früh zu Bett.

17. April, Samstag

Nach dem Aufstehen liegengeblieben und dritter Akt Parsifal, bei Extraportion Sonne. Erlösungsgefühle.

Die Birkenpollen sind bereits hyperaggressiv – ich würde gerne den Nachmittag draußen verbringen, aber nur zehn Minuten an der sogenannten *frischen Luft*, und hunderte winziger Kannibalen nagen an meinen Augäpfeln.

Neulich schrieb ich mir den Begriff RIESENZWERGE auf, eben fällt mir ein, daß Gisela Elsners Romandebüt so hieß.

Ohne Namen zu nennen, wozu ich Lust hätte: Was derzeit in Deutschland an Lyrik gefeiert wird, ist meistens der Rede nicht wert, das kann man nicht laut und oft genug sagen. Regelmäßig wird das Mittelmäßigste gefördert, nur weil die Jurys paritätisch halb mit Idioten, halb mit Geisteskranken besetzt sind.

Bei all meinen Charakterschwächen: Ich freue mich über jedes neue gute Gedicht, egal, ob es von mir ist oder nicht. Anderen geht das anders. Lyriker, so das Klischee, können Lyriker nicht ausstehen, es scheint was dran zu sein. Wenn ich was nicht ausstehen kann, ist es Neid, Wut oder Eifersucht, die den Blick für Qualität trübt.

Schwer auf den Magen schlägt mir, wenn ein großer Künstler sich als menschlicher *Riesenzwerg* erweist. Aber deshalb seine Texte schwächer zu finden, das fiele mir im Alptraum nicht ein. Anderen schon.

✧

Kleiner Anhaltspunkt: Wenn ein Dichter unter ein Gedicht Entstehungsort und Datum schreibt, ist es ein schlechter, bestenfalls unreifer Dichter, das ist sicherer als festverzinsliche Wertpapiere.

Pfeif auf die Birkenpollen. Dann flenn ich eben. Sonne. Vor dem U-Bahnhof Gneisenaustraße sitzt in der Wiese ein junges Mädchen und liest *Fette Welt.* Der Anblick ist einfach großartig. So müßten alle jungen Menschen in der Wiese sitzen, mit einem meiner Bücher in Händen. Ich starre ein bißchen zu lange hin, sie starrt zurück, fühlt sich durch mein Lächeln wohl belästigt, ich gehe hin und frage: «Wie gefällt dir das Buch?»

«Sehr gut!»

Der Tag ist gerettet. Ich schreibe ihr *Für Nora* hinein, ein schöner Name, sie sagt *Wow, cool!* und erzählt, daß ihr Freund es ihr gestern zum Geburtstag geschenkt hat.

Langer Spaziergang, über den Mehringdamm, wo es jetzt eine buddhistische Klosterschule gibt (Was Berlins Hinterhöfe so alles bereit halten ...), über die Bergmannstraße zum Flohmarkt am Marheinekeplatz. Elsners *Riesenzwerge* für 1,5 Euro gekauft. Eine Retro-Style-Küchenuhr mit aufziehbarer Countdownklingel (15 Euro) und ein vergammeltes Taschenbuch: *Stimmen der Gegenwart* (1954, Albrecht Dürer-Verlag, Wien) mit Beiträgen der noch sehr jungen Artmann, Bernhard, Jandl. Genau 50 Jahre her. Und wer von den über sechzig jungen österreichischen Hoffnungen ist geblieben? Bis auf eben genannte kaum jemand. Sehr niedlich hinten die biographische Selbstauskunft des Herrn Bernhard, damals 23 Jahre alt: *«Bis zum heutigen Tage war ich vielseitig, zuletzt auch als Kunstkritiker einer Tagezeitung, tätig. Ich schreibe vor allem Gedichte, aber auch Prosa und Dramatisches. Meine Arbeiten wurden vor allem in deutschen Zeitungen und Zeitschriften veröffentlicht. Ich las ein paarmal vor.»*

✧

In der türkischen Bar ums Eck Fußball geguckt und Faßbrause getrunken. Dortmund-FCB 2:0, dank unsäglicher Leistung des Schiedsrichters Merk.

Abends allein zuhause, gearbeitet. Mit Parsifal im Hintergrund. Ach ja, in den *Riesenzwergen* gelesen. Taugt nichts, schade. Ich wollte das aus irgendeinem Grund gut finden, den ich nicht weiß.

✧

heute kommen mir die hunde im ersten teil nicht mehr so perfekt vor. stehe wie an der wand vorm erschießungskommando. meine selbstzweifel, die ich, verborgen hinter knallbunten werbetafeln, windgeschützt, auf der dunklen seite meines mondes dünge und gieße, bis immer buntere neurosen aus den körpergärten brechen. nie kann ich mit mir zufrieden sein, jedes entstandene werk lege ich beiseite und gehe ans nächste, wie ein anfänger unerschlossenes neuland betritt, nur damit der kick gleich groß bleibt, während die kräfte schwinden. lange geht das nicht mehr gut. schnell noch eine risikolebensversicherung, bevor ab vierzig die beiträge zu hoch werden …

18. April, Sonntag

Morgens zum Flohmarkt Neukölln. Der Schnupfen wird immer schlimmer, ich schmecke rein gar nichts mehr, könnte genausogut trocken Brot essen, statt teure Lebensmittel zu verschwenden.

In der FAZ ein schöner Artikel von Claudius über *Kill Bill,* der die Faszination dieses Films zwar nicht begründet, geschweige denn enträtselt, aber auf sympathische Weise in seiner Huldigung einfängt. Vielleicht reflektiere ich da nur meine persönlichen Empfindungen.

Modegewürz des Jahres: Bärlauch. Modeschriftsteller des Jahres: Murakami, von dem ich bisher nichts gelesen habe, Bea las *Mister Aufziehvogel,* fand es recht schräg, klang aber nicht wirklich begeistert.

Prompt und passend zum Thema: Ein Mail von Tom:

Ich stimme dir sofort zu – KILL BILL 1 war, neben Punch-Drunk Love, der maßgebliche Film 2003. Und das sage ich, wo ich gerade in diesem Augenblick in Beverly Hills aus dem Kino komme und Teil 2 gesehen habe. Ich werde aber schweigen, um Deine Vorfreude so lebendig wie möglich zuhalten.

Ferner schreibt er:

… im Prinzip ist Hollywood ja nichts ausser viel zu vielen Menschen, die aus wenig viel machen, vor allem aus wenig Arbeit viel Beschäftigung generieren. Und Zeit vernichten, unter anderem meine. Die Bundesregierung könnte sich von diesen

Strukturen hier inspirieren lassen, wie man den Arbeitsmarkt revolutioniert, – und jeder fühlt sich auch noch wichtig obendrein! Eigentlich optimal, das System. Ich muss trotzdem wieder schnell hier weg, denn es macht mich krank, wenn ich länger als 3 Tage hier sein muss.

Beatrice schickt eine neue Zeichnung: *Cola auf der Steilküste.* Zum Weinen schön. Telefonat mit Andrea über die Amouren-Produktion und unerwartete Nebenkosten. Telefonat mit Su, die noch die Einleitung ihrer Diss schreiben muß und über dem ersten Satz brütet. Darf man nicht tun. Wenn man wo stockt, einfach woanders weitermachen. So etwas kann man auch von hinten aufdröseln, oder von der Mitte aus in zwei Richtungen entwickeln. «Jaja, für Dich ist das Routine!» Stimmt. Mail an Margret, die diese Woche ihre Prüfungen hat. Stell ich mir schlimm vor, Abitur mit 25 nachmachen zu müssen. Obwohl. Schlimm wars bei mir nicht. Schule ging mir nur bis zur elften Klasse auf den Sack, lauter Vieren und Fünfen, danach lebte ich allein, und es war ein Klacks, kein großer Arbeitsaufwand – nur die Versagensangst in den Träumen war schlimm, aber die ist wohl immer da. Ein Alptraum wäre es, wenn man schon mal Abi gemacht hätte und die Strapaze nun ein zweites Mal auf sich nehmen müßte.

✧

Frauen in Pornofilmen werden immer gelobt. Warum eigentlich? Selbst wenn sie sich ganz offensichtlich doof anstellen, nie heißt es: *He, Mädchen, du bläst aber ganz schön schlecht, probiers doch mal anders.* Pornofilme sind anscheinend das letzte Rückzugsgebiet der Kavaliershöflichkeit.

Ah, du bist so gut, ja, oh, wie geil, oh ja. Kaum zu ertragen. Als habe der Hauptdarsteller Jahre im Gefängnis gesessen und wäre mit dem Mindesten zufrieden.

✧

Gehe nochmal raus und sehe mir Burtons *Big Fish* an.

Im Darmtrakt der Stadt immer das alte Spiel: Angenommen, dieser vollbesetzte U-Bahn-Waggon würde durch einen schweren Sturm auf die offene See hinausgetrieben –

Welche der Frauen würde ich mir als Gefährtin wählen? Welche bekommen?

Welcher der Männer würde mir meinen Führungsanspruch streitig machen? Welchen würden wir als ersten essen in der Not?

In Gesichtern lesen, die keine Ahnung haben, von dem, was in mir wühlt. Diese unbekümmerten Menschen.

Big Fish. Naja. Poetisch, sentimental, mit zuviel verbrauchten Bildern aus freakigen Kleinstadtzirkussen verklebt. In Bäumen hängende Autos hab ich auch schon zu oft gesehen. Dennoch: insgesamt ordentlich.

Zuhause. Arbeit. Soviel Arbeit. Ich kämpfe gegen die Erkältung an, huste laut, pumpe mich mit heißer Zitrone voll, schwitze, hasse meinen Körper.

In den Seiten, die ich gestern nacht überprüft habe, finden sich immer noch Fehler. Immer neue Fehler. Unaufmerksamkeiten. Im akustischen Hintergrund *Die Tote Stadt,* eine Naxos-Billigeinspielung unter Leif Segerstam, heute auf dem Flohmarkt erstanden, um mal einen Vergleich zu Leinsdorf und Thielemann zu haben. Der erste Akt dieser Oper gehört zum melodisch erregendsten, was das letzte Jahrhundert zu bieten hatte – wie kann da jemand (wie Claus S.) von einem *verkorksten Stück* sprechen? Leider sind alle anderen Opern Korngolds tatsächlich verkorkst, um nicht zu sagen: grottenschlecht. Auch das gehört zu den Dingen, die ich nie begreifen werde. Wie man ein einmal erreichtes Niveau so mühelos hinabklettern kann.

Hab zu abend halbrohen Fisch gegessen, wenigstens auf meinen robusten Saumagen ist noch Verlaß, der stemmt fast alles. Die Hunde beginnen schleppend, was aus der Phase herrührt, als sie noch für Kinder geschrieben waren. Danach hohe Dynamik, sehr erfüllend, und Zweifel, ob man die Perspektivwechsel nicht doch durch diverse Schrifttypen verdeutlichen sollte. *Placebo – Sleeping with Ghosts*, gewinnt bei jedem Hören an Format. Ich arbeite auf Notstrom, funktioniere aber noch. Es reicht nicht hin, um den Göttern Forderungen zu stellen, höchstens, um ihnen zu danken.

Im Grunde hänge ich einem privaten Shintoismus an.

✧

Auf den Hund gekommen, vor die Hunde gegangen sei ich – ich seh die wohlfeilen Subtitel der Rezeption schon vor mir. Als hätte es nicht näher gelegen, auf eine weniger ausgelutschte Tierart auszuweichen. Wäre sicher einfacher gewesen.

wenn ich scheitere, scheitert alles, woran ich glaube. ich bin nicht wichtig, woran ich glaube, ist wichtig.

mir ist so schlecht bei dem gedanken, daß alle meine schönen zeilen, für die ich soviel aufwand betrieben habe, dereinst vergessen sein könnten, nur weil der schlechte geschmack mich aus der welt haben will. es geht mir, und das reinigt meinen zorn, nicht um meinen namen. käme wer und schlösse ein geschäft ab mit mir – daß alles von mir bliebe, aber anonym, ich stimmte dem sofort, ohne jedes zögern zu.

19. April, Montag

Regen. War einkaufen, habe danach nichts getan als telefoniert. Meistens war besetzt oder niemand da. Verhandlungen zu Auftragsarbeiten, die ich nicht machen mag, aber machen mögen muß, weil allein vom machen oder müssen da nichts draus wird, nur verschwendete Zeit. Geflogen im Longus. Klingt besser als: Longus überflogen. Heute wird das Nibelungenstück in Hamburg gelesen. Fahre nicht hin, zuviel Angst, mich für die Darbietung fremdschämen zu müssen. Murakami gekauft: *Naokos Lächeln.* Ich muß ja über alles Bescheid wissen, muß zu allem eine Meinung haben, Senf parat haben für jede Wurstware, bin ein Leistungskulturkonsument, dem alles eingeredet werden kann. Gefühl großer Lähmung, ja Versteinerung. Das Geschwätz überall, das Palaver, in den Supermärkten und Bahnhofshallen, im Fernsehen, in den Zeitungen, Stadtmagazinen, auch in den Büchern. Lese im Tagesspiegelarchiv eine Eloge von Maike F. auf einen Roman der Kennedy – diese Frau kann nicht mal loben, nicht mal überzeugend kreischen, nicht mal, wenn sie in Ekstase war oder einer Art Ekstase – was so jemand halt erreichen kann. Sie möchte preisen und verführen, und schreibt derart substanzlos hingestammeltes Geseier, daß ich von dem mir unbekannten Roman der Kennedy angewidert bin, obwohl der kaum etwas dafür kann, daß er von Maike F. geliebt wird.

Auffallend heute das Fehlen des Wortes *Männerphantasie.* Sonst kommt in beinahe jeder Rezension von Maike F. mindestens einmal das Wort *Männerphantasie* vor. Maikes Welt muß aus wilden und grausamen Männerphantasien bestehen – sie selbst darin ein blinder Fleck, das Auge des Orkans.

T. Bernhard hat geschrieben, wie er ausgesehen hat. Erstaunlich: er hat dreißigjährig schon so geschrieben, wie er mit sechzig ausgesehen hat. Manchmal hat er sogar so geschrieben, wie er mit 90 ausgesehen hätte. Heute nochmal im *Untergeher* nachgeprüft: man könnte diesen schlechten Roman von 150 Seiten auf zehn Seiten zusammenkürzen. Wäre immer noch nicht gut, aber weniger schlecht, weil schlicht weniger ... Nur Schund, nur Masche, nur Tricks – ein Autor, der Angst vor der Sprache hat, der sie kaserniert, uniformiert und strammstehen läßt. Immer panisch, daß sich diese Leibwache aus gemaßregelter Sprache gegen ihn erhebt, daß die Rache der Sprache mit gezücktem Bajonett auf ihn zustürmt.

✧

Hier gibts Hauswände, auf denen steht: *Alles für alle, jetzt und umsonst!* Die das da hinsprühen, meinen es ernst, wo gibt es das noch? Hier in Berlin kann man etliches noch in aller Ruhe ernst meinen.

✧

Kill-Bill-2-Soundtrack ist da. Und die Lachsnudeln gelingen auch. Nette Mail von Margret, die morgen Deutschprüfung hat und mich bald besuchen will, ob in München oder Berlin.

Mehr hole ich nicht raus aus diesem Tag. *Kill-Bill-2*-Soundtrack ist stark, aber nicht so groß wie Teil Eins.

✧

Im Newsticker folgende Meldung:

Bei Ausgrabungen im ägyptischen Nildelta sind Potsdamer Wissenschaftler nach eigenen Angaben auf einen Jahrhundertfund gestoßen. Gemeinsam mit ägyptischen Kollegen haben sie in Tell Basta einen «Bilinguae-Stein» aus dem Jahre 238 vor Christus entdeckt.

«Ein vergleichbarer Stein ist seit rund 120 Jahren nicht mehr gefunden worden», meint Grabungsleiter Christian Tietze. In den grauen Granit sei in zwei Sprachen – allerdings in drei Schriften – ein Dekret von König Ptolemaios III. Euergetes II. gemeißelt. Der Fund entspreche in seiner Art dem «Stein von Rosette», der 1799 die Entzifferung der altägyptischen Hieroglyphen ermöglicht hatte.

Der Bilinguae-Stein, der nach Angaben von Tietze 99 Zentimeter hoch, 84 Zentimeter breit und 65 Zentimeter tief ist, wurde bei den seit 13 Jahren laufenden Ausgrabungen in einer Tempelanlage der antiken Stadt Bubastis entdeckt. In den Stein waren ursprünglich drei Schriften eingemeißelt – neben Griechisch und Demotisch (volkstümliche Hieroglyphen-Schrift) das ältere Hieroglyphisch.

Erst vor wenigen Tagen hab ich mit Bea drüber diskutiert, ob, falls der Stein von Rosette eben *nicht* gefunden worden wäre, die Hieroglyphen bis heute undechiffriert geblieben wären. Es war diese *Einzigartigkeit* des Steins, die mich fasziniert und fast ein wenig gestört hatte. Er scheint also Nachfolger gehabt zu haben, das beruhigt mich.

Inzwischen können Computer jede Schrift knacken, sofern nur genug Textmaterial da ist.

✧

Humor, über den man laut lacht, verblasst schnell. Was nur schmunzeln macht, ist weniger, aber viel länger komisch.

Auch etwas, das ich nicht begreife: Warum gibt man Dingen nicht schönere Formen, wenn diese ohne Steigerung der Produktionskosten möglich wären? Warum kann man für eine Billigweste kein Schnittmuster von Armani nehmen? Warum kann man ein ordinäres Messingbesteck nicht in einem alten Art-Deco-Design auf den Markt bringen? Man müßte nur die Stanzformen ein wenig abändern und könnte sich damit dämlich verdienen. Aber es wird nicht, oder viel zu wenig gemacht, und keiner kann mir erklären, wieso.

Recherchen zu Friedo Lampe.

✧

Mailanfrage von C. Lindenmeyer, der die Lyriknacht (Lyrik. Vier.) organisiert:

Lieber Helmut,

Das SZ-Magazin würde gerne Karten und eine Begegnung mit Dir versteigern –

Bis morgen Mittag müßte ich wissen:

Ist es Dir zumutbar, Karten für Lyrik. Vier. über das SZ-Magazin zu versteigern nebst einer Rotwein- oder Tafelwasser-

Begegnung mit dem Autor (hinterher) und einem handsignierten Buchexemplar? Das SZ-Magazin versteigert Dinge, die sich nicht kaufen lassen.

Lieber C. – genau da beginnt die Grenze zum Zirkus. Meine Person sei lieber außen vor gelassen. Gerne spendiere ich für gute Zwecke ein handgeschriebenes Gedicht oder eine Signatur, aber keine Begegnung mit mir, es sei denn, es wäre sichergestellt, daß der Zuschlag an eine wunderschöne junge Dame geht.

So. Reinen Gewissens geblieben. Vielleicht sehe ich das zu streng, bin nicht sicher. Ehrlich gesagt würde es mich schon interessieren, wer für eine Begegnung mit mir Geld bieten würde. Vielleicht ginge auch überhaupt kein Gebot ein.

Ob nicht die Gefahr bestünde, fragte Rilke Hofmannsthal, der ihn zu einer Lesung nach Wien einlud, daß *häßliche Menschen* anwesend seien?

Nein, antwortete Hofmannsthal, er könne für die Buchhandlung garantieren, *häßliche Menschen* verkehrten dort nicht.

Ich überlege noch, ob ich Rilkes Frage oder Hofmannsthals Antwort bizarrer finden soll.

Picasso, erzählte mir Daniel auch noch, sah ein schönes Haus, zeichnete das Haus, verkaufte die Zeichnung und kaufte das Haus. Das ist Bildmacht.

Weiter in den Hunden. Der Mittelteil der Hunde ist mit das Beste, was ich je geschrieben habe. Die Ekstase ist dennoch keine, leidet unter der Angst, sie könne auf jeder nächsten Seite ins Gegenteil umkippen.

✧

kreuzberger schicksale I

wie trist er heute wieder ist,
von allen bösen geistern verlassen,
der arbeitslose exexorzist.

trinkt dosenbier auf einer bank,
kinder schneiden ihm grimassen,
verdorben sind sie, seelenkrank.
ungetauft. und stinken.

die kleinen teufel. er kann nun
ausser noch ein bier zu trinken,
gar nichts mehr dagegen tun.

20. April, Dienstag

Der Tag beginnt damit, daß eine Lehrerin der benachbarten Grundschule ihre Klasse auf meinen Hinterhof führt, um der blöden Bande dort einen Kräutergarten zu zeigen, der aus vier Büscheln Basilikum, Petersilie, Liebstöckel und noch irgendwas besteht. Nahexkursion, nennt sich das wohl. Direkt unter meinem Schlafzimmerfenster. Die Kinder johlen und toben, reißen mich nach nur viereinhalb Stunden aus dem Schlaf, und hätte ich in diesem Moment ein Gewehr zur Hand gehabt, oder wenigstens eine Kuchengabel, der Begriff Schulmassaker wäre neu definiert worden.

Es ist wirklich auffällig, wie laut heutige Kinder sind, das bilde ich mir doch nicht ein, oder?

Hyperaktive Bestien. Kreischende, unsaubere Halbtiere, mit denen man kein Gespräch auf dem mindesten Bildungsniveau führen kann. Und teuer in der Haltung. Alleine die Kosten fürs Handy. Ich verstehe einfach nicht, warum man sich auf sowas einläßt. Eltern sind für mich Pädophile in der masochistischen Variante.

Dosenbierleptosomen, die bleichen schmalen Fressen vom Wind verzerrt zu unabsichtlich obszönen Fratzen, wiegen ihre für Dosenbiergräber auffallend dürren Gestelle, stehen so rum, tätowiert, beschwipste menschliche Zitterpappeln in fleckigen Jeans und Turnschuhen (*Schultheiss*), manchmal Cowboystiefeln (*Becks*). Von ihren Stammparkbänken des Paul-Lincke-Ufers aus echauffieren sich schaumweingesättigte Witwen über Rotweinpenner und deren kackende Hunde. Der Alkohol und seine Hierarchien.

Die vielen kleinen Schlupflöcher der Stadt, manche kosten Geld und sind behaart. Es gibt sie an jeder Ecke zu kaufen, man könnte sich preiswert ins Koma ficken, hätte man den Mut dazu. Die wahre Währung der Stadt ist die Ostmöse ohne Preisbindung, die, wie ein ewighungriger, immerbettelnder Klingelbeutel, das Terrain der westlichen Unbefriedigung durchtaucht. Eroberungsfeldzug mit blondierten Sexuallebensmitteln. Die Okkupanten lassen ihre lächerlichen Schnappmesser längst in der Tasche, senden stattdessen ihre Freßmösen aus, die Schwänze beißen an. Beinahe schade um all die bildungsbürgerliche Literatur, deren immanente Sexualität einst im Schwitzofen der Sublimation zum Wort gerann, anders schätzen die verklemmten deutschen Leser Erotik ja kaum. Aber diese Literatur wird bald Nachwuchsprobleme haben, jeder noch so schüchterne Lyriker aus dem kleinsten Taunusdorf bedient sich hier irgendwann am großen Buffet, mutiert zur zufriedenen Sau, kriegt keine einzige steife Zeile mehr hoch.

✧

Auf dem Türkenmarkt gewesen, Gemüse und Gewürze gekauft, Su ein paar blaue Trauben vorbeigebracht. Die Ärmste schläft nur drei Stunden pro Nacht. Ich will sie wegen meiner Erkältung morgen nicht in den Copy-Shop begleiten, komme mir wie ein Verräter vor, aber es hilft ja nichts, ich wäre dort zu nicht viel nütze, muß mich auskurieren und habe nebenbei Arbeit für fünf.

Telefoniere dauernd hin und her, um die Logistik der Bildherstellung auf den aktuellen Stand zu bringen. Joachim Düster ist mit meiner Schriftwahl nicht einverstanden, hat eigene Ideen zu den Vignetten, will mir sein Konzept in den nächsten Tagen senden.

Zu Führers Geburtstag laufen im Sender XXP die Dokumentationen von SPIEGEL TV über das Dritte Reich in Farbe. Da wird vom Alltagsschnappschuß und Badespaß bis zur Erhängung oder Panzerschlacht einfach alles gezeigt – und das Faszinierende, Unerklärliche für mich ist: Die Farbe verharmlost, entdramatisiert die Bilder bzw. die gezeigten Geschehnisse ungemein, jeder Vorgang bekommt einen nüchternen Anstrich.

Wieso unerklärlich, ist doch klar, die Bilder werden ahistorisch, gehen ihrem mythischen Rahmen aus Schwarz-Weiß verloren, kommen einem ungewohnt vertraut vor.

So einfach ist es nicht. Dann müßten sie einem ja gerade noch mehr auf den Leib rücken, müßten umso schrecklicher werden. Oder? Muß nachdenken, kann nicht nachdenken. Naja, bei einer Panzerschlacht zum Beispiel ist unser inneres Vorstellungsarchiv auf schnelle Schnitte getrimmt, auf rasche Abfolgen von Sprengvorgängen, auf größte filmische Dramatik eben. Während die Wirklichkeit viel langsamer und magerer aussieht: Endloses Manövrieren, Nachladen, Steckenbleiben, Warten auf einen Treffer – das, meint der Herr Oberspielleiter, an dessen Fäden wir alle hängen, könnte schleppend wirken.

Bernd Pleis, der auf seiner Homepage eine Helmut-K.-Ecke eingerichtet hat, mit Werkverzeichnis und Textauszügen, berichtet, daß er ab und zu deswegen Schmähmails (schönes Wort) erhält, daß aber die meisten Kontakte von Verehrern geknüpft werden, die durch ihn an meine Adresse kommen wollen.

Wozu? Wer mir schreiben will, kann den Brief an den Verlag richten, der ihn an mich weiterleitet. Ganz unkompliziert.

War fast den gesamten Tag zuhause, habe abends Sahne-Senf-Fettucine mit Welsfilet zubereitet, die hervorragend geglückt sein müßten, konnte das nur nicht nachprüfen. Meine zugeschwollenen Nasenhöhlen ließen nicht das kleinste Arom passieren.

Der Stunde vor Mitternacht fehlt es an Biss. Harald Schmidt fehlt. Und hat doch ein Jahr zu spät aufgehört. Sein Missgriff war, Mittelmäßigkeiten wie den prolligen Spießer Andrack oder die Zicke Susanna zu Regelmäßigkeiten der Show zu machen. Kurz ging das gut, er hob sich von ihnen ab, strahlte umso heller, aber irgendwann ziehen solche Leute einen jeden Stern zu sich herunter, die Show ertrank zuletzt in ihren viel zu vielen und verkommenen Ritualen, hätte einer Tabula Rasa bedurft, aber dazu war es zu spät, Schmidt konnte diese Fuzzis nicht mehr rausschmeißen, sie waren zu populär geworden. Er mußte sich selbst entfernen. Tragisch, aber mutig, und besser etwas zu spät, als noch später, wenn keiner ihm mehr nachgeweint hätte. Jetzt hätte er die Möglichkeit, neu von Null zu beginnen. Wird er das tun? Oder wird er seine Legende keinen groben Gefährdungen mehr aussetzen?

Bedenken muß man, daß niemand sich alte Schmidt-Folgen ansieht. Niemand. Sie sind meistens auch nicht mehr arg witzig. Das bedeutet, daß die Zeit aus einem Phänomen wie Schmidt sehr schnell herauswächst. Und in dreißig Jahren bleibt nichts als ein nackter Name, so wie *Kulenkampff,* mit dem ich selber nichts mehr verbinde, der Name, der wie ein Türschild an irgendeiner Medienära hängt, die somit benannt, portioniert und abgelegt ist.

Es gab die Schmidt-Zeit, jetzt haben wir die Jauch-Zeit, beides Phasen im mittelspäten Gottschalk. Das Gottschalk ist ein erstaunlich langes Medienzeitalter, alle Achtung.

✧

1933 fünfzehn sein.
Ich wäre damals sicher auch Kommunist gewesen.
Ich wäre damals sicher auch Faschist gewesen.
Eins von beiden, nichts dazwischen, und was ich
geworden wäre, hätten die Bücher festgelegt, die
mir vorher zur Verfügung standen. Je nachdem.
Weshalb unterschätzt man Literatur?
Und warum, fragt die Naivität, wärst du
damals nicht einfach Demokrat gewesen?
Mit 15? Hätte es nicht auch dafür
geeignete Bücher gegeben?
Hätte es, aber sehr ungeile.
Mit 15 muß man extrem sein,
später kann man sich
immer noch zügeln.

✧

Bevor man sich nicht intensiv mit dem Widerpart seiner eigenen Sozialisation auseinandergesetzt hat, ihn verstanden und sich ihm probehalber anverwandelt hat, bevor man nicht dessen Problematiken und Ekstasen verinnerlicht und in sich eine zweite und dritte Persönlichkeit erschaffen hat, sollte man als jung und dumm und unschuldig gelten.

Nachts nur fünf Seiten an den Hunden geschafft, diesen passable Gestalt verliehen.

The Strokes: Is this it? Genau. Das ist es.

21. April, Mittwoch

Bea bekommt auch in der achten Review zu ihrem neuen Level fünfmal zehn von zehn Punkten, sowas gabs noch nie. Die lange unterdrückte Erkältung hat sich ihre Bahn gebrochen. Michael meldet, daß er wieder online ist, die verlorenen Dateien bleiben indes verloren. Unfaßbar. Die gute Nachricht: Letzten Monat hat er 65 Exemplare von *MÄRZ* verkauft. Über die Lesung in Hamburg nichts in der Presse, der Veranstalter meldet sich auch nicht. Morgen kommt Tessa nach Berlin, ich hätte sie gerne gesehen, aber in diesem Zustand ... Nach Spanien und Honduras zieht nun auch die Dominikanische Republik ihre Streitkräfte (300 Mann) aus dem Irak zurück. Wie bitte? Die Dominikanische Republik? Wer sich da unten alles getummelt hat oder noch tummelt – das wurde in Deutschland von den Medien nie thematisiert. Amerikaner, Briten, Spanier und Polen seien im Irak, diese vier. Deutschland, Frankreich und Rußland nicht. Diese drei. Von all den anderen Staaten, die Kontingente stellten, war nie die Rede. Einmal kurz von den Portugiesen. Nicht von Isländern und Japanern, Dänen und Thailändern und und und ... Was will ich sagen? Daß durch mediale Nichtinformation geschickt der Eindruck erweckt wurde, hier läge ein amerikanischer Alleingang vor, nur durch die allertreuesten, gierigsten oder skrupellosesten Verbündeten gestützt.

Wirtschaftsminister Clement möchte das Ladenschlußgesetz abschaffen. Schön wärs. Aber noch glaube ich nicht daran. Ist ja auch schwer zu glauben, daß sich die Regierung zu etwas so Sinnvollem wie längst Fälligem durchringen könnte. Zum Beispiel war die Wehrpflicht noch nie so sinnlos, willkürlich und anachronistisch wie jetzt, kein Zeitpunkt günstiger, sie endlich abzuschaffen, aber nein, Struck lehnt ab, denkt wohl, die viele dafür anfallende Schreibarbeit kann er auch der nächsten Regierung überlassen.

Kaum wartet man mal ein halbes Jahrhundert, schon passierts: Die Tagebücher von Harry Graf Kessler werden endlich komplett herausgegeben, bis 2008 sollen alle neun Bände vorliegen.

Jemand, der einen Text wie den *Untergeher* geschrieben hat, kann meinem Gefühl nach von Musik nur wenig Ahnung gehabt haben. Obwohl: TB «hat Gesang studiert», steht in seiner Kurzbiographie. Ich frage Daniel per Mail, ob er Genaueres weiß, speziell, ob TB Klavier spielen konnte oder nicht. Daniel meldet sich keine Stunde später – aus Venedig.

Ob Bernhard Klavierspielen konnte bzw. was er konnte und was nicht, darueber liegt ein dichter Nebel. Er bezieht sich ja sehr gerne auf Buecher, deren Autoren fuer ihn blosse Namen sind (Kant, Schopenhauer, Wittgenstein), gibt vor, sie alle gelesen zu haben, sagt aber nicht ein Wort, das den Schluss zuliesse, er wuerde auch nur eine einzige Seite davon kennen. Trotzdem behaupten die Verehrer natuerlich, er haette das alles ganz genau studiert. Ebenso duerfte es mit der Musik sein. Ob er wirklich Klavierspielen konnte, wage ich stark zu bezweifeln,

Du wirst aber sicher Adepten finden, die beschwoeren, er haette gespielt wie Glenn Gould (der uebrigens im «Untergeher» auch nur ein Name ist, eine Chiffre fuer Virtuosentum; man erfaehrt in dem Buch nicht das geringste ueber Gould als Person oder Pianist oder ueber die Musik ueberhaupt). Mir sagte neulich ein renommierter Musikwissenschaftler, dass er immer wieder erstaunt sei ueber die drastischen musikalischen Irrtümer Bernhards – manchmal verwechsle der sogar Symphonien von Mendelssohn und Mozart –, die so auffaellig waeren, dass er, als Verehrer, sich ja gar nicht vorstellen koenne, er habe das nicht absichtlich gemacht, Ich musste laecheln. Er verstand und laechelte auch. Ein schoener Moment.

✧

In den 18:30 Nachrichten auf Sat 1 Bilder einer brasilianischen Gefängnisrebellion. Ein Enthaupteter wird vom Dach geschleudert, daneben stößt jemand ungefähr fünfzehnmal einen Speer in einen am Boden liegenden Menschen. Offenbar setzt man im Vorabendprogramm auf Abhärtung.

Vanunu, der die geheimen Atomwaffenprogramme der Israelis offengelegt hat und deswegen vom Mossad in Rom 1986 gekidnappt wurde, wird endlich, nach 18 Jahren Haft, davon 12 in der Einzelzelle, freigelassen. Die Mehrheit der Israelis ist laut Umfragen sogar *dagegen*, nennt ihn einen *Verräter*. Da frierts mich. Geheime Atomwaffenprogramme – das ist was für Schurken in einem James-Bond-Streifen, nicht für einen demokratischen, zivilisierten Staat. Derlei Aktivitäten aufzudecken ist humanistische Pflicht, muß über jede nationale oder religiöse Bindung obsiegen.

Strokes – Take it or leave it – sehr stark von den Wipers inspiriert. Lege die *Youth of America* auf – immer noch eine der besten Platten überhaupt. Warum muß ich krank sein? Gerade jetzt?

Wal Mart, Neukölln. Kranke Gegend, verwundete Gesichter. Nur die Fische in der Kühltruhe sehen zufrieden aus.

Einmal im Jahr treffen sich bestimmt die bundesdeutschen Kopftuchfetischisten, um in Neuköllner Straßen zu lustwandeln.

Um 22 Uhr noch mal zur Eisenacherstraße, um im bis Mitternacht geöffneten Copyshop Su zu besuchen, die dort ihre Dissertation kopiert und bindet. Ulrike und Martin helfen ihr zum Glück, allein hätte sies heute nicht mehr geschafft, morgen muß sie nach Jena. Stand solidarisch rum, bin schnell wieder nach Hause, konnte nichts beitragen, schwitzte nur stark in dem überhitzten Laden und mußte ja wieder hinaus in die kühle Abendluft.

Um 23 Uhr in der ARD ein Dokudrama über das Erfurter Schulmassaker. Hunderte Leute kommen da zu Wort und fragen nach dem Warum, dabei ist mir eine Figur wie Robert Steinhäuser ziemlich klar, ohne daß das zynisch klingen soll. Und ohne darauf jetzt en detail einzugehen, wurde mir die interessanteste Frage, die sich nachträglich stellt, nicht beantwortet: Hat das Land Thüringen inzwischen sein unmenschliches Schulgesetz abgeschafft, laut dem es möglich ist, daß ein Schüler, der 13 Jahre Gymnasium hinter sich gebracht, aber das Abitur vergeigt hat, ohne jeglichen Abschluß dasteht? Steinhäuser war einem früheren Ich von mir ziemlich ähnlich in manchen Zügen, ich habe, in die Enge getrieben, die Flucht bevorzugt, statt zur Waffe zu greifen, aber das lag weniger an meiner Menschenliebe, sondern an meinem

Überlebenswillen. Das einzige, was ich nicht nachvollziehen kann, ist die Wahllosigkeit, mit der Robert S. seine Opfer erschossen hat. Ich hätte mir immer gezielt jene gesucht, die für meine Situation verantwortlich gewesen wären. Aber das ist dann eben kein Amoklauf mehr, sondern ein kalkulierter Rachefeldzug. Hat Robert S. denn die ganze Welt für sein Versagen verantwortlich gemacht? Gerade seine Wahllosigkeit (die seine Tat formaljuristisch in Richtung Totschlag abmildern könnte) stellt für mich den höchsten Grad des Verbrechens dar: Völliger Mangel an Differenzierung der Umgebung. Das absolute Nein zum Leben in jeder Erscheinungsform und Spielart. Man könnte anders argumentieren: Er hat ja nicht etwa seine Freunde oder Eltern getötet, sondern jeden, der ihm *in der Schule* vors Gewehr lief. Er hat wohl aus seiner Sicht nicht in erster Linie Menschen, sondern *die Schule* getötet. Hat ihrer Gewaltausübung den eigenen Gewaltrausch entgegengestellt. Das ist billig gehandelt, aber nachvollziehbar. Man muß annehmen, daß Robert S. als – in seinen Möglichkeiten – glücklicher Mensch gestorben ist.

Das ist das Wesentliche. Happiness with a warm gun. Es ging um *Glück*. Nicht etwa um Satisfaktion, die bedarf eines individuelleren Ziels. Robert S. wollte Glück spüren, die Macht der Waffe war nur eine Begleiterscheinung, ein Wegbereiter. Das hört sich vielleicht obszön an, aber es ist wichtig, zu begreifen, was in ihm vorging, und ich glaube, daß ich mich in ihn hineinversetzen kann. Sein Töten war kein blindes Zerstören, war gleichbedeutend mit nachgeholter Penetration, er hat seine Opfer vergewaltigt, sein Blutbad war eine Orgie. Gruppensex mit Dahergelaufenen im Darkroom des Zufalls. Die Verzweiflung schlägt zwischen Eros und Thanatos unvermutete

Brücken. Zum Schluß hat er es sich selbst besorgt. Das Außer-sich-Sein, die Ekstase, hat sich hier zum Spielfeld das fünfte Gebot gewählt, um zur Überschreitung, zur Ejakulation zu kommen.

Schule ist ein vielarmiges Monstrum, das indes zum Nahenichts relativiert wird, wo man Ausgleichssex hat. Es gibt keinen Schutz vor Schulmassakern. Wir können Schulmassaker am besten mit einer libertinen Gesellschaft verhindern, in der jeder Wackelkandidat Erfüllung dann genießen kann, wenn er sie am dringendsten benötigt, in der späten Pubertät. Genau dies verhindert die momentane aus Hollywood herübergeschwappte rigide Spießbürgermoral, in der den Mädchen eingeflüstert wird, daß ihre Möse eine Waffe im Verteilungskampf der Leistungsgesellschaft sei, erst in zweiter Linie Lustorgan. Drum ist es widerlich, wenn Pastorinnen mit typischer Pastorinnen-Frisur niedlich dreingucken, Trauergottesdienste ableisten und alle wesentlichen Fragen unter den Teppich kehren. Das Thema «Der Sex des Robert S.» wurde nicht mal gestreift.

✧

Der politische Wahnsinn in Berlin – warum wird der Flughafen Tempelhof nicht weiter betrieben? Eine Metropole braucht mehr als einen Flughafen, und die deutsche BA würde ihn ja gerne nutzen, auch finanzieren – er ist ideal gelegen, denkmalgeschützt, kann sowieso nicht anders verwendet werden, wo liegt das Problem? Bürgermeister Wowereit und seine fünf Bodyguards tauchen auf jeder Party auf, auf wirklich jeder noch so popligen Party. Tagsüber schlafen sie.

Um halb eins in der Nacht ruft Su an, sie hats geschafft, auf die letzte Minute, ist endlich, endlich fertig, kann es noch gar nicht glauben, gestern hat sie noch bis acht Uhr morgens an der Einleitung gesessen, hat dann zwei Stunden geschlafen, mehr war nicht drin, dennoch, sagt sie, gehe es ihr gut, dem Körper könne man Unglaubliches zumuten, Euphorie wiege alle Müdigkeit auf.

22. April, Donnerstag

Bea schickt neue Illus, ist aber kein Knaller dabei. Mein Gemecker geht ihr auf die Nerven, aber es muß sein, wir müssen den Rest unsres Lebens mit diesem Buch leben und vielleicht sogar von ihm. Wenn es sowas wie Gerechtigkeit gibt. Gibts natürlich nicht, aber manchmal gibts was Ähnliches, den glücklichen Zufall, als Gerechtigkeit maskiert.

Bea hat *Anna Karenina* tapfer zu Ende gelesen. Ihr Urteil: Zu lang, einige sehr schöne Stellen, der Autor verfüge über enormes Handwerk, dem Konstrukt daraus stehe leider seine Persönlichkeit im Weg. Als der Roman praktisch zu Ende ist, folgen noch achtzig Seiten religiösen Erleuchtungsgeschwafels. Daniel widerspricht sofort, zum christlichen Fundamentalisten sei Tolstoi ja erst später mutiert. Ich wollte nach *Krieg und Frieden* und der besonders ekligen *Kreutzersonate* nichts mehr von diesem Autor lesen, selbst wo man das als Schriftsteller wohl muß. Muß man?

✧

Paris Hilton, eine Art Langbeinzombie in Hübsch, regt sich darüber auf, nur Platz 38 auf der Liste der *most sexiest women alive* zu belegen. Wie kommt dieses Mädel bloß zu der Meinung, überhaupt auf irgendeine Liste zu gehören, es sei denn vielleicht der Dumm&Reich-Kombinationswertung. Sowas Schaufensterpuppenhaftes würde ich nicht ficken, wenn es für einen guten Zweck nackt und gebückt im Weg rumstünde und dadurch auch noch vom Krebs geheilt würde.

Na gut, dann vielleicht, bin ja kein Unmensch.

Abends im *Cubix* Premiere von *Lautlos* mit Joachim Krol und Nadja Uhl, deren für fünf Sekunden nackte Brüste das Schönste an diesem Film darstellen. Unglaublicher Schwachsinn ansonsten. Keines weiteren Kommentars würdig. Das Drehbuch hat ein Filmkritiker geschrieben, weshalb? Und weshalb hat so eine Scheiße vier Förderungen bekommen? Einziger Lichtblick ist Christian Berkel, der sein Bestes gibt. Warum macht X-Filme mit sowas seinen guten Namen kaputt? Ich begreife heute mal wieder gar nichts.

Tom wiedergesehen, nach genau einem Jahr. Seine Freundin Marie seh ich auch zum ersten Mal. Die hat er zum ersten Mal getroffen an jenem Abend vor einem Jahr, als er vorher mit Su und mir im Oki essen war. Tom wirkt trotz Jetlag sehr entspannt, lebensfroh, positiv ausgelastet. Am 3. August beginnt der Dreh zum *Parfüm* in Kroatien und Frankreich. Er äußert sich nochmal sehr lobend zu *Kill Bill 2*, den ich so gerne schon gesehen hätte, aber ich darf ihn nicht alleine sehen, Bea hat mir sonst Schläge angedroht.

Ich könnte ihn mir ja trotzdem ansehen, alleine, nichts davon sagen und dann mit Bea ein zweites Mal. Aber sowas – und das erstaunt mich selbst – fände ich schlimm, beziehungsmoralisch gesehen.

Bin früh nach Hause, kam am Hermannplatz beim Warten auf die U7 ins Plaudern mit einer Frau, die schließlich erzählte, sie habe gerade einen furchtbar schlechten Film gesehen.

«Ich auch.»

«Am Alexanderplatz.»

«Ich auch.»

«Lautlos?»

«Genau.»

Die Frau arbeitet bei der Drehbuchentwicklung/förderung, so genau hab ichs nicht mitbekommen, wer weiß, wozu das noch gut ist. Sie kannte alle meine Verfilmungen und Drehbücher, mich erkannte sie nicht, ich stellte mich erst am Schluß des Gesprächs vor.

Übrigens sagte sie noch, daß *Lautlos – der Film* durch die Schauspieler sehr hochgehoben worden sei. Sie kenne *Lautlos – das Drehbuch*, und das sei wirklich bodenlos gewesen.

Nette Begegnung.

Zuhause fällt mir ein, daß ich wahrscheinlich nicht mehr erleben werde, daß noch mal ein Skript von mir verfilmt wird, während solch talentfreier Abschaum Fördergelder verjuxen darf, das ist so erbarmungslos unfaßlich, aber ich mußte allen Ernstes schmunzeln darüber, wie über eine sehr gelungene tragische Figur.

So weit weg von mir wie nie zuvor.

✧

Bei der Arbeit an den Hunden habe ich durch einen simplen Trick das allerletzte Plot-Problem beseitigt, nämlich den traurigen, deprimierenden Tod Colas, der ja nicht deswegen traurig ist, weil der alte Cola stirbt, sondern weil er mit falschem Schuldbewußtsein stirbt. Er tötet zwar – unbeabsichtigt – zwei fiese Menschen, rettet dadurch aber, was er nicht weiß, drei freundliche Hunde. Im Jenseits wird er sofort die Zusammenhänge kapieren und erleichtert sein, nur muß man den Leser darauf hinweisen, diskret, im Text des Orakels. Daß ich da vorher nicht drauf gekommen bin. *Gehirnerschütternd,* würde Kaff sagen.

23. April, Freitag

Lustiges Phänomen: Kommentare zu älteren Tagebüchern im aktuellen Tagebuch, so in der Mail von Daniel:

Venedig war schön. Etwas verregnet, aber doch lohnend, wie immer. Ein Nachtrag übrigens, ich glaube zu Deinem August- oder September-Tagebuch. Du betrachtest da, vielleicht sogar ohnehin in Venedig (deswegen fiel es mir gerade ein) einen Keuschheitsgürtel und fragst Dich, wie man so etwas je tragen konnte, ohne Verletzungen und tödlich septische Infektionen. Die Antwort: Du hast recht, man konnte nicht. Nach neuen Forschungen wurde nie ein Keuschheitsgürtel getragen. Die Dinger, die in den Museen gezeigt werden, sind Folkloregegenstände, die keine Frau je anwenden mußte. Mit den Gürteln ist es wie mit dem Jus primae noctis; – Mythen der frühen Aufklärung.

Habe am Nachmittag die Bude saubergemacht. Das Tagebuchprojekt begann am 1. Mai mit einem Großputz, da wurde es mal wieder Zeit. Kreise schließen.

Lustiges Phänomen, Teil 2: Mail von Franz Dobler, der heute morgen in einem «See aus Chaos, Stress und Streit» blind in ein fremdes Bücherregal gelangt und meinen *September* erwischt hat. Darin zu lesen seien glückliche Momente gewesen. Zwei Stellen über Musik hebt er hervor und endet: *von e-musik hab ich ja immer noch nur eine ganz beschränkte ahnung. und in diesem leben wirds wohl auch nicht mehr mehr werden. das zeigst du mir dann im andern leben mal genauer …*

Klingt etwas moribund, soll ich fragen, obs ihm gut geht?

✧

Seit heute gibt es in Berlin 90 sprechende Mülleimer. Wenn man etwas hineinwirft, sagt er: *Danke, knorke von dir.*

Hübscher T-Shirt- Aufdruck: *Ich bin schizophren* – auf dem Rücken: *ich auch.*

✧

Die Vielfalt des Denkens, die Breite des inneren Spektrums, die zwangsläufig zu Widersprüchen führt.

Ein komplexer Geist beherbergt mehrere Parteien in sich, die einander bekämpfen.

Einnehmender, appetitlicher für die Gegenwart sind eindimensionale Gestalten, die sich eindeutig vorstellen, als so und so beschaffen. Schnell zu verdauen, einzuordnen, abzuhaken. Leicht genieß- und überwindbar. Man vergißt so oft, daß alles, was man der Welt schenkt, überwunden werden will, erst dann ist das Geschenk keine Bürde mehr.

Was mir gerade noch zu diesem elenden Streifen *Lautlos* einfällt: Selbst der Name *Hermann* ist falsch (Herrmann) geschrieben – und das auf einem Grabstein!

Scharon droht Arafat die Liquidierung an, trotz anderslautender Absprachen mit den USA. Wo soll das noch enden? Scharon – und Arafat auch – böse, alte Männer, mit denen Frieden nie möglich sein wird.

Abends um zehn kommt Su vorbei, präsentiert mir stolz ihr Kind, 359 Seiten Text, 30 Seiten Literaturverzeichnis, danach 160 meist farbige Abbildungen. Überaus beeindruckend. Vor Mitternacht verschwindet sie wieder, geht feiern im Apollosaal der Staatsoper. Habe danach eine Zweilitertüte Eistee geöffnet, zwei Jahre über dem Haltbarkeitsdatum, hab ihn probiert, fand nichts daran auszusetzen – und hab ihn doch lieber in den Ausguß geschüttet.

✧

Zur Nacht nur drei Seiten an den Hunden geschafft, bin inzwischen in Unterird angelangt, tatsächlich sind hier Verbesserungen möglich, aber rein qualitativer, nicht quantitativer Art. Die Hunde dürften keine Seite länger sein. Die Seitenzahl entspricht exakt der Substanz des Stoffes. Dafür muß man ein Gespür entwickeln. Kann von Glück sagen, daß ich inzwischen zu jenen Künstlern gehöre, die spät noch gelernt haben, hier oder da mal einen kompletten Block rauszuschmeißen. Ich kenne übrigens in der gesamten Literatur kein 900-Seiten-Buch, das nicht sinnvoll um 10 Prozent eingedampft werden könnte, auch *Melodien* nicht.

✧

gestern trugen wir noch laub.
manchmal auch ein vogelnest.
heute zu papier gepreßt,
sind wir übermorgen staub.

was auf uns geschrieben steht,
wissen jene, die uns lesen,
baum und buch sind wir gewesen,
staub, vom wind umhergeweht,

sind wir bald, ein hauch, mehr nicht.
regen reißt uns tief hinab,
mischt uns mit dem staub im grab

eines, der vielleicht uns las,
gar schrieb, die mischung hätte was –
und im himmel wär mehr licht.

24. April, Samstag

Mail von An. Frische Impression aus NYC:

Heute Morgen fuhr die Queen Mary 2 vor meinem Fenster vorbei. Umkreist von Hubschraubern. Längstes, höchstes, und breitestes Passagierschiff der Welt. Wieder so ein Moment, in dem man sich die die Zunge so leicht verkühlt. War gestern in der Met. «The Rhinegold» Tolle Plätze. Inszenierung ziemlich «Old-Fashioned» aber so blieben die Sinne frei für die Musik. (Fast ein bisschen B-Movie-like mit Spezialeffekten Marke «Raumschiff Orion» …) 1. Szene – Ein durchsichtiger Vorhang, mit glitzernden Fäden darin, verwandelte die Bühne in den düster – schimmernden Rheingrund. Die Schwestern feist, aber süß! Rhinegold, Rhinegold! Ihr flirrender Gesang drang bis in meine Träume heute Nacht. In den ersten Sekunden, dunkle Streicher … aber im Publikum lautes Gemurmel, ein fast zweiminütiges Hustkonzert, als müssten nun alle für 2 1/2 Stunden die Luft anhalten, rascheln, knistern … es haben nur die Popcorn-Tüten und Eisverkäufer gefehlt. Das gleiche nach der ersten Stunde. Die Frau neben mir. No Intermission? Oh my god! Excuse me … I'm so sooary … excuse me … excuse me … *sie war nicht die einzige, die sich nach knapp einer Stunde aus den Reihen gemüht hat. Vorne löst sich Alberich unter seinem Tarnhelm in einer Rauchwolke auf … und vor Dir stehen die Reihen auf …* Excuse me … I' m so soarry (ja doch!!! Ruhe!!!!) *Hab geschmunzelt. Goldig auch die Übersetzung in roten LED-Lettern in der Lehne*

Deines Vordermannes. Wellgunde singt zu Alberich Ich rate Dir wohl: Zu mir wende Dich, Woglinde meide! *Und zu lesen ist:* Forget my sister! *Und das Beste: Ende der letzten Szene, der Vorhang fällt und ungefähr 80 Prozent der Anwesenden stehen auf und gehen, ohne Applaus … Dialog mit meinem Nachbarn:* Didn't they like it? Oh … no, no, that's usual, they try to catch the train to Connecticut …

Beatrice meldet eine Anfrage von Suhrkamp, ob ich eine Auswahl der besten Gedichte Robert Gernhardts editieren möchte. Er selbst habe mich dafür vorgeschlagen. Blicke da nicht recht durch – für meinen ihm zugesandten letzten Gedichtband hat er mir nie gedankt. Hab aber gleich zugesagt. Selbstverständlich.

In der Post das Drehbuch zum Parfüm. *Perfume.*

Su beschwert sich, daß ich in letzter Zeit so oft krank bin, daß man mit mir nichts mehr unternehmen könne etc … Angeschnauzt, redet sie sich auf einen Scherz hinaus. War wohl auch einer.

Den ganzen Tag zuhause. Die Kolumne zu *Daphnis und Chloe* geschrieben. Nebenher *Genial Daneben* geguckt. Die Nase öffnet sich langsam wieder, habe ein selbsterdachtes Rezept mit Gyros, Auberginenpuree, Eierspätzle und ungeheuren Mengen durchgebratenen Korianders ausprobiert. Schock, als ich merke, daß ich eine unvollständige Fassung der Hunde bearbeite, dank Beatrice läßt sich aber alles wieder hinbiegen.

Kill Bill ist die schönste DVD, die ich je zu Gesicht bekam. Uma Thurman im gelben Dress vor gelbem Hintergrund – toll. Das Rot des Covers für die Hunde gefällt mir nicht mehr. Orange wäre besser.

Wann soll man sich ein Urteil über einen Film bilden? Beim ersten Sehen? Beim zweiten?

Ist ein Film, der beim zweiten Sehen zerbröselt, schlecht, obwohl er beim ersten Sehen überzeugt hat? Und wenn er erst beim fünften oder zehnten Sehen zerbröselt? Nein, die Urteilsfindung wäre ja nie zu Ende. Also: Kein Film ist schlecht, solange er einem wenigstens einmal gefallen hat.

✧

Bin in den Hunden bis Seite 111 gelangt – habe kaum ernsthaft nachbessern müssen. Wenn ich mich darin täuschen sollte, müßte ich mein ganzes Leben auf den Müll schmeißen. Dabei – wenn ich mich nachts an den Schreibtisch setze, dann unter schlimmen Beklemmungen, so tief sind meine Wunden, so schwer wiegt meine Angst, zu erkennen, daß ich falsch lag.

Bin schwer sentimental. Wühle in schönen Momenten, schäle Schokolinsen aus Hülsenfrüchten, die erst jetzt, so spät, ihren Zauber verströmen. Mit zwanzig, morgens, wenn ich mit dem Schreiben fertig war, fuhr ich manchmal mit der ersten S-Bahn nach Germering, paßte Beatrice an der Haustür ab und schenkte ihr eine Palette Joghurt, die ich soeben frisch vom Supermarkt gestohlen hatte. Oder eine Rose, aus dem Gemeindegarten heimlich gepflückt. Sie fuhr in die Arbeit, ich fuhr heim und ging schlafen und dachte daran, wieviel noch vor uns liegt, so viel. Und daß Beatrice bestimmt bald nicht mehr in die Arbeit würde fahren müssen. Wie glücklich diese Zeit in der Nachbetrachtung wird. Sie war es auch, nur haben eben kleine Gegenwärtigkeiten, Widerwärtigkeiten die Unart, sich so aufzuplustern, daß man während des Glücks zu wenig von ihm mitbekommt.

25. April, Sonntag

Mir gehts besser. Nase offen, keine Kopfschmerzen, draußen Sonnenschein – und ich stampfe in die Falle, laufe in kalte Winde, setze mich dem Zug der U-Bahnschächte aus, huste so stark, daß ich danach Mühe habe, die Lunge wieder hinunterzuschlucken.

Aus der Sonntags-FAZ: ***Dichter sterben jung.*** *Dies zeigt eine Studie der Californian State University in San Bernhardino. Der Psychologe James C. Kaufman vergleicht darin die Lebenserwartung bekannter Schriftsteller und kommt zu dem Ergebnis, daß Poeten im Schnitt 62,2 Jahre alt werden, Dramatiker dagegen 63,4 Jahre, Romanciers 66 Jahre und Sachbuchautoren 67,9 Jahre. «Das Bild des Dichters als verzweifelte und tragische Figur, dazu verdammt, jung zu sterben, konnte wissenschaftlich erhärtet werden», schreibt Kaufman.*

Ob das nicht einfach damit zusammenhängt, daß sich die einzelnen Berufsgruppen unterschiedliche Mengen Alkohol leisten können, bevor mans ihren Erzeugnissen anmerkt?

Würde ich die Walküre dirigieren, auf jeden Fall kämen die Takte vor Wotans letztem Wunsch (*Wer meines Speeres Spitze fürchtet, durchschreite das Feuer nie*) pianissimo, fast in eine Stille hinein, die schwer zu ertragen wäre.

Den zweiten Akt würde ich um 15 Minuten kürzen.

Ich weiß, das darf man nicht, aber das bedeutet nur: heute und hier noch nicht. Monteverdi-Opern kürzt man ja auch nach Bedarf.

Und ich würde nicht dirigieren, ohne auch Regie zu führen. Das erste Hojotoho so zu inszenieren, daß es nicht lächerlich wirkt, daran muß sich eine gute Inszenierung messen lassen.

Das Märchen vom Schatten als Opernlibretto? Das könnte eine gute Idee sein für viel dunkle, magisch-silbermondfarbene Musik. Wie ich mich darauf freue.

✧

Auf der letzten Buchmesse eine Anekdote über vollendete Schlagfertigkeit erlebt, die ging so: Sehr spät sitzt an einem Tisch eine Frau mit Brille. Kommt ein schwer angetrunkener Mann zu dem Tisch, beugt sich herab und fragt: *«Sagnsemal, ham Fraun mit Brille eigentlich auch maln Orgasmus?»*

Schaut die Frau zu ihm auf und erwidert: *«Wenn ich keinen krich, nehm ich se ab.»*

ich habe gegen windmühlen gekämpft und ganz beachtlich abgeschnitten.

seinen wert kann man unter anderem daran ablesen, wie ausgewogen man bejubelt und bekämpft wird. fällt dir die gegenwart vor die füße, bist du für die zukunft uninteressant.

das heiße zucken im rückenmark, wenn man bemerkt, etwas irgendwo liegen gelassen zu haben.

und die strenge kälte im kopf, wenn man einsehen muß, daß es für immer verloren bleiben wird. die scham über eigene unachtsamkeit. ein halbes jahr lang macht man sich über den verlust gedanken, stilisiert ihn, wo man von ihm lassen müßte.

seltenes phänomen: nach einem halben jahr taucht der verlorene gegenstand oder satz oder sonstwas wieder auf und erweist sich als gar nicht so toll – dafür müßte ein eigenes wort geschaffen werden, für diese empfindung zwischen erleichterung und enttäuschung.

✧

Die rechte Hand nimmt das gefüllte Glas und hebt es ca. 35 cm über Tischspiegelhöhe.

Die Unterlippe berührt den Rand des Glases, während die Hand es in einem Winkel von etwa 30° in Richtung der eigenen Nase kippt. Die Zunge schiebt sich ein kleines Stück ins Innere des Glases hinein, bis sie an der Spitze befeuchtet wird. Gleichzeitig spannt sich die Oberlippe und ermöglicht dem Wein das Eindringen in die Mundhöhle Die Zunge legt sich gerade und dient dem eingedrungenen Wein als roter Teppich, auf dem er in den Rachen gelangt, wo er, durch Schluckbewegungen portioniert, in den Kehlkopf hinabrinnt.

Diese Übung wird mehrfach wiederholt, bis sich geistige Entspannung einstellt, welche langsam in physischen Kontrollverlust übergeht. Sobald die rechte Hand das Glas auf dem Tisch nicht mehr findet, nicht mehr ins Ziel bringt, und auch die linke Hand nicht helfend einspringen kann, wird, soweit noch möglich, das Licht gelöscht und ein Platz gesucht, möglichst in Gestalt eines Bettes, auf dem die kommenden Stunden traumlos verschlafen werden.

Ich sollte dir doch meinen Tagesablauf schildern.

Letztes Jahr, während der Vollendung des UC, spürte ich die sozusagen weiteste Ausdehnung meines Reiches, war das Double von Traianus. Nun – Exil, Krankheit, Angst, Verfall, Verrat, gehört alles dazu. Um es genießen zu können, muß man den Blick von außen auf sich haben, und in sich nur noch pro forma sein.

Pro forma, im wahrsten Sinne des Wortes, hübsch, das gefällt mir, heitert mich auf.

Schrieb nachmittags ein Lied im Particell, das ich mit siebzehn komponiert und mit neunzehn verworfen habe. Die Vertonung von Nietzsches «Venedig» für Sopran. Ich wußte noch jede Note der Gesangslinie. Jetzt, mit einer neuen Begleitung von Harfe und Flöte, gefällt es mir ganz gut, mehr noch, es wirkt sonderbar eigen und reif, obwohl die Tonsprache nicht eben umstürzlerisch daherkommt, so zwischen Mahler und frühem Berg. Irgendwann hat man sich mal entschlossen, das alles wegzuschmeißen, als reinigenden Akt. War vielleicht überzogener Hygienefimmel.

✧

obs nicht angebracht sei, fragt mein innerer pikbube, die herzdame bei der hand zu nehmen zum sprung über die letzte kante ins freie, als krönenden abschluß? elegant wärs, souverän, dem alter die lange nase zu zeigen, sich all dem elend schlicht zu entziehen. verkaufsfördernd wär es ja auch, der legendenbildung zuträglich. und wäre doch verrat an dem, was die pikkönigskunst so eindringlich gepredigt hat. die kunst ernstzunehmen, solange man sie betreibt, sie heiter zu nehmen, hinterher, als leichtentzündlich, schnell vergänglich – während jeder tag, den man erleben darf, ein stolzes schloß in der provence aufwiegt.

Idioten, die früher sterben, um ein wenig länger im Gespräch zu bleiben.

Soweit darf Inszenierung nicht gehen. Eine echte Flucht – ja. Reine Drückebergerei – nein.

Den eigenen Tod ins Leihhaus bringen, um dafür ein paar Jährchen zu bekommen. Wers nötig hat. Wo etwas aus Gefallsucht geschieht, sind die Grenzen meines Verständnisses schwer verletzt. Umso peinigender, wenn naive Jugendliche sich genau solche Typen zu Vorbildern wählen.

Wichtig ist, während man auf etwas hofft, bereits etwas anderes in Arbeit zu haben, auf daß sich die Krankheit Hoffnung sogleich übertragen, in irgendein neues Exil retten kann.

Das Schaffen, einst als Blitzkrieg begonnen, verwandelt sich immer mehr in ein Rückzugsgefecht.

quer über stirn und beide backen geschrieben steht ihr die bosheit.

man beachte die virtuose abfolge der konsonanten s, b und t.

Parallel zu Unter den Linden gibt es die winzige *Rosmarinstraße.* Warum, frage ich mich, werden so selten Straßen nach Früchten oder Gewürzen benannt? Damit sie nicht mit kolonialistischen Handelswegen verwechselt werden? Als ich Su darauf ansprach, meinte sie lachend, langsam hätte ich wohl wirklich alle Themen durch.

Naja.

Su hat mich drauf aufmerksam gemacht: Giovanni Ribisi heißt übersetzt Johannes Johannisbeere.

✧

pinkrocktusse im cabrio, mit handy am ohr,
überfährt einen hoffnungsvollen jungautor.

geht nicht. warum nicht?

irgendein gutmeinender setzergehilfe in der druckerei würde immer *punkrocktusse* draus machen.

✧

Das Tagebuch ist, selbst wo es lügt oder beschönigt, die wahrhaftigste Form von Literatur. Ein Tagebuch wie das von Samuel Pepys – täglich nur einige Zeilen – hat alle Romane jener Zeit hinter sich gelassen. Was mir auffiel – auch er hat mit 28 begonnen, Tagebuch zu führen, wie ich und viele andere auch. Scheint ein Alter zu sein, indem man Rechenschaft über sich abzulegen nötig glaubt.

Meines wird Aufschluß über zwölf Jahre meines Lebens geben, ausschnittsweise wenigstens, ich weiß noch, daß ich, als ich damit begann, glaubte, die kommenden zwölf Jahre wären die entscheidenden, danach wollte ich in Rente gehen, weil so viele Vorbilder ab ihrem 40. Lebensjahr nachließen, sich wiederholten, sich in Routine verfingen. Dies ist kein Naturgesetz, aber alles hat seine Zeit, und daß ich meine so vorgreifend und freiwillig beschränkt habe, scheint mir ein Zeichen von Demut zu sein, welche ich bei zuvielen anderen Autoren vermisse.

✧

Man kann darauf hoffen, daß man nur langsam schwächer wird, langsamer als man vorher besser geworden ist.

Die Zukunft wird mich vom Störenfried zur Requisite erheben, und es ist wohl das einzige nicht peinliche Verfahren, sich in diese Ordnung der Dinge zu schicken, bevor man zum Clown degeneriert. Ich sehe zum erstenmal junge Autoren, die mich wie ein vorgefundenes Monstrum behandeln, das man überwinden muß, um selbst ans Licht zu drängen.

Sehe, wie wenig Zeit dazu nötig ist, Barrieren aufzubauen.

Nachts heldenhaft ausufernde Anstrengungen unternommen, das Kapitel 65 im zweiten Buch der Hunde komplexer zu gestalten. Was ich versuche, ist lobenswert, geht indes auf Kosten des schnellen Rhythmus. Die wahrheitsgemäße Synchronisation einer gefälschten Übersetzung nachzuliefern, das drängt sich als Ziel geradezu auf, ist dabei nichts wirklich Neues, vielleicht sollte ich das Resultat hier, im allesfressenden Tagebuch abheften, e basta cosi. Aber noch kämpfe ich.

26. Aprikl, Montag

Der Tag beginnt um halb neun Uhr morgens damit, daß der Boden der Wohnung über mir abgeschleift wird, hört sich nach mittlerem Erdbeben an und zieht sich über Stunden hin.

Daß neue Mieter immer zuerst die Böden abschleifen müssen, wo gründliches Schrubben vollauf genügen würde, nervt. Wenn diese Tusse da oben mir Bescheid gesagt hätte, hätte ich woanders übernachtet – so: kaum Schlaf – und morgen sind die Sprechaufnahmen zu den Amouren.

Hab mich vertippt und statt April *Aprikl* erschaffen, das werd ich nun nicht mehr so schnell los. Klingt prickelnd und fruchtig, bißchen jiddisch. Wir haben Aprikl. Für die meisten Ohren hört sich das vermutlich einfach nur doof an, aber manche werden mich auch verstehen.

Plötzlich ist das Problem mit Kapitel 65 gelöst. Alle Versuche, die beiden Lesarten ineinander zu schrauben, gerieten zu klumpig. Jetzt kommen sie hintereinander, aber mit Perspektivwechsel, wodurch die Figur des Max zugleich an Kontur gewinnt. Ideal.

Hole Bea um 14 Uhr vom Flughafen ab. Sie begrüßt mich mit einer verballhornten Stelle aus Strauss' Ariadne: *Ei ei ei, der Depp!* Schöne Spaziergänge bei leichtem Regen und schwerem Gelächter, ich fühle mich ganz erlöst, das neue Cover zu den Hunden trifft ein, sieht besser, viel besser aus. Die Lieder dagegen hören sich auf CD viel dünner an als live. Die Mikrophone waren zu nahe beim Sänger, das Klavier taucht etwas ab. Mist.

Abends endlich *Kill Bill 2. Kill Bill 1* ist ein sehr romantischer Film, mit dem Keim einer großen Liebesgeschichte. Eine Art Neuerfindung des Kinos mit den Mitteln unverstellter Ur-Emotionen: Rache, Schuld, Liebe, Haß, in einem kindlichen Ernst, der erreicht wird, indem die Ironisierung und Ästhetisierung konsequent auf die Spitze getrieben wird. Man sieht diesen Film, wie man als Sechsjähriger mit Plastiksoldaten gespielt hat, vollkommen eingesponnen im Kokon der Phantasie, der naturgemäß mit Zitaten möbliert ist. Dank des erwähnten kindlichen Ernstes werden anachronistische Tugenden plausibel, z. B. der fast ritterliche Respekt gegenüber dem Gegner, den man in einem zeitgenössischen Ambiente außerkitschig nicht mehr für möglich gehalten hätte. War KB 1 durch und durch stringent, sind im zweiten Teil deutliche Längen hinzunehmen. Die Musik ist lang nicht so umwerfend wie im ersten Teil.

Im Grunde ersehnt Bill nichts anderes, als von der Hand seiner großen Liebe zu sterben. Dazu muß Kiddo sich würdig erweisen, muß den langen Weg der Prüfungen gehen. Jedes Opfer ihrer Rache ist eine erklommene Stufe der Bewährung. Eine Art Tugendpfad der Shaolin. Bill stirbt, mit großem Stolz auf sie. Man begreift im Rückblick, daß aus seiner Sicht das Hochzeitsmassaker gerechtfertigt war: Er wollte die große Kriegerin vor den Niederungen der Bürgerlichkeit bewahren. David Carradine spielt fantastisch – und wird ohne Anstrengung sympathisch.

Selbst Bills Untergebene zeigen Momente der Einsicht in höhere moralische Ordnungen, denen sie sich zwar entgegenstellen, aber erst, nachdem sie sich mit der Anerkennung deren Existenz entscheidend geschwächt haben. Aber das ist vielleicht eine Spur zuviel hineingedacht, denn der Film ist eben alles, nur nicht tiefsinnig. Alle drohenden Tiefenschichten wurden hier ausgespachtelt und nebeneinander auf ein und derselben Oberfläche ausgelegt. Rein horizontale Komplexität. Großes Panoptikum. Dennoch bleibt er weit hinter *Kill Bill 1* zurück. Er ist, im Gegensatz zu dem, was die Kritiken sagen, deutlich gewalttätiger als der erste Teil. Die Sargszene zum Beispiel ist gewalttätiger als alle hübschen Kunstblutfontänen in Teil Eins zusammen. KB2 ist zerfaserter, geschwätziger, schreit nach Kürzungen. Die Szene mit Esteban ist nett, aber unnütz.

Unbefriedigt ließ mich auch die Geschichte von Bills Bruder Budd. Unerklärt, wieso er, vom Pfad abgewichen, als White Trash im Trailer dahinvegetiert, eine fleischgewordene Dauerselbstdemütigung, wo er doch im Umgang mit Hanzos Schwert vertraut gewesen sein muß. Für einen nur scheinbar Geschlagenen, der sich hinter der Loserfassade verbirgt (dafür sprächen der Cash-Song *Satisfied Mind* und die Tatsache, daß er Hanzos Schwert eben *doch nicht* verkauft hat), ist er wiederum zu geldgierig. Und er müßte nicht mit diesem obszön ekligen Bierschlürfer Ernie zusammenarbeiten. Da stimmt was nicht. Und weshalb will er Kiddo auf so grausame Weise umbringen? Und warum schenkt er ihr eine Taschenlampe? Doch nur auf Befehl des Regisseurs, damit wir Bilder aus dem Sarg bekommen. Billig.

Elle Driver, alias Daryl Hannah, ist eine vulgäre Kuh, die nicht zum Rest von Bills Haufen passt, die man besser aus dem ganzen Film rausgelassen hätte. Ihre Rolle hat weder Klasse noch Notwendigkeit noch Sinn. Daß so eine Schlampe den großen Meister Pai-Mei so einfach vergiftet hat, mag man zähneknirschend als lebensnah akzeptieren, auch wenn der Film sonst Lebensnähe eher aus dem Weg geht. Aber daß Meister Pai-Mei so ein Stück Dreck als Schülerin akzeptierte, auch, daß Bill offensichtlich ein Verhältnis mit ihr hat – nein, da knirscht es nicht in den Zähnen, sondern im Gebälk. Tarantino hat zuviele Bälle geworfen, das Netz zu weit ausgespannt, war danach gezwungen, zuviel zu erklären, zu verknüpfen. Und der gesamte Schluß nervt mich auch. Eine Versöhnung mit Bill wäre viel logischer. Eine wiedervereinte Killerfamilie. Denn Bill hat Kiddo ja vorgelebt, daß man durchaus Killer-Mistkerl und dennoch guter Vater sein kann.

So, mit diesem Mutter-Kind-Löwin-Löwenjunges-Kram ist es fast – bieder ... Für Tarantino seltsam deutlicher Anschlußfehler übrigens, wenn Bill seinen letzten Schnaps trinkt: er stellt die Flasche mit dem Etikett (*tres irgendwas*) zur Kamera, im nächsten Bild ist das Etikett nicht mehr zu sehen.

✧

Könnte heute nacht theoretisch mit den Hunden fertig werden, also mit meinem Werk, wie es seit Jahren geplant gewesen war, was sich pathetisch anhört, aber eher buchhalterisch klingen sollte. Ungefähr 1996 habe ich alle seither verwirklichten Projekte absehen können und auch beschlossen, neun Jahre im voraus. Neu hinzukam nur die Erzählung, die nächstes Jahr erscheinen wird. Jetzt ist mein Terminplan leer. Chance, etwas ganz Neues zu machen.

Vielleicht ein Sommer. Endlich ein Sommer ohne Verpflichtung. Den letzten dieser Art genoß ich mit dreiundzwanzig, 1986. Fand ihn langweilig.

Der aus dem Rückblick lächerlich fragile Zauber einiger Nächte mit zwanzig, die groß gewesen sind, egal, wie gering ich sie zwischenzeitlich beurteilt habe. *Zwischenzeitlich* ist ein sehr breites Wort mit nur zwei Vokalen.

der puff damals in germering, planeggerstraße. 1981. bernhard und ich, wir saßen nachts auf dem gehsteig davor, näher ans begehrte gebäude reichte unser geld nie ran. wir sahen neiderfüllt allen typen zu, die den laden betraten, und manchmal, wenn die freier wieder rauskamen, verdienten wir uns trinkgelder, indem einer, meist ich, die hundert meter zur telefonzelle spurtete und denen ein taxi rief, während der andere, meist bernhard, den freier bequasselte. einmal gab es für jeden von uns fünfzig mark. wir hätten das geld zusammenlegen und drum würfeln können, wer mit dem hunderter hineingehen und sein erstes mal haben dürfte. wir investierten es lieber in bier und kippen. das war im rückblick vernünftig.

für einen hunderter hätte ich im selben jahr die geile doris ficken dürfen, sie lud mich dazu ein, nannte klipp und klar ihre taxe. aber hundert mark waren zuviel geld für eine wie sie. obwohl. sie war hübsch, gut gebaut, und ich habe in jener zeit oft viel mehr geld an spielautomaten verloren. das wissen um die vergebene möglichkeit *doris* verdoppelte jede dieser niederlagen. sie ging mit einem fünfundzwanzigjährigen, der ihr kleider kaufte und schmuck, aber für einen hunni wäre sie sich nicht zu schade gewesen, auch vor mir fünf minuten lang die beine breit zu machen. ich bin froh um diese erfahrung. keine der mädchen meines jahrgangs war ihr auch nur ähnlich. und es ist viel besser, daß ich an jenem nachmittag nicht bei ihr ankam, mit meinem hundertmarkschein. vielleicht hätte sie einen rückzieher gemacht, kalte füße bekommen und mich dumm dastehen lassen. so aber kann ich mir vorstellen, wie es gewesen wäre, und es ist verdammt gut so, wie ich es mir vorstelle, viel besser vermutlich als es gewesen wäre, selbst wenn es ziemlich gut gewesen wäre.

ich weiß schon, warum sex in meinen werken eine so wichtige rolle spielt. weil er im leben eine so wichtige rolle spielt. ob man ihn gehabt hat oder nicht, ist zweitrangig. entscheidend ist, *wie* man ihn gehabt hat, oder eben nicht.

27. April, Dienstag

Eben in Kreuzberg kam mir ein erregter bärtiger Radfahrer entgegen, der laut schrie, während er strampelte: *Ich bin ich! Ihr könnt alle verrecken!*

Aha, dachte ich. Spätentwickler. Was er rief – so unsympathisch das klingt, aber im Werden jedes Individuums ist das ein wichtiger notwendiger Einschnitt, mehr sogar, eine erste Reifeprüfung und Errungenschaft – der Verzicht auf jede Selbstunterordnung. Der Befreiungsschlag. Die Lust und der dazu gehörende Mut, sich zum Mittelpunkt der Welt zu erklären. Bruch mit allen tradierten und anerzogenen Werten, Gesetzen, Heiligenbildchen und Maßregelungen. Hatte ich etwa mit vierzehn, angefeuert von Nietzsche. Erst von diesem Punkt aus, von Null an sozusagen, beginnt autarkes Denken, das sich später ohne Schande mit der Welt und ihren größeren Bildern auch wieder versöhnen, den großen, wahren Gesetzen unterordnen kann.

In der Markthalle hat Beatrice ihr Paradies gefunden: Den Trockenfruchthändler, der mit Sauerkirschen und sogar Blaubeeren handelt, beides sehr selten geworden. Sie kauft den halben Laden auf, u.a. Physalis, Ananas, Preiselbeeren, Berberitzen und Papaya.

Um 13 Uhr treff ich mich mit Su, für die Sprachaufnahmen bei Conde. Meine Stimme hält grade so eben, klingt rüde-animalisch-schwülstig mit vielen kleinen Backenschmatzern, aber wir sind froh, daß wir überhaupt einen kompletten und zufriedenstellenden Durchlauf geschafft haben. Conde hat gute Arbeit geleistet und echte Studioatmosphäre verbreitet. Su war hervorragend. Tolle Mikrophonstimme. Bin glücklich und zufrieden.

Danach mit Bea auf den Türkenmarkt, dutzende Schalen Schafskäsecreme in ebensovielen Geschmacksvariaten gekauft.

Der Veranstalter der Urlesung von *Unser Lied* in Hamburg rief an, die Veranstaltung sei ein *voller Erfolg* gewesen, leider nicht sehr gut besucht (50 Leute). Keine Zeitung hat darüber berichtet. Voller Erfolg ... so sieht er heute aus. Konnte mich plötzlich zurückerinnern, wie ich eine erste positive Kritik in einem Stadtblättchen als *vollen Erfolg* gewertet habe.

Schultze gets the Blues ist um zehn vor acht bereits ausverkauft. Wir hetzen vom Yorck zum Rollberg, wo *Das große Rennen von Belleville* läuft. Beschert uns den Ausklang eines fast perfekten Tages. Genialer Zeichentrick, dem erst im letzten Fünftel ein wenig die Luft ausgeht. Ganz groß gezeichnet, ein bißchen im Stil von Diener&Molosowsky, skurril, grotesk, originell, ohne Rücksicht auf Massengeschmäcker und Kassengesetze. Bilder, die sich bestimmt auf Jahrzehnte in die Erinnerung stanzen. Unglücklich gewählt ist der Titel, der einen glauben macht, es käme was über ein Radrennen in einer französischen Provinzstadt, was nicht arg einladend klingt.

In zwei Tagen zwei tolle Filme. Warum gibt es zur Zeit

so viel Geniales in der Welt, das dazu nicht einmal von mir stammt? Man fühlt sich überflüssig.

Telefonat mit S. Stimmung dahin. Blöder Streit. Man kann mit Telefonhörern nicht knallen wie mit Türen. Hier ja, aber drüben macht es einfach nur *Klick*. Unbefriedigend für den Moment, aber für baldige Versöhnungen hilfreich.

Um Mitternacht noch *Ein Mann in Nöten (Rien sur Robert)* von Pascal Bonitzer im BR.

Seltsam palavernde Problemkomödie von 1998 mit ganz banalen neben sehr intensiven Szenen von verbalsexueller *Unbekümmertheit,* was ein großväterlicher Begriff ist, aber alle anderen, *Derbheit, Schonungslosigkeit, Radikalität, Offenheit, Provokanz* oder *Härte* treffen viel weniger und klingen noch blöder. Niemand wird *geschont,* wo so etwas weggelassen wird, es ist auch nicht *derbe* gemacht, im Gegenteil, *offen* ist zu neutral, *provoziert* soll niemand werden, nichts Natürliches kann je *radikal* genannt werden, *hart* ist Arbeitslosigkeit oder Impotenz. Aber es muß einen besseren Begriff geben. *Freizügigkeit* vielleicht? Nein.

Etwas zwischen akustischem Exhibitionismus und unnotwendiger Ehrlichkeit. Ohne daß es *aufdringlich* genannt werden könnte.

✧

soll ich unzufrieden sein?
soll ich halbzufrieden sein?
soll ich selbstzufrieden sein?
womit?

ab wann?
wem zuliebe?
ist das nicht einerlei?

Inmitten dieser so unreifen Menschheit dem Erfolg hinterherzujagen, den Beifall der Menge einem persönlichen Glück vorzuziehen, das widert mich, je älter ich werde, immer mehr an.

Oder die Geldfrage – ich verstehe Fußballer nicht, die drei Millionen im Jahr bekommen und den ihnen lieb gewordenen Verein verlassen, nur weil sie woanders vier Millionen bekommen, das ist so schwach und widerwärtig. Bestes Beispiel: Lizarazu verläßt den FCB, weil der ihm zwanzig Prozent weniger Gehalt zahlen will. Das ist bei einem Fünfunddreißigjährigen doch keine Beleidigung. Warum hat ein Fußballer von der Größe Lizarazus, der alles erreicht hat, alles, nicht die Größe erreicht, das zu akzeptieren, warum wechselt er lieber irgendwohin, wo er doch, sagt er wenigstens, in München sieben wundervolle Jahre verlebt hat?

✧

Amiel: *Die Liebe zum Bösen um des Bösen willen, die im menschlichen Herzen wohnt.*

28. April, Mittwoch

Wir wollen nach Potsdam, steigen dann aber eine Station früher aus und sehen uns den Babelsberger Park an. Selten etwas so Schönes gesehen. Mit seinen vielen Hügeln und Senken, verschlungenen Pfaden und geschmackvoll plazierten Landschaftsarchitekturen, dazu der meist überwachsenen Aussicht auf die Havel, gleicht er einem Märchenwald aus Kindheitsträumen.

In diesem Monat habe ich ja schon die Villa Doria Pamphili in Rom gepriesen, der Babelsberger Park ist von Baumbestand und Aufteilung her ganz anders – und genauso bezirzend, ebenso das neugotische Schloß, das als Kulisse für elisabethanische Filmstoffe dienen könnte. Und wie allein und glücklich wir in diesem riesigen Areal waren, welche Ruhe wir genossen.

Aurorafalter – so zahlreich wie Feuerwanzen.

Später sind wir einer schönen Frau mit Rucksack begegnet, sie suchte Anschluß, zeigte sich seltsam deutlich zu uns hingezogen, ich glaube, ich hätte sie küssen dürfen, einfach so. Aber unsre Ziele lagen in entgegengesetzten Himmelsrichtungen, wir haben einen Moment zu lang gezögert, uns umzuentscheiden, die Wege trennten sich gleich wieder, aber ein Moment, ein rätselvolles Lächeln blieb von dieser Begegnung erhalten. Eitle Einbildung, wird man einwenden, aber Beatrice bestätigte meine Wahrnehmung. *Die Zuneigung einer Fremden* – klingt wie der Titel eines Psychothrillers.

Auf dem Nachhauseweg noch einen Abstecher zum Mattäikirchhof gemacht, wo unter anderem die Brüder Grimm, Max Bruch, der Chemiker Mitscherlich und Napoleon Seyfarth liegen. Wir entdecken auf der sonnenbeschienenen Anhöhe die noch unbenutzte *Ruhestätte Tykwer*. Der Name ist nicht so häufig, hat sich Tom hier etwa ein Fleckchen Ewigkeit gekauft? Und ist es indiskret, ihn danach zu fragen? Oder hier darüber zu schreiben? Nein, ich denke nein. Schließlich wird er da mal viel Zeit verbringen.

Ich würde auch gern wissen wollen, wo mich meine Freunde mal besuchen kommen, man kann ihnen den Besuch ja mit einer hübschen Umgebung versüßen, sich beizeiten ein besonders reizvolles Plätzchen wählen, das ist im Grunde ein Freundschaftsdienst.

Lustiger Grabstein: *Helene Groß, geb. Klein.*

Wir kommen an einem Trödelhändler vorbei, wo es einen cäsarischen Stuhl mit geflochtenem, sichelförmigem Sitz zu einem relativ vernünftigen Preis gibt. Ich wollte sowas immer haben, allerdings weiß ich nicht wozu genau. Dieser Stuhl sieht römisch und edel aus, hat aber keine Lehne und scheint zu niedrig.

Bea: «Der ist nur was zum Regieren. Zum Begnadigen und so.»

Su ruft an und sagt das Kino heute abend wegen Magenkrämpfen ab. Wie kann man, denke ich spontan, Magenkrämpfe dem Kino vorziehen? Nein, als Scherz wär das nicht gut, ich dachte es wirklich eine halbe Sekunde lang.

Wir gehen zu zweit in *Monster*. Unsre Strähne hält. Cineastisch kein großer, aber solider Film, mit fabelhaften Darstellungen durch Charlize Theron und Christina Ricci. Die Figur der Serienmörderin ist präzise ausbalanciert, erweckt genauso viel Mitgefühl wie Abscheu. Der Oscar für Theron war mehr als verdient. Es ist in solchen Fällen oft von Wahrhaftigkeit die Rede. Als ob man täglichen Umgang mit SerienmörderInnen hätte und das beurteilen könnte. Mit Wahrhaftigkeit ist meist nur die Überzeugungskraft gemeint, die eine Figur ausübt. Also die Verführungskraft einer Illusion. Dennoch ist Wahrhaftigkeit kein leeres Wort. Sie entsteht nicht allein durch die Verführung, sondern auch durch eine instinktive Näherung an die Abgründe, die jeder in sich trägt, ob er je an ihnen geschnuppert, sie ausgelebt, oder, wie in den meisten Fällen, erschrocken zugeschüttet hat.

Ich höre ab und an den mir verhaßten Satz: *Wer ist schon unschuldig?*

Meistens äußern ihn widerwärtige Kreaturen in mittelmäßigen Filmen.

Grundsätzlich glaube ich, daß die allermeisten Menschen recht unschuldig sind, gemessen an real vollbrachten Missetaten. Das Gegenteil zu behaupten, hieße, pathetisch zu floskeln und selbstgerecht das Böse in einem zu relativieren.

Theron, alias Aileen Wuornos, wird genau in dem Moment zum Monster, wo sie zu ihrem letzten Opfer, einem hilfsbereiten, ganz unschuldigen Mann sagt: *Ich kann Sie nicht laufen lassen.*

Eine simple, egomanische Lüge, sie könnte ihn sehr wohl laufen lassen, könnte, statt ihn, sich selbst erschießen. Kann eine klare Entscheidung zwischen Gut und Böse treffen. Kein Selbsterhaltungstrieb, nichtmal die vage Liebe zu Selby taugen als überzeugend mildernde Umstände. Wuornos belügt *ihr Opfer, sich selbst* und *Gott,* mit dem sie zuvor laut eigener Aussage gut klargekommen ist. Sie handelt gegen ihr selbsterstelltes Wertesystem. Alle vorherigen Taten hätte sie sich vergeben können. Hätte *man* ihr vergeben können. Mit dieser Szene wird der Film zu einem sublimen, sicher unbeabsichtigten Plädoyer für die Todesstrafe, denn die Exekution jener Mörderin wird dem Zuschauer als gerecht oder wenigstens hinnehmbar suggeriert, wie sehr sich die Ratio des Todesstrafengegners dagegen hinterher auch wehren mag.

Plädoyer für die Todesstrafe ist zu hart, sagen wir so: Ein Film, mit dem Befürworter der Todesstrafe gut leben können.

Weitere Entdeckung dieses Tages: Ich mag Avocados, was ich bisher nicht wußte. Bea meint allerdings, diese hier schmeckten außerordentlich gut.

✧

Etwas, was ich nie kapiert habe: Der Bösewicht legt an und schießt seinen Pfeil ins Zentrum der Scheibe. Dann kommt der Held, legt an, schießt und spaltet mit seinem Pfeil den Pfeil des Bösewichts. Und wird als Sieger umjubelt. Wieso? Es haben doch beide das gleiche Ergebnis erzielt. Das müßte als Unentschieden gewertet werden.

Um Mitternacht Geburtstagstanz. 38 Jahre alt ist Beatrice eben geworden. Zwanzig davon hat sie mit mir verbracht. Was für ein Sieg.

✧

Um drei Uhr morgens eine knappe Mail von Margret: Prüfungen seien akzeptabel verlaufen,

Claus habe gut aus *Melodien* gelesen, vor 60 Leuten, zu elaborierterer Berichterstattung sei keine Zeit.

Warum nicht? Um drei Uhr morgens hat man alle Zeit der Welt oder gar keine.

29. April, Donnerstag.

Cor schickt Geburtstagsgrüße für Beatrice, Conde schreibt nur: *Stress.* und *dunklerer besser.*

(Er meint den Buchumschlag)

Weshalb setzt jemand, der ohnehin so an Zeitnot leidet, auch noch ein Kind in die Welt? M+M habens auch schon wieder getan, Marcs neue Tochter namens *Alice Valentina* ist da. M+M haben jetzt zwei gleichalte Jungs und zwei gleichalte Mädels (eben zuvor Martins *Emilia).* Die vier können dann später untereinander heiraten.

Im Tagesspiegel hebt der Kritiker, der *Kill Bill 2* verrissen hat, *Lautlos* in die Höhe als *exzellenten tiefschwarzen Thriller.*

Wozu noch Kritik? Ich bin ein Fremder in dieser Gegenwart.

Nicht weniger absurd: Unter Berlusconi soll Darwin aus den italienischen Lehrplänen gestrichen und durch die biblische Schöpfungsgeschichte ersetzt werden. Ich lebe in einer Welt, die einem endlosen Aprilscherz gleicht.

In Estland gibt es ein Grundrecht auf Online-Zugang und 700 Stationen im Land, wo man kostenlos surfen kann. Das ist ein Modell mit Zukunft. Sowas müssen wir uns von Estland vormachen lassen.

✧

Ausflug auf die Pfaueninsel. Zauberhafte Landschaft («sehr flairvoll»), aber stilisiert, mit cinem zu hohen Grad an Künstlichkeit erschaffen, weshalb der Zauber nicht allzulange vorhält. Einige Gebäude sind fast geschmacklos, aber die Pfauen kacken Batzen von der Form javanesischer Tempelkuppeln.

Wir vertreiben uns die Zeit mit profanphilosophischen Diskussionen, z. B. über die Bindung der Atome an den Körper oder die Essenzpresse Tod, daß die Zeit uns ja eben nicht verschwendet, nur der verfrühte Einbruch des Todes in die Zeit. Sie selbst preßt uns sorgfältig aus, bis alle Essenz aus uns gewonnen ist, wirft unsre leeren Hüllen dann weg.

Leichte Dispute, deren Witz, wenn ich sie aufzeichnen will, nur banal wirkt. Ob das an unsren Diskussionen, oder an mir liegt?

Sophie Rois hat sich bei Conde gemeldet, kommt am Samstag um 19 Uhr.

Heute startet die Ausstellung *DichterHandSchrift* in der Münchner Monacensia. Ich bin museumsreif geworden

✧

Schultze gets the Blues ist sehr okay, mehr nicht. Starker Beginn. Zuviel aufgesetzte Lakonie, durchbrochen von albernen Scherzen (Fernsehkoch), endet in Langatmigkeit. Immerhin auch noch im letzten Drittel schöne Ideen (die Frau, die mit den Getränken zurückkehrt) und Bilder, besonders das stumme der Tänzer, nach dem Herzinfarkt.

Das volle Kino geht voll mit, lacht über den schlappsten Witz am lautesten, kommentiert jede Erkenntnis mit senilen Sprüchen, öffnet einem Augen und Ohren, wie man sich das sogenannte *Publikum* vorstellen muß: eine Horde erdnussfressender Lobotomierter.

Tom schreibt, er habe mit der *Ruhestätte Tykwer* nichts zu tun, leider, ein wenig Ruhe täte ihm gut. *Perfume* stehe auf der Kippe, das Schicksal des Films entscheide sich in der nächsten Woche. Ich dachte, da sei alles fix. Bea hat das Script gelesen, war sehr angetan, meinte aber, daraus könnten viele Filme entstehen. Solche und solche.

✧

Michael schreibt, mein Urteil zu TB sei zu hart, einige frühe Texte, z. B. *Gehen* seien gar nicht so schlecht. Daniel widerspricht sogleich, *Gehen* sei ein besonders schlimmer Humorversuch.

Ich ertappe mich dabei, Kunst immer danach zu beurteilen, ob sie *mir* was gibt, wo sie doch genauso gut eine Medizin für ganz andere Krankheitsbilder beinhalten könnte.

In einem Auktionskatalog tauchte die schriftliche Forderung Freuds an den Nachlaßverwalter Mahlers auf, wegen einiger Sitzungen eine Rechnung über 300 Mark zu begleichen. Die Protokolle dieser Gespräche hätte ich zu gern gelesen. Mir steht es nicht zu, über Alma zu urteilen. Niemandem steht das zu, doch viele tun es. Nichtmal über Yoko Ono würde ich mich negativ äußern, das ist Lennons Sache bzw. Gattin gewesen. Seine allein. Zur Zeit darf man ohnehin über perfide Künstlerwitwen kaum was Boshaftes äußern, denn jene stehen per Genderinquisition unter Generalverdacht, dem Werk des Verblichenen entscheidende Anstöße mitgegeben zu haben, ohne die ja aus dem armen Ritter nie was geworden wäre. Die Frauen finden ihren Anteil an der Geschichte kleingewachsen, also erfinden sie sich eine eigene, das finde ich stillos.

Ohne Beatrice wäre nichts so entstanden, wie es heute vorliegt, sie ist das Beste, was sich ein Künstler an seine Seite wünschen kann – aber ich kenne umgekehrt genug Kollegen, die ohne ihre Frauen sicher mehr zustande gebracht hätten.

✧

Ich mißgönne jedem den Erfolg, den ich nicht habe. Schuld daran trägt mein überzogener Gerechtigkeitssinn.

Roman Holidays mit Cary Grant statt Gregory Peck, wie ursprünglich vorgesehen – was wäre das geworden? Man kann es sich ganz gut vorstellen, zu einem Urteil reicht es nicht.

Roman Holidays – zu deutsch *Ein Herz und eine Krone* – für mich die einzige Schwarzweißschmonzette der 50er, die nichts, überhaupt nichts von ihrem Zauber eingebüßt hat.

✧

«Jüdische» Literatur wirkt auf mich ähnlich verlockend wie «Christliche» Literatur.

Gute Literatur ist nicht jüdisch, christlich, vegetarisch oder für Frauen. Sie ist einfach Literatur, mit allem, was der Fall ist.

✧

Man sollte die Frauen öfter um Verzeihung bitten. Bittet man die Frauen um Verzeihung, verzeihen sie einem, sogar, wenn man überhaupt nichts angestellt hat.

– nauze!
– nauze?
– du bist mir kein schwert!

✧

Neulich in Berlin hab ich einen angetrunkenen Kritiker gesehen, er kam auf mich zu, begrüßte mich und sagte bald darauf: *Denk daran, ich hab mehrere Bücher von dir rezensiert!*

Ich wußte erst nicht, was er mir damit sagen wollte. Es stimmte, er hatte Melodien enthusiastisch, wenn auch dümmlich besprochen, zwei der Bücher, die später kamen, verrissen – ach so – jetzt begriff ich – er wollte, daß ich ihm dafür *dankbar* war. Jemand, der sich zur ernstgemeinten Behauptung verstieg, ich sei nicht fähig zu Humor und Ironie, wollte von mir ein *Dankeschön* hören, weil er sich über Jahre hinweg sozusagen mit mir *beschäftigt* hatte. So funktionierte dessen Gehirn. Auf gewisse Weise hatte er damit aus seiner Sicht sogar Recht.

Man muß als Autor dankbar sein, wahrgenommen zu werden, auf welche Art auch immer.

Jeder, der auf Erden wandelt, begreift sich als Geschenk an dieselbe. Ich habs verstanden.

Gibt eben gute Geschenke, und solche, die man nicht umtauschen kann.

✧

Im Totenreich treten die großen Schriftsteller zum Empfang eines eben verstorbenen Kollegen an. Sie müssen Posaune blasen und Weihrauchkessel schwenken. Lästige Prozedur, aber den Neuankömmling freuts ungemein, er wähnt sich im Paradies, glaubt sich verstanden und sein Leben schlußendlich gesegnet. Bis man ihm mitteilt, daß er künftig seinerseits für jeden Schreiberling, der in ihm zu Lebzeiten ein Vorbild sah, Posaune blasen und Weihrauch schwenken muß. Grottenpeinlich.

✧

ich bin mit meiner sprache am ende
dieses gedichtes angelangt und weiter
will ich nicht, ich setze mich
einfach hier hin
und warte, was passiert.

✧

Hunde sind fast fertig. Noch ein paar letzte Stricheleien fehlen. Morgen dann.

ich hörte in den grotten heimlich zu, wie dem leben die tiefsten fragen gestellt und vom leben die weisesten antworten gegeben wurden, ich aber war siegesbeschickert und kann nur berichten: die menge x ging von a nach b, die menge y von b nach a.

besser mit guten fragen abzugehen,
als mit antworten, die nichts taugen.

30. April, Freitag

Bald wars das. Beatrice fliegt mittags nach München zurück, ich bleibe noch einige Tage hier, um zu arbeiten.

Der letzte, allerletzte Tagebuchtag. Wie ich mich fühle? Von einer Last befreit, um eine Waffe beraubt. Euphorisch, traurig, alles dazwischen.

Die Feiern zum morgigen Beitritt der zehn neuen EU-Mitgliedsstaaten beginnen. Fühle mich merkwürdig unbewegt davon, obwohl ich mir immer ein großes europäisches Haus gewünscht habe.

Wenn man denkt, Perfektion in Sachen Lyrik endlich erreicht zu haben, stellt man fest, daß gerade winzige metrische Unebenheiten oder eine Hebung zuviel oder zuwenig einem Gedicht einen Sahnehelm an Klangzauber verleihen können. Der nächste Grad an ‹Perfektion› ist erst erreicht, wenn ich genau weiß, warum das so ist bzw. welche Fehlerchen jene Funktion erfüllen, welche nicht.

✧

Die Tagebücher sind die einzigen Texte, in denen das erzählende ICH wirklich ich bin.

Wenn sie enden, verschwinde ich. Verstumme. Das ist eine Art Tod. Den Rest erfährt man vielleicht stichpunktartig aus Zeitungen.

Marcel ruft an, beschwört mich, das Tagebuch weiter zu führen, einfach noch einen zweiten Zyklus anzuhängen. Schön, wenn man vom Verlag (der mit den Tagebüchern kein Geschäft macht) dieses Angebot bekommt, auch wenn man nicht im Traum daran denkt.

Marcel wird im Oktober Vater eines Jungen. Also auch er noch.

Michael schreibt: *Lieber Helmut, fast zwanzig Jahre kennen wir uns nun schon! In exakt vier Stunden geht die Ära des Diariums zu Ende. Es ist vollbracht: Was wirst Du mit der Zeit danach anfangen? Was wirst Du tun? In jedem Fall: Die zwölf Bände werden bleiben, ein irrlichterndes, glitzerfunkelndes Kaleidoskop Deines Lebens und Schreibens. Schön, diesen Weg mit Dir gegangen zu sein! Dein Freund Michael*

✧

Meinen Freunden: Alles. Auch jenen, die es nicht mehr sind, bin ich dankbar, daß sie es überhaupt einmal waren.

Den anderen: Frieden. Ewige Ruhe, baldmöglichst.

✧

Der linke und rechte Ärmel des Mantels des Schweigens
flattern leer im Wind. Kein As, das noch zu werfen wäre.

Mein Blatt verwittert auf dem Tisch, mir mangelt es am
Damenrevolver im Stiefel, der daran noch was ändern könnte.

✧

die zwölf, die mich am öftesten zu trösten wußten:

monteverdi bach mozart beethoven schubert wagner verdi bruckner mussorgski mahler puccini strauss.

ungerecht gegenüber all den anderen, die es knapp nicht ins große dutzend geschafft haben. eben läuft die fünfte von sibelius, gefolgt von nielsens unauslöschlicher.

Die Hunde sind in dieser Minute fertig und sehr schön geworden. Verdammt schön.

Kunst ist die Verwandlung von Ungeheuerlichem in Selbstverständliches und umgekehrt. Kunst ist Metamorphose und Fälschung. Die zweite Meinung, die man einholt, weil der erste Befund für unerträglich profund gehalten wird.

✧

Alle großen Künstler sind überbewertet. Außer mir. ;-)

Manchmal fragen mich gutmeinende Menschen, ob mir denn nicht bewußt sei, daß dieser oder jener selbstbeweihräuchernde Text aus den Tagebüchern zu Spott und Häme geradezu einlade. Wer so etwas fragt, hat nichts verstanden. Natürlich ist mir bewußt, wie ich bescheidener und sympathischer wirken könnte. Aber die Sache ist doch so: Spott und Häme gehen mich bald nichts mehr an, spätestens wenn ich tot bin. Ein Tagebuchautor darf sich nicht um sowas kümmern, er muß sich nur fragen: *Ist das, was da steht, wahr?*

In Wahrheit ist kaum ein Künstler bescheiden, aber die meisten täuschen zähneknirschend Bescheidenheit vor. Das ist mir zuwider, lieber gebe ich mich der Lächerlichkeit preis, als mich der Lüge zeihen zu lassen.

Tagebücher werden umso uninteressanter, je verfälschter sie sind. Und da in meiner Weltsicht fast jeder Mensch zu den relativ normalen Menschen zählt, ist alles, was einer an Wahrem über sich aufschreibt, exemplarisch und erhellend.

✧

Das Land liebt mich, ich weiß es. In Deutschland wird man halt anders geliebt als irgendwo sonst. Aus lauter Sorge, man könne ein anderer werden als man ist, wird man in Deutschland erstmal getötet. Danach aber zeigt sich die Liebe unverstellt. Wenn die Deutschen in irgendetwas vorbildlich sind, dann darin, wie sie ihre Kunstmumien konservieren. Sie müssen ihnen zu diesem Zweck vorher bei lebendigem Leib das Gehirn aus der Nase ziehen, das gehört dazu, sie finden überhaupt nichts Unanständiges dabei.

✧

Täglich begegne ich dem letzten Dreck in Menschengestalt – die Gegenwart ist eine widerlich breite Bühne, auf der wirklich alles kurz mal vortanzen darf. Und nicht immer erfährt es jene Ablehnung, jenen Ekel, den es wohl verdient hätte. Die Gegenwart ist ein Mutmachareal für den letzten Müll, der nicht sterben will, obwohl für dessen Weiterleben kein noch so heruntergekommener Gott den kleinen Finger ins Feuer legen würde.

Alles, was ich eben geschrieben habe, wird ein widerlicher Mensch einmal über mich schreiben. Das ist von allem das Ungeheuerlichste.

✧

Es gibt nichts mehr zu sagen, außer: Es gibt nichts mehr zu sagen.

Das kann man nicht oft genug betonen. Aber das hab ich ja immer gesagt.

Und dann kam doch noch was.

✧

Kleines Apopemptikon:

Als ich Sigmar Polke befahl,
fortan Flamingos zu malen,
ja, das war eine gute Idee.

Als ich xxxxxx einflüsterte,
er könne Lyriker werden,
hab ich *Spaß* gemacht.

Er versteht halt keinen.

Apopemptikon (Abschiedsgedicht) ist ein absolut überzogenes Fremdwort, das man nicht verwenden kann, ohne angeberische Absicht.

Apropos: da fällt mir wieder was ein, hat Su neulich aufgeschnappt, eine lautstarke Unterhaltung zweier Thüringerinnen.

Sagte die eine: *Und ich muß für das Gelump die Wäsch waschen, desch is vielleicht eene Syphilisarbeit!*

Pünktlich um Mitternacht treffen erste Gratulationsmails ein. Su hat Geburtstag. Freut sich über meinen Anruf.

Jetzt bin ich noch ich, morgen werden unter meinen Füßen Sockel wachsen, als müßte ich versenkt, ertränkt werden im See.

Jene Werke sind die besten, in denen das Kleinste und Größte, was ein Menschenleben beinhaltet, gleichberechtigt intensiv auftritt.

Es gibt Literaten, die vom Tod entsetzt, und solche die von der Fülle des Lebens überwältigt sind. Beide schreiben gegen etwas an. Ich bin ein – Zwischenfall.

gut, daß alles endet.
irgendein ende ist gut.
jedes ende ist logisch.

✧

fertig.
klingt wie: mama, abwischen!
dennoch: fertig.

Foto: Beatrice Renauer

Helmut Krausser

«Wer das sprachliche Handwerk so beherrscht wie Helmut Krausser, der hat eine große Zukunft.»
Deutschlandfunk

Schweine und Elefanten
Roman. 3-499-22898-X

Könige über dem Ozean
Roman. 3-499-13435-7

Fette Welt
Roman. 3-499-13344-X

Der große Bagarozy
Roman. 3-499-22479-8

Melodien
oder Nachträge zum quecksilbernen Zeitalter
Roman. 3-499-23380-0

Spielgeld
Erzählungen & andere Prosa
3-499-13526-4

Mai. Juni
Tagebuch des Mai 1992
Tagebuch des Juni 1993
3-499-13716-X

Juli. August. September
Tagebuch des Juli 1994
Tagebuch des August 1995
Tagebuch des September 1996
3-499-22335-X

Oktober. November. Dezember
Tagebuch des Oktober 1997
Tagebuch des November 1998
Tagebuch des Dezember 1999
3-499-22888-2

Januar. Februar
Tagebuch des Januar 2001
Tagebuch des Februar 2002
3-499-23404-1

3-499-23214-6

B 62/1